U0109844

母親手記

——我與孩子的故事

趙銳・著

傾聽孩子談話

趙愷

三秋之木，
落葉繽紛。
追隨捨棄金色耳朵的森林，
我也只保留兩種傾聽：
傾聽大自然，
傾聽孩子們的談心。

熟悉又陌生，
平易又奇倔，
遙遠又切近：
一位孩子是一位哲人，
傾聽他們就是傾聽原創的生命。

不斟酌，不提防，
一片不設柵欄的草坪。
不可規範的閃電，
不戴墨鏡的太陽，

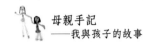

不穿褲子的雲。

安徒生劃亮火柴，

只輕輕一響，

便灼痛魂靈。

目錄

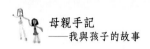

母親手記
──我與孩子的故事

上輯　你是我的天堂

不想當母親

　　三十歲之前，我對孩子一直缺乏足夠的熱情。

　　許多女孩子天生就是母親。當她們還是小姑娘時，便熱衷養育布娃娃，一本正經地給它們吃飯、穿衣、洗澡、看病……樂此不疲。這樣的女孩子一旦結婚成家，往往迅速懷孕、生產，迅速將笨拙的丈夫改造成成熟的父親。而她們自己，再接著和自己的孩子一起成長。我周圍有不少朋友屬於這種類型，她們自然而純粹，該戀愛時戀愛，該嫁人時嫁人，該生兒育女時生兒育女。她們不會刻意地生活，因為她們知道：她們就是生活本身。

　　我則不然。細想起來，我都不記得小時候有過什麼像樣的玩具。印象深刻的一次是賴在商店櫃檯前要買一盒價值六毛七分錢的積木。媽媽用盡手段也沒能止住我的哭嚎，最後只得非常心疼地掏出剛領到的一小筆獎金，讓我搭建五彩的夢幻。噢，對了，布娃娃也還是有的，它叫「玉霞」，是一隻穿著花裙子的簡陋玩偶。只不過擁有「玉霞」的時候，我已經過了癡迷娃娃的年紀。之所以捨棄壓歲錢買它，恐怕更多的是為了心理補償吧。

　　貧寒的家境讓我的童年不夠溫馨、柔軟，但這未必是什麼缺憾。事實上，自從跨進校門學習識字，我就漸漸遠離了非理性時

代。父母和老師日復一日、年復一年地用偉人的功績鞭策我，他們說：人的生命可以重於泰山，也可以輕於鴻毛，這取決於他所做事情的「意義」是大還是小。但凡有益於黨有益於人民的事情，顯然都是有「意義」的，而一個生命如果只是像樹、像草、像花一樣地靜靜地為自己活著，那只能被唾棄為「行屍走肉」。類似這樣的至理名言常常激勵得我血脈賁張，以至我很小的時候就樹立了「遠大」的理想。當數學家也好，當文學家也行，反正，就像要求每次考試必須名列前茅一樣，我要求我的人生不可平庸。

青春年少的時候，我對風平浪靜的生活不屑一顧。我有一個哥哥、兩個姐姐，他們分別比我年長了五到九歲。也就是說，當我剛剛強烈意識到自我的存在，躍躍欲試地打算規劃不同凡響的人生的時候，他們已經邁著穩健的步伐加入了成人的行列。大姐的戀人曾引起我異乎尋常的敵視，因為正是他的出現，大姐才經常很晚回家，她和我說話的時間才越來越少。大姐終於還是結婚了，而且沒過多久就懷了孕。看著她原本婀娜的身影日漸臃腫，我常常忍不住會為她悲哀：一個母親的誕生難道不意味著一段青春的結束？難道大姐從此能免得了庸庸碌碌的凡人生活？難道她的聰明才智還可以展現於尿布、奶瓶之外？然而，大姐自己卻是樂此不疲。而且在我的嗟歎聲中，哥哥和二姐也前仆後繼地成為凡人。

要生活還是要事業？該貪圖安逸還是該追求永恆？是隨波逐流還是特立獨行？……站在自家陽臺上俯瞰街頭的芸芸眾生，我一度像哈姆雷特一樣陷入了選擇的泥潭。後來，我明白自己無法滿足於循規蹈矩、按部就班、渾渾噩噩、人云亦云的日子。所以，十六

歲時我決定：今後決不能像一般女孩那樣迅速「墮落」為女人，不能讓丈夫、孩子成為我的羈絆，因為無論何時何地，我都是獨立而自由的。也就在那一年，父親將美國小說《海鷗‧喬納森‧利文斯頓》送給即將高考的我。那只不願意追逐麵包屑、小魚蝦，一心只想飛得更高的海鷗，給我留下了終生難忘的印象，而更難忘懷的還有父親寫在小說最後的一行鉛筆小字：「要想飛得高，必須拋棄許多東西，包括許多珍貴的東西。」父親恐怕至今也不知道，他那行題記雖然筆跡輕淺得幾乎湮滅，卻都一筆一畫刻進了我的心裏。

　　大學畢業走上社會，原先的觀念受到很大衝擊，忽如其來的生存問題讓人一下子變得現實起來。背井離鄉，居無定所，時間一長了，任憑誰都容易脆弱。於是，結婚成了我那時最大的嚮往。正巧，戀人的單位面臨十年難遇的分房機會，我們趕緊領回證書趕去排隊。非常幸運，我們排到了一處大家挑剩的屋子。第一次去看屬於自己的房子激動得不行。我們騎著自行車繞過大半個城，一口氣爬上破舊不堪的七樓，迫不及待地推開吱呀亂響的木門。滿室的陽光讓我眼前一亮，心立刻醉了。很快，我們將老房的牆麵粉白，將斑駁的水泥地漆紅，又蝸牛般扛回一件件必須的傢俱，因陋就簡地佈置起一個全新的家庭。有家的感覺真好！累了，可以上床睡覺。饞了，可以買菜回來自己改善伙食。可以自個兒看書寫作熬到三更半夜，可以和朋友聊天打牌通宵達旦，可以享受愛情的甜蜜、製造不盡的浪漫，還可以隨心所欲地勾畫多變的未來……

　　結婚長達七年，我一直沒有下決心要一個孩子。前三四年，孩子被我當成了愛情的第三者。愛情不再保鮮之後，漸漸地，也對

孕育生命失去了激情。為什麼要孩子呢？從大處講，地球已有近六十億人口，物資緊缺，環境惡化，這顆正值壯年的蔚藍色星球過早地呈現出老態，實在不忍心再為它增加一個負擔。從小處講，生養孩子必須以犧牲自己的幸福和自由為前提，物質不夠寬裕，精神不夠獨立，如何攙扶孩子踏上坎坷人生路？況且世風日下，人生渺茫，自己尚且不知東西地苦苦掙扎，何苦再讓孩子忍受一回？眼看周圍的朋友嬌兒繞膝也不是沒有動心過，可當真一二三四地盤算起來，又不免打起了退堂鼓。朋友們戲稱我們趕了「丁克」家庭的時髦，我聽了只是笑笑，並不辯解。

如果這些還不足以成為我拒絕生育的理由，那麼，兩次流產則成了致命的打擊。

第一次發現懷孕時，我猶豫再三，才好歹勸說自己接受了這個不速之客。非常鄭重地剪掉了長髮、洗淨了脂粉，非常鄭重地買來方方面面的書籍，開始為扮演母親的角色作準備。誰知，該嘔吐的嘔吐了，該難過的難過了，剛剛三個月，忽然腹痛如絞。急急忙忙送到醫院，B超顯示，胚胎已經停止發育。那是一次刻骨銘心的手術！在醫生若無其事的談笑中，我發出撕心裂肺的喊叫！短暫的生理疼痛之後，是漫長的心理疼痛。我對身邊的一切充滿懷疑，不知道是什麼戕害了這無辜的生命。我對自己的一言一行充滿懺悔，深恨自己沒有保護好弱小的子女。為人父母是一個人的天賦職責和權利，如果我連母親都當不好，那我還能做什麼！

第二次懷孕又是意外。生怕噩夢重演，這一次我格外謹慎小心，不敢碰電腦，不敢碰微波爐，不敢碰煤氣灶，甚至連騎自行車

都不敢。每時每刻，我都警覺異常地體察著他的存在。不知是不是心有靈犀，當時我對腹中的動靜異常敏感。儘管根本不可能感受到胎動，但我的確能知道他是否健康。快到三個月了，忽然連續幾天腳步輕鬆，心裏頓時七上八下的。忐忑不安地前往醫院，果然，又是莫名其妙的胚停！手捧沉重的B超單，我彷彿手捧魔鬼的毒咒，心中迷漫著灰色的宿命感。我的自信心和意志力在這一剎那間土崩瓦解，我認定我完了。這一次手術我沒有流淚，但特別絕望。我以為這是上天對我的懲罰。憑什麼千方百計尋找理由逃避使命和責任？憑什麼自以為是地以為生孩子是一件簡單隨意的事情？看來上天真的不願將小天使託付給我了，看來我只有認命得了。

　　就這樣，生育讓我既厭煩又敬畏，我想我這輩子都不會當媽媽了。

七年之癢

我曾一度篤信愛情。

我唯一的愛情萌發在大學校園。因為是真正的兩情相悅，完全的志趣相投，所以結婚之初的幾年，我自以為是地以為我們的愛情超凡脫俗、歷久彌新。

可正應了「七年之癢」這句讖語，結婚第七年，我的愛情出了軌。

得知真相後的一系列反應，讓我立刻懂得了什麼叫做晴天霹靂！什麼叫做撕心裂肺！原來，真正的痛苦完全是肉體的，它是一種沒有任何理由的條件反射。就像針扎了手指會冒出血珠一樣，心受了傷害不僅心臟會疼，而且人會寢食難安、坐臥不寧。那些日子我腦子裏一片空白，整個人像失控了一般，根本不能進行正常的思維，眼前晃動的居然一直是黛玉強支病體灑淚葬花的情景。這些年來，我始終以為自己是不喜歡小家子氣的黛玉的。天哪！動不動就為一些提不上筷子的小事爭風吃醋哭鼻子抹眼淚，累不累啊？尤其不能忍受她的葬花。如果連花開花落都如此驚心動魄，那誰還有勇氣走完漫漫人生路？而這個時候，黛玉卻扛著花鋤不期而至了：

謝花飛飛滿天，紅消香斷有誰憐？

遊絲軟繫飄春榭，落絮輕沾撲繡簾。

閨中女兒惜春暮，愁緒滿懷無處訴。

手把花鋤出繡簾，忍踏落花來復去。

……

……

天盡頭，何處有香丘！

未若錦囊收豔骨，一抔淨土掩風流。

質本潔來還潔去，強於污淖陷渠溝。

爾今死去儂收葬，未卜儂身何日喪。

儂今葬花人笑癡，他年葬儂知是誰？

試看春殘花漸落，但是紅顏老死時。

一朝春盡紅顏老，花落人亡兩不知！

　　長夜無眠，躺在自家的床上，魂兒卻追隨著黛玉來到了天國。醍醐灌頂一般，我在剎那間懂得了黛玉：她安葬的哪裡僅僅是那些有形有色的花兒呀，那分明象徵著世間至真至純至善的一切，那是人類永遠不捨、也不能放棄的完美主義啊！也就在那一瞬間，我發現黛玉從來沒有離開過我，她就像一個沒被注意的胎記，一直堅定而執著地伴隨著我。

　　當天夜裏，我手捧聖經般手捧《趙愷詩選》，我是那麼急切地渴望重讀父親1980年獲得全國大獎的成名詩作《我愛》：

　　我曾輕輕地說：

我愛。

聲音羞澀又忸怩。

我愛我柳枝削成的第一枝教鞭，

我愛鄉村小學泥壘的桌椅，

我愛籃球，

它是我青春的形體，

我愛郵遞員，

我綠色的愛情在他綠色的郵包中棲息

……

……

可是，

我的第一聲愛還沒落地，

就凝成了一顆苦澀的淚滴。

　　這首詩我爛熟於胸，可二十年後重讀，我卻像從來不曾讀過似的觸目驚心。

我愛我該愛的一切，

甚至「愛」上了愛的仇敵：

誣告和陷害，

阿諛和妒嫉，

枕在金錢上的愛情，

浸在酒杯裏的權利。

感謝你們，

並且惶恐地脫帽敬禮：

多虧醜惡的存在，

愛，

才是有血有肉的立體。

父親的詩讓我淚如雨下，我覺得從來沒有像現在這樣理解父親，從來沒有像現在這樣理解愛！

我決定離婚，因為我希望保持愛的完美。就算我的愛情玫瑰已經死亡，它也應該在入土化泥前保持著鮮花的形象！

沒有孩子，沒有可爭的財產，我們的離婚實在簡單得不能再簡單。

辦完手續走出登記處的大門，忽然間，我覺得這件事荒誕透頂！天還是原來的天，景還是原來的景，樹上的麻雀還像剛才一樣嘰喳亂叫，門前的老嫗還像剛才一樣家長里短，可進出大門之間，我和他卻莫名其妙地不是夫妻了。面對滾滾紅塵，我終於忍無可忍地笑了。我對自己說：這到底算個啥呢？除了你自己，還有誰會在意呢？是啊，愛情不再像當初一樣血紅，你傷心了，你受不了了，你覺得不離婚就世界末日了。可實際上呢？實際你離不離婚這地球都一樣地轉，萊溫斯基的裙子該污染的還污染，小泉純一郎的靖國神社該參拜的還參拜，賓·拉登的恐怖襲擊該發生的還發生。就在你為愛情披麻戴孝尋死覓活的時候，這世界上不知有多少精子和卵子正為最後的交合處心積慮，也不知有多少瀕臨死亡的生命正苟延

殘喘地吐著有一口沒一口的氣息——面對朝露一般短暫、荒誕的人生，所謂的愛情到底算個啥東西？

更荒誕的是，他還得用來時的自行車帶我回原來的家，而那個家與我們剛剛離開時沒有任何區別！

荒誕歸荒誕，區別還是顯而易見地產生了。首先，我們不再互相指責、互相抱怨。每天下班，家裏再黑燈瞎火，再冷鍋冷灶，我也沒權利追問他的下落，他也沒權利盤查我的行蹤。然後，我們不再互相要求、互相指望。沒有誰該給誰做飯洗衣，沒有誰該為誰看家護院，沒有誰該陪誰喜怒哀樂，我們就像兩隻掙脫了束縛的風箏，隨風飄蕩、無限逍遙。奇怪的是，自由之後反而自在了，平等之後反而平易了。我們不由自主都開始用另一種眼光打量對方，用另一種心態包容對方。心情一旦改變，連神經也跟著放鬆，這時候就算見到仇敵，臉上的神情也是柔和的。

「要個孩子吧。有了孩子，日子就實在了。」朋友們見面總要這樣勸我。這樣的話聽多了，我的眼光也漸漸迷離起來。生活的本質是什麼？人生的真實在哪裡？執著到底有什麼好處？決絕到底有什麼意義？我們的內心究竟在渴望什麼？我們的彼岸是否一直在那裏？

……

……

離婚一年有餘，我與他再結秦晉。

這次婚姻的本質是妥協，而妥協是我決定結束天問的開始。

當念頭開始生根

三十歲生日一過，忽然有了韶華已逝而兩手空空的感慨。

曾經有段時間我經常會問自己：究竟什麼是屬於我的？

工作屬於我嗎？世界上到底有多少人在幹著自己喜歡的工作？對大多數人而言，工作並不能給他帶來更多的樂趣，除了領取薪水的那一瞬間。工作對於我，是妥協，是無奈，是唐·吉訶德大戰風車的荒唐與可笑。不是嗎？每天西裝革履掐著分秒趕去打卡是可笑的，絞盡腦汁揣摩迎合上司的心思是可笑的，日復一日年復一年坐在同一張辦公桌前做著相同的事情更是可笑的。長達三四十年的瑣碎、重複和隱忍。如果這漫長的奉獻能夠換得些許價值倒也罷了，可結果呢？退休第二天，你視如老友的辦公桌就會被一個剛畢業的年輕人理所當然地佔用，你積累多年的經驗就會被後起之秀不以為然地拋棄，你苦心經營的好名聲就會被同事們漫不經心地淡忘，甚至連你的名字也開始在檔案堆裏一點點落上灰塵——工作不是理想，只是飯碗，工作不屬於我。

家庭屬於我嗎？人們都說，家庭是女人最後的歸宿。起初我也信以為真。就像孩子可以對母親為所欲為一樣，在結婚的頭幾年，我將家庭當成避風港，風風雨雨都往回帶。直到有一天忽然間全身

濕透，才半夢半醒地想起去找屋頂的縫隙。細細打量這個從無到有的家庭，我想找出屬於自己的東西。丈夫屬於我嗎？如果不是偶然相逢，我們現在還將行同陌路。如果不是緣分未盡，我們肯定已經勞燕分飛。他過去是一個獨立的人，現在是一個獨立的人，將來還是一個獨立的人，他不屬於我。房子屬於我嗎？我們一共搬了三次家，換了三次房子。第一所房子說換就換了；第二所房子說賣就賣了。這第三所房子正在銀行裏抵押著，只要我一次不還款，它就會被馬上賣給他人。儘管我擁有這房子的鑰匙，儘管我每天在裏面吃喝拉撒，但它根本不在乎和誰同舟共濟、耳鬢廝磨，它不屬於我。家裏的物件屬於我嗎，比如那台小天鵝洗衣機？比如那枚黃金戒指？比如書籍、服裝、鍋碗瓢盆？……的確，它們屬於我。只要我願意，它們將永遠屬於我。可它們會懂得我的喜怒哀樂嗎？它們會成為我的情感寄託嗎？它們會讓我在離開人世時戀戀不捨嗎？它們不會，它們只是物件，它們不屬於我——家庭不是情感，只是情感的載體，家庭不屬於我。

文學屬於我嗎？我熱愛文學，它不僅是我的事業，更是我的生命。孩提時，我最大的理想是成為作家。至於什麼是作家？當時並不明晰。上小學時，我以為將來若能把作文變成鉛字就該心滿意足了；到了中學，我想長大後能參加省作家協會就不錯了；進入大學，我覺得這輩子能寫出兩本書、能成為中國作協會員，也該算得功成名就了。轉眼間已經三十而立。那一年，面對著墨香猶存的散文集，手捧著鋼印尚新的中國作協會員證，一下子竟平生莫名地失落：難道只有擁有它們才意味著擁有文學？難道只要擁有它們就等

於擁有了文學？「蒹葭蒼蒼，白露為霜。所謂伊人，在水一方。溯
洄從之，道阻且長。溯游從之，宛在水中央。」驀然湧入腦海的古
詩提醒我：我沒有擁有文學，我離文學越近越不可能擁有文學，我
永遠也擁有不了文學。時至今日我總算懂得，文學不是鮮花，不是
貨幣，不是頭銜，更不是俊男靚女。它是淚，是血，是良知，是信
念，是靈魂深處的軟弱，是人格中間的堅定，是對信徒過於苛刻的
尊神，是一旦驚醒就無法挽留的春夢——文學不屬於任何人，文學
不屬於我。

　　除此之外，可能屬於我的還有父母、朋友、兄弟姐妹，以及顯
現於鏡中的那個我。放眼宇宙，似乎連太陽、月亮、星星、空氣也
應該包括在內……噢，是的，是的，這些都屬於我，可它們又都和
我隔著一層什麼。「感謝風，感謝雨，感謝陽光照耀著大地。」有
一首歌這麼開導著我。我知道無論從哪個角度，我們都有必要對人
生、對世界表示珍惜，可是我們也的確非常有理由渴望一個無條件
屬於自我的什麼。

　　2002年初，年逾花甲的父母陪我度過短暫的一月後，準備重返
故鄉。當他們隔著車窗向我揮手告別時，我一下子心酸得厲害，差
點當面哭出聲來。自從高考得中外出求學，我遠離父母已經十幾年
了。記得當初剛剛走出父母的目光時，只覺得到處都是自由，恨不
得從此以天下為家浪跡四方。然而此時此刻，父母蒼老而寬容的微
笑卻讓我軟弱得難以自持。我不知道世上除了父母，還有誰會這麼
無怨無悔地牽掛著我、忍耐著我？儘管這個地球已經人滿為患，但
我仍然不敢確信會有哪怕那麼一個人，可以持久地、毫無理由地需

要著自己——突如其來的孤獨感擊中了我，我傷心在三十一歲的冬天裏。

正是從那一刻起，我開始渴望孩子。愛情誠然絢爛，友情誠然雋永，親情誠然甜蜜，可與滴著血、連著肉的臍帶相比，它們都顯得過於理智、過於文明。這種理智和文明也許能夠體現人類的進步，但畢竟不是天性，我渴望最原始、最本色、最不需要條件的血緣聯繫。我相信只有孩子才能續接我的生命之線，只有孩子才能填實我的情感空缺，也只有孩子才能恢復我對自己的信心。

念頭就像種子，一旦生根，便會竭盡全力地萌芽。我無法確定紮進我心田的是不是一粒罌粟的種子，我只知道它正迅速鑽出肥碩的葉子，迅速結出龐大的花蕾……

那一陣子，我常常將目光停留在孩子身上。周圍孩子很多，從繈褓中的嬰兒到伶牙俐齒的兒童，什麼樣的都有。非常奇怪，以前我居然沒有發現他們的存在！就在這個念頭誕生前的那一瞬間，我在他們面前還是一副步履匆匆、目不斜視的樣子。可現在怎麼了，我為什麼會不由自主停下腳步？為什麼會莫名其妙忘記時間？為什麼會被他們粉嘟嘟的小臉、跌跌撞撞的動作、散發著奶味的聲音感動得眼前模糊一片？……我開始敬佩所有的母親，哪怕她們沒有什麼知識，哪怕她們下了崗失了業，哪怕她們這一生平凡得像一張紙，粗糙得像一粒砂，可她們畢竟養育了健康的孩子！畢竟維持著完整的家庭！有這樣兩點，她們就非常了不起！哪裡像我，心比天高卻無法享受簡單的快樂，飽讀詩書卻弄不懂最普通的道理，只能眼睜睜蹉跎著生命的花季。

　　也許上帝聽到了我內心的祈禱，就在我已經決心接受現實的時候，天使，你來了！

　　起初我真不敢相信上帝會輕易原諒我的自以為是，彷彿凡夫俗子當真有權拒絕自然的安排似的。我也不敢相信一位天使會心甘情願留在我們身邊，人世間坎坷多多，如果沒有足夠的勇氣和理由，哪一位天使捨得放棄聖潔的天堂？惟恐你被嚇著，一開始，我不敢讓你負擔太多的希望。我打算給你一段猶豫的時間，以便你隨時後悔了再重回天堂。讓我失望甚至絕望都沒有關係，只是不能委屈了你呀，我的天使！天馬行空地奔走於藍天白雲之間，偎日月，依星辰，行所當行，止所願止，那是何等的自在和瀟灑！如果僅僅為了成全我而心有不甘地放棄這一切，則我於心何忍？

　　沒想到這一次你是真的要來陪我，真的願意就此圓滿我的人生。三個月後，當你一點點長大成形，當B超醫生確定你一切正常時，我終於鬆了口氣。仰望蒼穹，我暗自許願：決不辜負你，孩子！

　　可是，當你真的開始成長時，我卻體會到從未有過的痛苦。

生命不是飄忽的雲

　　痛苦是快樂的伴侶嗎？忍耐是幸福的結果嗎？如果不是，它們為什麼總是出雙入對、如影隨行？為人之母的喜悅剛剛品到，嚴峻的考驗已接踵而至——

　　最初是嗜睡。隨時隨地地嗜睡，晨昏顛倒地嗜睡。恨不能一直躺在床上，不要趕出去上班，不要做什麼家務，甚至連吃飯都不要。每天哈欠連天地出門，強打精神堅持到中午，無論如何要找個地方睡上個把小時。一旦得以拖著疲乏的身體回家，往往一倒下就睡到第二天天亮。不得不佩服造化的神奇！三個月以內的生命脆弱得不堪一擊，而因其渺小又極容易被忽視，於是造化便通過一切可能強迫母親儘量休息。一向以為自己還算是有意志力的，可那段時間精神簡直成了軀體的奴隸；一向以為自己是頗有潔癖的，可那段時間居然髒衣服堆積多日也視而不見；一向以為自己始終會恪盡職守地做和尚撞鐘，可那段時間我不得一再地對主任說抱歉……好在沒有人計較我的轉變，懵懵懂懂地過了一天又一天，天天都平平安安。

　　書上說：「部分婦女在懷孕的第二個月會泛酸、嘔吐。」起初還抱著僥倖，萬一自己不屬於這「部分」呢？誰知，第三十一天

起床洗漱，立刻忍無可忍地吐了個翻江倒海。憑心而論，嗜睡只是有點難堪，並沒有任何痛苦。嘔吐就不同了，它是一種違反人性的純生理反應，而且跟病態沒有一點區別，除了痛苦還是痛苦。如果僅僅每天清晨例行嘔吐一次也就罷了，不行，它不分場合，不問時間，如疾風暴雨般說來就來，不把你徹底打倒決不甘休。非常狼狽，非常慚愧，我在小區的花壇裏吐過多次。因為備用的塑膠袋已經用光，而且根本來不及跑到垃圾桶旁，只得十分臉紅地就近俯在路邊。有一次在鬧市區出現問題，在眾目睽睽之下將剛喝的果汁噴得一塌糊塗。還有一次是跟著市長在企業調研，市長才坐下來聽彙報，我便急急忙忙地要找衛生間。幸虧衛生間就在附近，否則大概要出新聞之外的新聞了。

讓人頭疼的是，孕吐對身體傷害挺大。三四個月的孕齡，正是補充營養的黃金季節，此時不吃更待何時？可吃了又有什麼用呢？我有位同學曾因孕吐到醫院掛水，我有位同事曾因孕吐暈倒在講臺上，我有位朋友曾因孕吐瘦成了皮包骨頭，我還有位熟人一直到孩子呱呱墜地才飲食正常……這樣的消息讓我對未來不抱幻想，對上天的承諾又讓我不能對現實有所抱怨。誰讓我哭著喊著想當母親呢，這生命的十字架無論多麼沉重，我也只有認了。只是在茶不思飯不想的時候會撫著肚皮詢問那個小人：莫非我以前欠過你什麼？

又和書上描述的一致，孕吐持續了兩三個月，終於漸止漸息了。剛鬆口氣，濕疹就如紅色的旋風席捲而來。

南京的6月已經相當悶熱了，暑熱天長點痱子也沒什麼大不了的，所以，我一開始並沒有把暗暗滋生於局部的小紅疹當回事。體

檢時也諮詢過醫生該怎麼辦？醫生反問我：「治療皮炎的藥一般都含有激素，對胎兒有害，你能不能忍？」當然能忍，而且必須得忍。這個世界上有無數病毒、細菌會危害胎兒，哪一個母親膽敢「一失足成千古恨」？所有的母親都知道，孕婦不應該生任何病，哪怕是最平常的感冒、受涼。而一旦生了病，最好的辦法就是指望自身的免疫系統熬過去。

這一忍就忍到了酷暑難當的7月。2002年的夏天持續高溫，身為記者的我笨拙地穿梭大街小巷，將新聞和汗水一同採集回報社。紫紅色的濕疹就這樣不可遏止地迅速擴散連片，血液經過的地方幾無倖免。最後連手掌也不復完膚，全身上下彷彿剛被鞭撻過一般，慘不忍睹！癢，奇癢，越抓越癢！最要命的是已經發展成蕁麻疹，指甲過處便突起小丘似的硬塊，癢得人非把它抓破不可。而一旦抓破，接踵而至的自然是疼痛。終於到了坐臥不寧、寢食難安的地步，眼看著變形的手腳伸出去已經叫人害怕，我實在受不了了。

為難的是不能隨便用藥。皮膚科醫生一聽說胎兒已有四五個月，立刻謹慎異常地開出了最保守的處方。而溫和的藥物應對如此嚴重的濕疹根本無濟於事，只三兩天工夫，我全身上下便「祖國河山一片紅」了。既然普通醫院沒有辦法，那就一不做二不休去專科醫院求診名醫。南京正好有一家「國」字型大小皮膚病醫院，雖然頂著三十七八度的高溫趕到城東北實在不容易，但我下了幾天決心，最後還是專程跑過去了。

沒想到人滿為患。在醫院門口，我看到周邊各省市的汽車應有盡有，計程車、馬自達也是一輛接一輛。上午9點剛過，已經掛

不著專家門診號了，就是掛個普通號也得排上半天隊。等了個把小時，我獲許求見醫生。那是個十分年輕的小夥子，聽了我的敘述，看了我的病情，他有點拿不定主意。「一般的藥你都不能用怎麼辦？」他一邊自言自語，一邊取過一本書前後查找，還向對面的同事作了諮詢。確診很容易，關鍵是處方，這連我這外行都很清楚。小夥子終於在病例上寫下了一大堆我看不懂的文字，然後將一張天書般的處方遞了過來。「這藥是不是對胎兒沒有副作用？如果不用藥是不是可以挺過去？」放心不下的我又追問了一句。「沒問題。你這濕疹已經很嚴重了，再不用藥恐怕你挺不過去。」他回答。有了這樣的保證，我當然千恩萬謝，心想到底是專科醫院，不一樣就是不一樣。樂滋滋地送上錢取回藥，樂滋滋地打了輛出租往家轉。太陽還是那麼火辣辣的，天氣還是那麼熱乎乎的，但不知是因為計程車裏空調十分充足還是怎的，那時我根本不覺得濕疹的痛苦，有一瞬間甚至不覺得身孕的沉重，甚至重新找到了身輕如燕的感覺。

　　似乎是條件反射地要仔細再三，用藥前，我又查了查書籍。這些書都是我發現懷孕後買回來「餓補」用的，別看是臨時抱佛腳，現學現用效果還真不錯。不查不知道，一查嚇一跳！強的松，明明白白屬於禁藥，一點商量的餘地都沒有！我的天哪，萬一遵照醫囑吃了下去，孩子可能癡呆，可能殘疾，還可能流產！既然這醫生連強的松都敢開，那就難保其他的不是虎狼之藥，這樣的藥我哪敢再吃？電話打到醫院辦公室，對方聽了原委，也連說這處方不合適。但直到消息見報，才表示要另請一位享受國務院津貼的專家為我重診。從專家那裏我得知：小夥子是該院院長的研究生，他的處方其

實也是可以用的，因為他開的劑量並不足以傷害胎兒。然而，專家的處方同樣對我無效。連續幾天，我徹夜難眠，精神到了崩潰的邊緣……

為什麼要這樣折磨我？愁眉緊鎖地凝視著小丘似的腹部，我第一次對這次選擇感到了懷疑。含辛茹苦地將他帶到人間，以後他是否會有出息且不去管，單說現在用藥有可能生下不健康的孩子，就叫我進退不得。顯然已經沒辦法不用藥，顯然已經不可能不懷孕，所以，眼下我唯一能做的只能是聽天由命。生命不是飄忽的雲，原來孕育一個孩子並不像書上寫的那麼浪漫。有那麼多細節，那麼多體會，那麼多變化，你不可能對第二個人說，因為你根本說不得也說不清。你只能獨自感受著，除了腹中的孩子和天上的明月，無人知曉。

我撐不住了，我答應了媽媽要來看我的建議，我恨不得她馬上就到，儘管她一坐汽車就暈，儘管天氣仍然熱得不像樣子，但我實在非常需要媽媽的支撐。看病，看病，看病——那些日子我腦中只盤桓著這一個概念。當時，我已經在南京軍區總院建了大卡。例行體檢時，婦產科大夫對我的濕疹非常驚訝。她說從醫十幾年，只見過一個孕婦和我類似，「她生完孩子就好了，孩子也一切正常。」大夫的話讓我恢復了信心，我又開始尋醫問藥。非常偶然，那天我掛到了軍區總院皮膚科倪容之主任的號。「唉，你受苦了……」白髮蒼蒼的老大夫一句話，差點讓我落下淚來。是的，倪大夫他懂，不用我說，他什麼都懂。倪大夫告訴我，孕期的濕疹、蕁麻疹與我過敏性的體質有關，沒有可以解釋的原因，也沒有可以回避的辦

法。「並不是你每次懷孕都會這樣，只不過這個孩子正好讓你成了這樣。」倪大夫給我增加了一味中成藥：過敏沖劑。事實證明，正是它讓我柳暗花明又一村了。

隨著秋天的到來，我開始一天比一天好轉。先是手腳蛻皮，隨即身上漸漸平滑起來。中秋過後，已經不覺得有多少痛苦，雖然頑固的斑痕還在，雖然全身上下還是經常癢得難過，但畢竟可以忍了。大概從10月份起吧，水腫逐漸嚴重起來。原來的鞋子都穿不下了，腿粗得礙眼，而且一按一個坑，到最後連肚皮也水腫起來。醫生量血壓、測心率全部正常，最後只能是無計可施。最奇怪的是大約從九個月起，手腕像扭折了似的疼痛。從一隻手腕疼，到兩隻手腕都疼；從拎不動大東西，到牙刷都拿不動。醫生讓補鈣，鈣片、牛奶一個都不能少。可沒用，仍然疼，疼得我以為這雙手從此廢了。忍受自己的病痛還不算，還要憂慮胎兒的健康。當時我十分懷疑腹中的寶寶會受到藥物、情緒的影響，看著滿大街活蹦亂跳的孩子，我真羨慕他們幸運的母親。我也開始體會到自己母親的不易，我能平平安安地長大成人，母親操了多少心啊！

——這些小毛小病都不值一提了，因為咬一咬牙就過去了。還真神了，孩子一生下來，第二天我的腿就瘦了一圈。沒等出院，水腫全好了。至於因濕疹引起的皮膚病，是孩子滿月後慢慢溜走的。孩子四五個月大時，手腕疼痛不治而愈。

所謂胎教

我永遠忘不了第一次懷孕做B超時的情景。

剛剛四十多天,一點感覺都沒有。因為不想要孩子,做B超確診後準備人工流產。操作B超的是一個十分年輕的實習生,她認真地對著螢幕左尋右找,忽然非常欣喜地對同伴說:「你看,心芽在搏動!」這話一下子擊中了我,我從來不知道一個胎兒首先擁有的是心臟!我無法想像一顆不依附軀幹的心臟會如何跳動,我不敢相信一顆米粒般微小的心臟已經與我息息相關。它會有著怎樣的頻率?它會有著怎樣的形狀?我忍不住探起身來。實習生沒有阻攔,她熱心地指著螢屏對我說:「喏,看見了嗎?就是這兒,跳得挺來勁呢。」

我看見一片蒼茫的海洋,波濤洶湧的海洋。我看見一座黑色的海島,孤獨遙遠的海島。我看見海浪持之以恆地吞沒著海島,海島堅持不懈地搏擊著海浪。有一會兒海島好像消失得無影無蹤了,但再過一會兒,小小的尖峰又忽隱忽現地冒了出來——還沒等我弄清海洋是不是我的子宮,海島是不是我的孩子,實習生的同伴已經命令我老老實實躺好,因為她們已經丟失目標了。當她們再次鎖定心芽時,我已經決定保留這個孩子。一顆心臟就是一條鮮活的生命

啊，我不能剝奪一顆心臟跳動的權利！我不能扼殺一條生命求生的本能！熱烈搏動了兩個多月，那顆心臟沒有繼續應和我的心率。切膚之痛讓我再也不敢提前支取太多的希望，不敢讓柔弱的心臟承載太多的負擔。但那一次B超讓我懂得了一個真理：母親可以隨時隨地與她的孩子進行交流，因為她和孩子心心相印。

這一次我故意淡忘在我體內生根發芽的那顆心臟。這位客人越是尊貴，我越要以平常心來面對，我不想把它寵得太過分。我沒有寫日記，沒有與它對話，甚至經常連想都不去想它。前三個月的危險期安然度過，有一天去超市購物，恰逢美國惠氏公司在搞奶粉促銷。「我們近期將組織免費的準媽媽講座，我們會請婦幼保健院、兒童醫院的專家教您怎麼進行胎教、怎樣護理新生兒，還將現場演示如何給嬰兒洗澡。」奶粉小姐循循善誘，她彷彿早就知道我不僅需要奶粉，更需要指導——因為胎動已經開始了。

講座設在四星級的玄武飯店。早上8點半，大腹便便的準媽媽們呼朋喚友地蜂擁而至，讓正在廳堂裏品茗的人們瞠目結舌。「惠氏公司真行！這麼熱的天竟能把孕婦叫出門來！」有人感慨不已。他們哪裡知道，不是惠氏公司有一呼百應的本事，而是惠氏公司懂得為人之母的心理。「讓你的寶寶出生時比別人聰明一點。」一句誘人的承諾讓準媽媽們坐臥不寧，恨不得立馬就將一切知識通過臍帶灌輸給胎兒。

關於胎教，我一直半信半疑。早在東漢時，賈誼就在《新書》中說：古代的王后懷孕時，令負責禮節、聲樂、飲食的官員立於門外，以隨時注意王后日常起居是否合乎標準。到了胎兒成形之時，

王后站要有站相，坐要有坐相，喜怒哀樂不可露於言表。後來，劉向又在《列女傳》中補充道：「古者婦人妊子寢不側，坐不邊，立不跛，不食邪味，割不正不食，席不正不坐，目不視於邪色，耳不聽於淫聲，夜則令瞽誦詩書、道正事，如此則生子形容端正，才德必過人矣。」我不相信懷孕有這麼多繁文縟節，我不苛求孩子才德過人，我只祝願他能夠平平安安、健健康康就好。可如果他喜歡專家們介紹的胎教方式，我也沒有理由漠視他的需求不是嗎？所以我決定：聽一堂科學的孕期知識課。

　　專家的話果然擲地有聲：「不要以為胎兒什麼都不懂。科學證明，胎兒有眼睛，可以『看見』光線；胎兒有耳朵，可以『聽見』聲音；胎兒有觸覺，可以感知媽媽肚子外面的動靜。所以，在座的各位准爸爸、準媽媽，你們從懷孕四五個月起，就應該每天按時和寶寶說話。比如你早晨起床時，可以用手摸摸肚子，告訴寶寶：『天亮了，媽媽要起床了。今天天氣真好啊！』你吃飯時，也可以說：『寶寶，爸爸準備了一桌子好菜，媽媽要多吃一點，好讓你長得胖胖的！』你出門散步，見到花可以向寶寶描述『花是紅色的，有好聞的香味』，見到草也可以介紹『草是綠色的，非常漂亮』──總之，要把胎兒當成人物，要讓他經常感受到父母無微不至的愛。你們放心，等寶寶生下來之後，有一天你會發現你的付出不是沒有回報，你的寶寶會比一般寶寶更聰明、更乖巧。為什麼？因為他是經過胎教的寶寶！」為了立竿見影地驗證胎教的效果，專家還現場播放經過改編的世界名曲，指導準媽媽們閉目凝神，邊欣賞音樂，邊與胎兒進行親切的對話。「你的寶寶會高興地舒展身軀，踢

踢腿，伸伸小拳頭。不信？你們試試看！」彷彿是對專家的理解非常感激，這時候，我分明發現肚皮「怦怦」地跳了兩下。用手一摸，一個結結實實的硬塊迅速親親熱熱地貼了上來，天知道是頭是屁股！

上完那堂受益匪淺的胎教課，我在回家的路上便制訂出周密的胎教計畫。可第二天我就發現，專家的建議並不可行。首先，我是一名職業孕婦，我不可能因為懷孕耽誤工作。每天清晨用溫和的話語、優美的音樂喚醒沉睡的寶寶當然好，但這至少要花個把小時。按時按點與寶寶交流當然是最大的享受，可我往往沒等寶寶應和我的觸摸，我已經迫不及待地進入夢鄉。怡情養性地散步、心平氣和地編織毛衫我都做不到，我只能在路過孕嬰專賣店時臨時採購，只能通過多走路、多爬樓梯來彌補運動的不足。尤其在濕疹、水腫等孕期併發症出現以後，我根本沒辦法強作歡顏去做精於教育的慈母。

胎教計畫一天天擱置起來，我對腹中的寶寶越來越充滿歉疚。我不得不鼓勵他順從我的作息方式，我常常默默地對他說：「親愛的，生活並不總能符合我們的理想，而我們卻必須微笑著面對生活。請接受你即將看到的世界吧，請不要責怪媽媽！」話雖如此，我內心深處還是潛藏著一絲不安，彷彿我已經是個不稱職的母親，彷彿寶寶已經落到別的孩子後面。直到有一天我在一份奶粉廣告上看到一句真理：「成功育兒的關鍵是持之以恆的愛。」我這才如釋重負，從此隨心所欲地打發著我的孕期生活。闡述這個真理的是中國工程院院士胡亞美，我覺得胡院士的發現不亞於發現一顆行星。

　　是的，胎教不是形式，而是理念。這個理念的核心是愛，是真愛，是博愛，是滴水穿石的愛。曾經有一家孕嬰商店向我推銷一種胎教儀，說是將耳機放到肚皮上，就能夠很方便地讓寶寶接受世界名曲的薰陶。聽了售貨員的話，我眼前立刻浮現出一幅畫面：一個望子成龍的母親正通過耳機讓胎兒接受超早期教育，母親在世界名曲中呼呼大睡，寶寶則煩躁得在肚子裏左奔右突……這樣的灌輸與其說是胎教不如說是折磨。如果一個孩子還未出生就必須接受父母為他選定的成長模式，那麼這父母簡直就是戕害自己骨肉的兇手！我相信胎教更主要的是為我們成人準備的，因為沒有為人父母的經驗，我們必須通過胎教瞭解寶寶、調整自己。

　　我不忍心用任何不自然的方式增加寶寶的負擔，但我並沒有一天放棄過胎教。事實上，我時時刻刻在與寶寶進行著不可言傳的心靈交流。雖然寶寶只能試著吸收我願意接納的清淡營養，只能試著傾聽我偏愛欣賞的古典音樂，只能試著理解我熟悉運用的書面語言，但我敢肯定，寶寶一天也沒有停止過健康生長。不信你看，他在踢腿！他在翻身！他在伸懶腰！不信你聽，他小小的心臟跳得多麼強勁有力啊！

酸兒辣女

　　這已經成為經典場面：面如桃花的少婦柳眉緊鎖，剛將一粒水靈靈的葡萄或山杏塞進嘴裏就抱怨太甜。當木訥的丈夫大惑不解時，少婦故意嗔怪地用蔥指一點丈夫的腦門，道：「人家現在就喜歡吃酸嘛。」於是丈夫恍然大悟並大喜過望，立馬將少婦抱起老高。少婦則免不了要大呼小叫地捶打丈夫，指責這莽漢驚動了胎氣——以前的電影電視大多如此表現少婦初孕，吃酸簡直成了懷孕的代名詞，以至我一直堅信：但凡孕婦是必要吃酸的。後來聽人說，懷孕的女人口味一般都很怪，但好酸的人往往生兒子，好辣的人往往生女兒。

　　我從小嗜辣如命，來者不拒。四川的麻辣吃得，湖北的熱辣吃得，山東的蒜辣吃得，廣西的乾辣也吃得，正應了宋祖英的一首歌：「辣妹子天生辣辣辣。」不僅一日三餐紅油不斷，而且隔三差五還要前往火鍋店過足辣癮。懷孕以後，知道辣椒火氣十足對安胎不利，便暗下了戒辣的決心。見我一副痛心疾首痛改前非的樣子，一位女友忍不住安慰道：「別著急！準媽媽十有八九會莫名其妙戀上以前不怎麼吃的食物。我懷孕時特別愛吃蕃茄雞蛋麵，每天非吃一大碗才心滿意足。等孩子生下來，才怪呢，再看見蕃茄雞蛋麵，

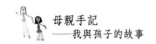
我都要吐了！你再等等，說不定過一段時間你一看到辣椒就本能地厭惡呢。」

我不放心，又追問女友：「『酸兒辣女』的說法到底有幾分準確？」

女友笑了：「信不信由你！四川姑娘十有八九吃辣，莫非四川人光生女孩不成？」

朋友的勸告果然讓我心安理得，我開始耐心捕捉好酸的感覺，因為不管生男生女，酸肯定比辣對孩子安全些，況且我還真想要一個兒子呢。手頭的參考書也說了：「孕前期妊娠反應重，大多數婦女都愛吃梅子、葡萄等酸性食物以增進食欲。」我想我本凡婦俗子，怎麼著也超不出這「大多數」吧？

除了逢年過節，我難得吃零食。許多女孩子說起梅子、蜜餞來如數家珍，我卻一竅不通。可懷孕一兩個月時，我居然特意在超市研究了半晌，精挑細選了好幾種梅子放在所有我可能需要它的地方：挎包、抽屜、床頭櫃、茶几……理由當然十分充分：萬一忽然胃裏泛酸，當然需要梅子來救急。很酸的梅子也嘗過，實在不敢恭維。幸而現在梅子的品種五花八門，尤其是辣梅，簡直是專為我準備的——它既酸又辣，還微微地有點甜，真可謂兩全其美。有了物質和精神準備，我吃起梅子來當然理直氣壯，因為「人家現在就喜歡吃酸嘛」！

然而，前三個月差不多是吃什麼吐什麼，酸東西也無法改善。從第四個月起，胃口漸漸好起來，卻還是想吃辣不想吃酸——不過酸菜魚除外。梅子就放在眼面前，可居然連看它的興趣都沒有，雖

然吃起來也並不反感。正當我為胃口不變而感到詫異時，初夏時節，我忽然發現嘴巴叮上了一樣怪東西：冷飲。差不多所有的書上都提醒了：孕婦最好不要吃冷飲，因為過於刺激的食物對她們並不合適，準媽媽只能吃不冷不熱、不葷不素、不鹹不淡、不溫不火的食物。一言以蔽之：中庸。可是，不吃冷飲我能無牽無掛地度過這一天嗎？不吃冷飲我能心平氣和地離開街頭的冰櫃嗎？不吃冷飲我能勇氣倍增地堅持這漫長的孕期嗎？物質決定精神，哲學家早已有此定論。

就像毒癮發作渴望海洛因，那陣子我每天都渴望雪糕。不需要多，一支足矣；不一定奶油味還是咖啡味，只要味道純正就行。那涼絲絲的固體滑入肚子，彷彿能澆滅心中的焦灼似的，所到之處，每一個毛孔都會舒坦地收縮起來。站在街頭像孩子似的吮吸著木棒，自己都覺得不好意思，因為的確有多少年沒有正眼看過這兒童的小吃了。霎時間，我不禁再次感慨起造化的神奇和自己的軟弱來：連想吃雪糕的慾望我都控制不了，還能指望有多大出息！罷罷罷，且過了今天再說吧。

來無蹤去無影，對冷飲的癡迷大約維持了個把月。當濕疹由次要矛盾上升為主要矛盾，我的生活從內容到形式都發生了重要變化，這些無傷大雅的癖好忽然間被病痛嚇得逃之夭夭。好不容易挨到秋高氣爽，劫後餘生的我終於獲得了再生。滿懷著對自己的深深同情，我破釜沉舟地提出一個不容回絕的要求：去吃火鍋！再不吃我受不了了！其實私下裏我已經向腹中的孩子請過假，我對他說：你把媽媽折磨得夠嗆，怎麼著也得作點犧牲才是。再說你已經七個

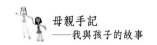
月了，不是小娃娃了，就讓媽媽盡一次興吧。你以後跟著媽媽，肯定遲早也會吃辣椒，不如現在就逐步適應。

那晚的火鍋我永遠也不會忘記。就在離家不遠的一家火鍋店。因為日子平常，店裏幾乎沒有客人。油汪汪的火鍋一端上來，就能聞到撲鼻的香辣——是非常典型的四川口味。豆腐，青菜，海帶，粉絲……無非是一些尋常的菜蔬，可一經過辣油的浸涮，立刻就色香味俱全起來。原以為遵守了幾個月的戒律，可能會讓我的吃辣能力有所退化。其實不然，頭一口湯汁才進口，我的味蕾就完全恢復了昔日的活躍。與此同時，所有關於火鍋的美好記憶也一幕幕展現在眼前：上世紀80年代初，爸爸從四川帶回調料為我們自製了第一次火鍋，那時我對辣椒還深惡痛絕呢；90年代初從南京到成都考察，一心要吃正宗火鍋，可吃完了才知道店老闆來自南京的秦淮區；90年代中期南京火鍋價位居高不下，未婚夫辛苦半個月才賺足請我打牙祭的外快……這些記憶儘管沒有什麼深遠的意義和價值，但無一不傳達著幸福的資訊。我記得那晚的火鍋差不多是我一人吃的。吃飽喝足後一摸肚子，他還是照樣伸胳膊踢腿，樂得我一個勁地誇他：好樣的！真是媽的好寶寶！

有同事聽說我死不改悔地嗜辣，竟不由分說地斷定：「你非生女兒不可了！」我不信，拿女友的話反駁他。他直擺手：「你等著瞧好了！」我只好再搬出無往而不勝的唯物主義世界觀：生男生女早已木已成舟，我才不相信什麼酸兒辣女呢。至於吃辣對胎兒會造成怎樣本質的傷害，我也姑妄存疑，因為我前兩次懷孕不是小心再三、留意再四嗎？可結果又如何呢？

　　從那以後，我再沒有過越軌的舉動。飲食也基本遵照醫囑，以清淡有營養的水產品、綠葉蔬菜為主。總體而言，我的口味與懷孕前差別不大。古人說：「盡信書不如無書。」這件事從一個角度讓我悟到了這樣的真理：每一個人都是具體而微的，不存在適合所有人的做法或建議。與其盲目遵從別人的指點，不如根據自身特點決定自己的措施。大到人生觀的確立，小到一支雪糕的選擇，概莫能外。

　　真正後怕是在孩子出生以後。緊鄰的24床告訴我：她前年差點就成為母親。已經懷孕七個月了，卻因為一次火鍋而流產，而且是一對雙胞胎，兩個男孩。醫生後來猜測，單單辣椒並不至於危害如此，可能火鍋配料裏有刺激胎兒的物質，現在的火鍋用料太複雜了。

　　24床是四川人，辣椒是她生命當然的組成。

物質基礎

因為一直擔心樂極生悲，我有很長時間不敢準備寶寶用品。直到七八個月了，確信小天使已經義無反顧地投胎人世了，才膽敢將深藏心底的喜悅慢慢釋放出來，開始為小寶寶打造相對堅實的物質基礎。

我身邊有不少幸福的小女人，還沒等她們操心，媽媽、婆婆、姐姐、丈夫已爭相幫她們備好足夠豐富的嬰兒用品，她們只要負責把寶寶生下來就萬事大吉了。更讓我羨慕的還有那些一心在家保胎的女人們，她們有充足的精力為寶寶織衣縫褲，一件件精工細做的小鞋小襪簡直如同微雕工藝品。我卻沒這番福氣，孤身一人在南京闖蕩，什麼親人都鞭長莫及。一不留神，還踏上了「新聞」這條「賊船」，每天不是奔波在採集新聞的路上，就是奮戰在採寫新聞的電腦前。難得有點空閒，賴在家裏放鬆神經都來不及，哪還有別的精力？眼看肚子一天天膨脹了，不由得漸漸著急起來：萬一寶寶性急提早來到，我可連一塊包他的毛巾都沒有啊！

趕緊參考了幾本「教輔書」，趕緊向周圍的媽咪同事、媽咪同學請教。這些媽媽一聽說我是來學習育兒經的，恨不得連心一起掏

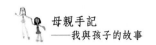

出來——計劃生育這一國策讓她們都成了「一次性媽媽」,好不容易摸索出來的經驗,不傳授他人,可惜啊!

天天媽說:「內褲一定要多備幾條,因為他動不動就會尿潮,少了來不及洗換。」

佳佳媽說:「婆婆用舊布縫製了十幾張尿墊,我一開始還嫌多,後來才知道根本不夠用。」

可哥媽說:「我當時特意買了一台烘乾機,尿布隨洗隨乾,非常管用,而且消了毒。」

圓圓媽說:「圓圓大姑當時找人從針織廠弄到一捆紗布,紗布柔軟、吸水性強,是做尿布的最好材料。尿不濕不能指望的,容易紅屁股。」

樂樂媽說:「小嬰兒的皮膚嫩得不得了,所以衣物必須是全棉的,別的小毛娃用過的才軟和。如果是新買的,最好煮一煮,一來衛生,二來柔軟。」

……

……

綜合歸納之後,我的採訪本上便多出這樣一個購物清單——

服裝類:小包被一條,和尚衫三至四件,全棉內褲六條左右,棉衣三套,全棉線衫二至三套,小棉帽一頂,小棉襪三雙,小鞋子一雙;

日用類:小毛巾多多益善,洗臉盆一隻,洗腳盆一隻,洗澡盆一隻,奶瓶二隻,尿布四五十條,尿不濕數包,浴巾三條;

洗化類:洗髮精,沐浴露,潤膚霜,潤膚油,護臀霜,棉簽;

家居類：小床及床上用品。

其他東西隨機添置。

理清了思緒，我便利用外出採訪的機會採購了。

記得曾經看過一篇京城名女人的專訪，這位女士非常在乎生活質量，所有東西非名牌不買。她的兒子在這種觀念中長大成人，他會非常得意地對同學說：「我要是穿著你們這種衣服回家，我媽非把我踢出門不可。」名女士對此解釋道：名牌有名牌的品質，使用名牌可以讓兒子從小養成精益求精的習慣，而且如果他想繼續維持這種有品位的生活，就必須一直努力向上，因為名牌是需要金錢的。我並不是一個對生活苛求的人，可不知為什麼，這篇專訪一直讓我印象深刻。隨遇而安，委曲求全，難得糊塗，自己這一輩子就這麼著將就過下去也就罷了，寶寶哪能和我一樣呢？「不能讓寶寶的人生從大市場開始！」當時我腦子裏滿是這樣的觀念，所以我一開始就沒打算貨比三家、精打細算。

第一次採購是在路過中山北路「十月媽咪」的時候。那是家門面很大的品牌店，琳琅滿目的孕嬰用品，看上去可愛得很。在伶牙俐齒的售貨大嫂勸導下，我很快就挑中了一套嫩黃色的棉衣、三身質地良好的內衣以及四雙色彩鮮豔的棉襪。雖然不敢確定寶寶的性別，但我下意識裏挑的全是比較素淨的，因為我總覺得應該有個兒子。東西貴得嚇人！尤其那棉襪，居然要十塊錢一雙，我什麼時候也沒買過這麼貴的襪子啊！說真的，當時我將小襪子拿在手裏把玩了半晌，實在猶豫不決。可轉念一想，是臺灣生產的，樣式又這麼可愛，恐怕還是值得吧？襪子對寶寶意義重大，它標誌著寶寶的人

生起點呢。得，貴就貴一點吧，就是它了。還值得一提的是一雙藍色的絨鞋，只有巴掌大小，卡通造型，鞋面上有兩隻滴溜溜亂轉的眼睛。「這鞋好，高幫鬆緊口，小毛娃蹬不掉的！」營業員一句話就把我說動了，根本沒在乎它四十塊錢的高價。只是在結賬時暗自一驚：總共三百多塊錢呢！

一回到家，我就急忙按照「教輔書」的要求，將嶄新的衣物一一清洗、煮沸、暴曬。望著陽臺上可愛的小衣服，我打電話向老家的媽媽彙報自己的戰果。

老媽一聽直咋舌：「小孩子長得快，你不要什麼都買新的。他天天睡在床上，包在被子裏，哪用得著鞋子？四十塊錢一雙，比我的鞋還貴！你別瞎忙啦，我都為你考慮好了！家裏小孩舊衣服一大堆，都是你哥哥姐姐家用剩下來的。尿布也準備好了，是用舊床單、舊被褥撕的。」

我急了：「不行不行，那些舊衣服亂七八糟的，我不要！沒有紗布做的尿布嗎？那些尿布有沒有煮過？」

老媽答：「尿布已經用開水燙過了，你放心！」

我又急了：「不行不行，非煮不可，書上說的！」

老媽說：「你以前就是這樣過來的，不也蠻好？」

我答：「好什麼呀？我以前連牛奶都喝不起，要是還讓寶寶受這種罪，還不如不生呢。」

老媽不高興了，她嚷嚷著「隨你隨你」，掛斷了電話。好在還沒等我收回外面的衣服，老媽的電話又來了：「你爸說馬上去買新的包被和棉襖，不要你煩了。還有，尿布也煮了。都是全棉的，

不比紗布差！」老媽的消費水平我怎會不清楚？她肯定只會挑那些最實惠的。可有了老媽的承諾，我心裏頓時就踏實了很多，再出門時，忽然就有了且走且看的從容。有了這種閒適的心情，這才發現其實身邊可選嬰兒用品的商店有好多。

　　沒過多久，幾位朋友相繼送來了小床、小車、澡盆以及許多零零碎碎的東西。到了11月份，又收到一隻寄自美國佛羅里達的郵包，裏面裝滿了寶寶乾媽送來的禮物：漂亮衣服、嬰兒牙刷、吸鼻器、指甲鉗、會唱歌的大河馬。乾媽說：「代我把河馬繫在寶寶床頭，讓我天天哼著眠曲哄寶寶入睡。」我照她的意思佈置好小床：床頭貼著史努比，床尾掛著天藍色的大河馬，床上鋪著厚厚的棉毯……守著這樣的小床，我終於放心了。

生命的諾曼第

　　離12月8日的預產期還有一個多月，我已經大腹便便、步履維艱了。每次出去採訪，熟悉的朋友總說：「你們報社未免太不人道了吧？」不熟悉的朋友則好心提醒：「千萬要注意身體啊！」為了不讓報社背黑鍋，為了不讓親朋好友提心吊膽，也為了不讓自己因為忙碌而失去梳理心情的機會，我決定從11月起回家待產。

　　終於心安理得地鬆弛了下來。

　　喜歡這樣的生活：隨心所欲地睡到自己睜開眼睛，聽聽音樂散散步，吃兩隻水果讀幾頁書，邊曬太陽邊數胎動……直到這時候，我才決定要給寶寶寫點什麼。因為直到這時，我才敢確信他不會再離開我：已經進入出生倒計時，他想跑也跑不掉了。儘管他就在我的肚子裏，但我一直覺得他的靈魂還在天上，還在隨心所欲地享受著天使的自在。他因為什麼緣分成為我的孩子？我不清楚，可以肯定的是放棄天堂來到人間，尤其如今這個人間實在需要非凡的勇氣，我感謝甚至敬仰他的勇氣！

　　我開始給寶寶寫信，將懷孕以來的所思所想坦率地告訴這個即將來到人世的小天使。我想對他說：即便是最無私、最無畏的母愛，也曾有過猶豫、動搖的時候。但是請你放心，媽媽既然選擇了

你，就會不講條件地愛你！不管你是俊俏還是醜陋，是聰明還是愚笨，是溫良還是頑劣……甚至不管你愛不愛媽媽都無所謂！我還想提醒他：人世間始終存在著許多的痛苦和無奈，也許哪一天你遇到了其中的一個，你覺得無法忍受，你後悔離開了天堂。這時候請你回過頭來，你會發現媽媽就在你的身旁，媽媽永遠向你敞開著懷抱——寶寶能看懂這封信可能需要十年、二十年，但無論如何他遲早會看到，遲早會懂得。

第三十六周體檢結束，醫生囑咐我：「孩子已經足月，隨時都可能臨產，必須密切注意觀察。如果下周還不生產，就非住院催產不可了！」說真的，這時候我就像備戰多時的新兵，早已急不可耐。從物質到精神，我都作好了馬上入院的準備，我盼望寶寶快點出世，我盼望早點從嚴重的水腫和瘙癢中解脫出來，我盼望早點揭開腹中的謎語，早點將肉乎乎的寶寶抱在懷裏。關於生產的描述我已經聽得多了，無非就是驚心動魄，無非就是痛不欲生，無非就是手足無措。沒關係，反正總歸要過這一關。我事先將突發險情的處置方案溫習了一遍又一遍，就等著兵來將擋、水來土掩。

可是，12月8日悄無聲息地過去了，12月9日悄無聲息地過去了，12月10日悄無聲息地過去了，寶寶仍然沒有一點問世的跡象。不少朋友打來電話追問：「生了嗎？」我都充滿歉疚地回答：「還沒呢。」他們越關切，我越不好意思，彷彿自己誤判或謊報了軍情。轉眼，一周又過去了，12月15日，我又精神抖擻地到醫院體檢。醫生一邊監測胎心音，一邊用手拍著一個大硬塊笑道：「還賴在媽媽肚子裏幹什麼？想長成小肥豬啊！」那個大硬塊好像聽懂了

醫生的話，立刻很興奮地凸顯起來。我問醫生那是什麼部位？醫生說：「是大屁股！」醫生告訴我，胎兒已經入盆，是正常頭位，可以住院催產了。如果聽任他自由發展，胎兒長得太大會不利於順產，萬一羊水混沌也對胎兒有害。入院前又做了一次彩色B超，因為木已成舟，我以為醫生會願意提前透露上帝的秘密，遂試探著詢問孩子的性別。醫生非常職業地回答：「我們不看性別，但好像男孩的可能性更大些吧。」

是兒子！我驕傲地將消息告訴所有能告訴的人！朋友笑話我重男輕女，我鄭重其事地回答他們：關於好男人的標準，我很可以說出個一二三四來。可什麼樣才是好女人？我至今還懵懵懂懂。連目標都沒有，我如何能夠教育好女兒？我這輩子做女人做累了，只有兒子才能不再走我走過的路，不再流我流過的淚，不再痛我痛過的痛，不再求解縈繞我一生的困惑……我開始做夢，我幻想十八年後有一個挺拔英俊的小夥子依偎在我身邊：他清潔，健康，開朗，善良，他懂得珍惜和尊重別人對他的愛，他明白人生最大的意義不是追求功名利祿這些身外之物，他願意像呵護火種一樣呵護我們心靈深處度數不高的那點溫暖。

萬事俱備，我呼喚寶寶：趕快出來吧！趕快來穿你漂亮的新衣服，睡你溫暖的搖籃，聽你熟悉的音樂，認你陌生的父母！

12月16日，我帶著大包小裹住進了醫院。軍區總院的住院大樓是新蓋的，踏著明淨的大理石乘電梯來到產科，我發現每間病房前都放著一兩隻喜氣洋洋的花籃——產科大概算得上是全醫院最讓人高興的病區了。穿過暖氣襲人的走廊，不時可聽「哇哇」的啼哭

聲。這些哭聲有的高亢強勁氣勢十足，有的婉轉綿長韻味悠遠，還有的聲嘶力竭不顧一切……一時間，我聽得捨不得挪步，身心一下子沉浸在莫名的幸福裏。什麼叫做「如聽仙樂耳暫明」？什麼叫做「此曲只應天上有，人間哪得幾回聞」？這就是了。病房裝修得如同賓館標準間，電視、微波爐、衛生間一應俱全。這樣的一張鋪一天收費百元，如果付兩百元，就可以享受包間待遇。包間干擾要小些，雙人間可以與別的媽媽交流經驗，二者各有利弊。權衡再三，我還是決定選雙人間，因為我希望寶寶一生下來就是一個社會的人。一聽說住23床，孩子他爸立馬就笑了：喬丹的號碼！

17日例行檢查，沒有動靜。18日，護士拿來一瓶蓖麻油，叫我用此油炸雞蛋吃。床位醫生李蓉說，蓖麻油可以催產，如果吃了還沒有反應，就非得掛催產素了。蓖麻油炸的雞蛋難以下嚥，每吃一口都恨不得吐出三口。連吃兩頓，依然沒有動靜。沒有動靜當然躺不住，且病房熱得讓人窒息，我先在走廊裏散步，又到其他病區轉悠，再到樓下的花園裏呼吸新鮮空氣。實在悶得受不了，乾脆走兩站路回家，把隨聲聽、小說都帶到了23床。18日晚上，孩子他爸陪我到解放門散心。沉沉暮色中，高大的明城牆顯得格外巍峨。站在老城牆濃厚的陰影裏，我使勁呼吸著微雨過後的清新空氣。這時候，遠處依稀傳來雞鳴寺寶塔的銅鈴聲，似有若無的，讓人不知今夕何夕。此時此刻，我彷彿回到了從前身輕如燕的時候，情不自禁要閉上眼睛，靜靜享受著當下的一切。我差一點忘記了醫院，差一點忘記了胎兒的存在，直到他大夢初醒般扭動起身軀，情緒激動地抗議我對他的忽視。我拍著肚子笑道：「明天就要掛催產素了，不

知你還能堅持多久？」

　　其實我很害怕催產素。十月懷胎一朝分娩，我總覺得生孩子應該是水到渠成瓜熟蒂落的事情。哪吒不是懷胎兩年才落地的嗎？如果剛滿三十七周就給哪吒的媽媽掛催產素，哪吒還會是哪吒嗎？可醫生的話也不是沒有道理，發育完全的胎兒多賴一天就會多出一天的分量，萬一長成個八斤、九斤，豈不要了我的小命？這是其一。其二是聽說催產素對產婦的作用各不一樣，有的掛半瓶就見效，有的掛兩天還沒反應，而後者將伴以兩天兩夜的疼痛。我生性敏感，任何傷害都會刻骨銘心。《左傳》裏說，鄭伯的母親因為鄭伯出生時難產，從此就對鄭伯不甚喜歡。我很擔心自己也會重蹈鄭太后的復轍。幹嗎不能突如其來地出現情況，手忙腳亂地送進產房呢？要知道再驚險的游擊戰還是游擊戰，而只有運籌帷幄、不動聲色的陣地戰才往往讓人夜不能寐啊！

　　害怕歸害怕，一切還按醫生的計畫按部就班地進行：12月19日上午，小護士早早就通知我到產房去掛水。家人恰好都不在身邊，我向室友打了個招呼，故意裝做無所謂的樣子，僅穿了一件棉布襯衫，帶著手機和諾貝爾文學獎獲獎小說《憤怒的葡萄》，獨自來到了空無一人的產房。躺在靠窗的一張床上，護士為我安置好監聽胎心音的儀器，然後開始掛水。當護士轉身離開時，我抬頭看了一下牆上的掛鐘：9點整。

　　《憤怒的葡萄》很遙遠，主要描述了美國西部大開發時失地農民的迷茫和痛苦。這樣的故事我不很喜歡，看在是經典的份上，還是一頁一頁地往後翻，反正閒著也是閒著。10點半鐘左右，開始感

覺有隱隱的疼痛。到了11點鐘，疼痛間隔的時間短到了十來分鐘。直到這時候我才知道中午不可能回病房吃飯了，必須繼續留在產房掛水。第二瓶水掛到一半時，媽媽讓護士送進一碗香血糯稀飯。不知怎的，吃下去時間不長竟然全吐了，然後就什麼也不想再吃。我發現時間越過越慢，而陣疼的頻率卻越來越快，特別擔心會像有些朋友經歷的那樣：疼上兩三天才有結果。12點半前後，一位中年護士給我作了檢查，說：「還早著呢。」她留給我一個若無其事的背影，然後就把我留在無邊的茫然裏。書早就看不下去了，為應付疼痛，我已經從平臥變成側臥，從表情平和變成眉頭緊鎖，從雙手開放變成緊抓床欄，從不時盯著牆上的掛鐘到閉上眼睛陷進床裏……不過儘管如此，我仍然覺得咬咬牙就能撐過去。也許因為心理準備過於充分吧，我一直以為最嚴酷的考驗還在後頭。大姐當年曾對我說：「江姐要不是生過孩子，肯定不會那麼英勇無畏。」她的話讓我堅信生產是女人最難過的生理關卡，所以只要還有一線忍耐的可能，我都不覺得到了最危險的時刻。大約下午2點鐘時，我正經歷著新一輪疼痛，忽然手機響了。勉強支撐著接聽電話，意外聽到遠在美國佛羅里達州的好友虞蘭的聲音：「怎麼樣？生了沒有？」我有氣無力回答：「我正在產房，掛了催產素，恐怕今天就要生了。對不起，我很疼，不能對你講了……」虞蘭理解地掛斷電話，我也同時關了手機。我知道家人就在門外，他們可能很想瞭解我的最新情況，我也非常希望他們能守在床邊，握住我的手說：「別擔心，有我們在這兒！你真了不起！」可是產房依舊空無一人，護士們按部就班地處理著份內的事情，我只能獨自面對正在發生和已經發生的一切！

　　搞不清幾點鐘，我終於有點撐不住了，疼痛讓我發不出一點聲音，我緊緊咬著嘴唇，分明感到有一個硬硬的東西在一陣一陣下墜。護士再檢查時驚呼：「宮開四指了，趕快上產床！」我趕緊要求打止痛針，誰知護士回答：「來不及了。」另一位安慰我說：「一針一千多塊呢，而且不一定有什麼用，你挺一挺，一會兒就過去了。」我絕望極了，只好要求讓媽媽進來陪我。護士又說：「生產時你媽是不能在旁邊的，等於白交五十塊錢。」完了！計畫全亂了！我只能孤軍奮戰了！腦子一片空白，眼前一片模糊，深一腳淺一腳，我被護士扶進了閃爍著金屬寒光的產房。當時的樣子有多麼狼狽？我根本不敢想像。我相信此時此刻的女人是世界上最無助、最狼狽、最醜陋的人，她就像一塊骯髒的抹布，完全失去了自潔的能力。護士在旁邊不停地鼓勵著、指導著，我聽見有人說：「這個產婦不錯，一聲也沒吭。」這句話讓我恢復了信心。

　　一位媽媽同事對我說過：「其實哪裡是生孩子，是孩子自己生自己。」這話實在經典極了，我敢說天下所有的媽媽一定都會拍手贊同。什麼叫做瓜熟蒂落？什麼叫做水到渠成？十月懷胎，一朝分娩，一個發育正常的孩子自己就懂得把握生命的節奏，根本不用我們瞎操心。隨著那個硬塊一陣陣的下沉，我不得不拼足力氣配合著他。當時我的手極想抓住什麼東西，正好一位小護士站在我身邊，她的手一下子就被我攥住，說什麼也不肯放鬆，直到她們把我的手挪到床的扶手上。「用勁！用勁！已經看到了頭了！再使一把勁，你要是不用勁，孩子就會窒息了！」這話嚇住了我，趕緊再吸一口氣──

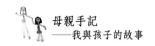
忽然，我聽見護士說：「好了好了！出來了！」隨即又感覺一陣特別的輕鬆，孩子生出來了！

時間定格了，是12月19日15點20分。

那天，是我們生命的諾曼第。

第一次

對於一個嶄新的生命，有多少值得紀念的「第一次」啊！

第一個「第一次」，當然是嬰兒的哭聲。原以為和電影、電視裏一樣，會持續地「嚶嚶」地啼哭。但我聽到的第一聲分明很短暫，「哇哇」的，中氣十足，不像是哭，倒像是說話，像是在提醒護士：「輕點哎，你們！」嚷嚷幾聲之後，也許已經沒什麼不滿意，就不再吱聲了。

第一眼看見那個小東西，是在護士懷裏。沒戴眼鏡，模模糊糊只看到小傢伙那麼大！那麼胖！整個脊背肉滾滾的，顯得特別結實。頭很大，頭髮很少，腦門特奔。猛然看見這個多出來的小傢伙，第一感覺是陌生。在護士忙忙碌碌的身影中，我默默地遙問這個小生命：不就是你讓我忍受了那麼多的磨難嗎？你的誕生到底對我意味著什麼？我真的不會後悔嗎？……稍微恢復點元氣，我問護士：「男孩女孩？」有人回答：「是個胖丫頭。」我心裏有些發蒙，我想不是說好了是男孩嗎？怎麼一下子又成了女孩？幸虧產房裏只有這一個孩子，否則我真要懷疑是不是調包了。她們一直不把孩子抱到我面前來，我只能遠遠地看著護士給她稱了體重、量了身高，並手腳俐落地給她穿了衣服、戴了帽子。「七斤六兩！五十二

公分！」我聽護士說。這個數字嚇了我一跳，我真沒想到她會那麼大！前天做B超，醫生分明告訴我是六斤多的，要是事先就知道她有七斤六兩，我還有勇氣嗎？過了好一會兒，護士總算將我扶躺到一張移動床上，但又說要再觀察兩小時才能回病房。這時，曾被我抓住手的小護士將一杯熱熱的牛奶端到我面前。我非常感謝她，一口氣將奶喝完，才覺得有些餓了。

　　第一次餵奶是在產房裏。出生不到一個小時，她們就將小傢伙抱來開奶，據說嬰兒吃奶越早，母親的奶水就越好。我端詳我的女兒：她穿著醫院配發的紅白相間條紋的蠟燭包式棉襖，可笑地戴著一頂雪青色碎花小尖帽，小臉非常飽滿，臉頰圓圓的，腦門很大很大，眼睛有些浮腫，分明是她父親家族的遺傳。不像我，哪兒也找不出我的影子，我簡直奇怪她真是我的女兒？更奇怪的是，她像小動物一樣笨拙地俯在我懷裏，而小嘴一旦碰到乳頭，居然就立刻神奇地吮吸起來。天哪！好大的勁！好像要把我吸空似的！怎麼這麼蠻橫？這麼霸道？難道我天生欠著她的？哦，想起來了，可不是我欠著她？我是她媽媽啊！我欠她永不枯竭的愛！只吸了幾口她就失去了興趣，不管怎樣，她人生的第一項作業算是完成了。護士隨即把她抱到熱光燈下取暖。她離開，使我此生第一次體驗到負載的失落。

　　推出產房已是傍晚，家人全都焦急地等在門口。看見他們，我感到從未有過的親切。一回到病房，我迫不及待地想吃飯，媽媽立刻端出了米粥、熱湯任我挑選。面對圍著我團團轉的親人，我第一次感到那麼理直氣壯，第一次無比坦然地接受著他們的照顧——

為什麼不呢？是我帶來了這麼健康的小生命，是我給大家的生活增添了色彩，是我讓大家的未來充滿了希望，我怎能不居功自傲！媽媽問我怎麼樣？我告訴她：「我很好！」的確很好，比預料的好得多，比十個多月的忍耐好得多。哪裡有那麼多痛不欲生？哪裡有那麼多不堪回首？有的只是銘刻一輩子的記憶——這種深刻感受想必很多女人都會擁有。有一次看《藝術人生》奚美娟集，主持人朱軍問奚美娟：「你覺得到現在什麼事讓你印象最深？」奚美娟毫不猶豫地回答：「生孩子。」奚美娟的話聽得我怦然心動，我覺得立刻就懂得了奚美娟，因為我早就意識到，這個世界上無論哪個驚天動地的歷史事件，都抵不上孩子出生的那個時刻對我更重要。

　　第一次大便發生在當天晚上。小護士早就打過招呼，要記住胎糞的時間。然後，她每隔一小時就拿著本子來記錄：「大便了沒有？小便了沒有？」大概晚上八九點鐘吧，我們終於興高采烈地發現：尿不濕髒了！可打開尿不濕卻嚇了一跳，怎麼黑綠黑綠的？出門就叫小護士，小護士說胎糞都這樣，正常的。放了一顆心，趕緊手忙腳亂地拿出強生嬰兒濕紙巾和一隻新尿不濕。然而小傢伙手舞足蹈，一點都不配合，小腿也細得讓人心疼，簡直不知道如何下手。還是護士看不下去，上前親自示範：左手握著女兒柔嫩的雙腳往上一提，右手用濕紙巾擦淨小屁股，然後將乾淨的尿不濕墊上，飛快地解決了環境污染。懂得了尿不濕，我們總算通過了做父母的第一關。大便到底有證可查，小便就來無影去無蹤了。因為不會對尿不濕作出準確判斷，我竟然一連兩三天告訴護士「無尿」。護士長實在忍不住了，有一次她特意跑來查問這件大事：「你們的寶寶

怎麼可能這麼多天沒有小便呢？」我很無辜地回答：「搞不清楚，要不她已經尿了？反正我看不出來。」護士被我弄得哭笑不得。

第一次考驗是在當天夜裏。那一夜過得真是辛苦，因為她動不動就哭，她一哭我就急忙要餵奶。護士說了，母乳是寶寶的第一食品，母乳最適合寶寶的腸胃，有利於寶寶吸收，母乳含有天然抗力，有利於寶寶增強抵抗力。護士還說，奶水是越吃越多，只要寶寶想吃，就應該餵。所以第一夜幾乎徹夜未眠。原以為做女人最大的關卡是生產，現在才知道養育的過程其實是生命再造的過程；原以為生下孩子就可以輕輕鬆鬆地躺在床上任人服侍，現在才知道只要當了母親便一輩子不可能安心；原以為卸下包袱可以隨心所欲地橫躺側臥，現在才知道在「母親」這本字典裏根本沒有「休息」這樣奢侈的辭彙！

第二天早上第一次洗澡。實習的小護士一上班就笑瞇瞇地跑來提醒道：「別餵太多奶，一會兒要洗澡了，請幫寶寶準備一件乾淨內衣。」9點不到，小護士又來了：「準備好了嗎？寶寶要洗澡嘍！」這時候，她爸爸問了個非常奇怪的問題：「萬一洗澡時換錯了怎麼辦？」小護士笑了：「怎麼會呢，寶寶衣服上不有標籤嗎？再說你們難道還不認識自己的孩子？」她爸爸嘀咕道：「寶寶長得都差不多！」小護士前腳推著嬰兒車出門，她爸爸後腳就不由自主地跟了過去。屋子裏一下子清靜極了，疲憊不堪的我想趁機睡一會兒，可奇了怪了，嬰兒車不在旁邊心裏居然空落落的，原本濃重的睡意這時都跑到爪哇國去了。不一會兒，她爸爸高興地回到病房說：「這下我放心了，我們的寶寶比那些寶寶漂亮、結實多了，在

哪兒我都一眼能認出來！」不到十分鐘，小護士又推著嬰兒車回來了。寶寶已經舒服地睡著了，我看到她的頭髮濕濕地粘在頭上，小胖臉紅撲撲的，的確漂亮極了。

　　第一次手足無措是在她大哭大鬧的時候。大張著無牙的嘴巴持續不斷地「嗚哇嗚哇」，小手小腳不住地亂抓亂蹬，一會兒工夫就聲嘶力竭了。聽著她無比洪亮的哭聲，看著她無比投入的表情，起初還覺得頗為有趣，但很快就急得心裏上火──這小傢伙正兒八經在玩命呢！我搶先把她抱進懷裏以母乳安撫，誰知人家根本不屑吃上一口，依舊把嘴巴咧成「O」型。「肯定是屁股不舒服！」她爸爸趕緊將她放倒在床上，飛快地解開層層包裹，將一隻才用不久的尿不濕換了下來。然而因為放鬆了束縛，人家靈活的手腳可以自由地配合情緒的發洩，這一來哭得更傷心了！「還是你們不會哄！」她大娘一邊說著，一邊自信地將她抱在懷裏左拍右拍，嘴裏還哼哼著自編的眠歌。可是天哪！這小東西竟然搖頭晃腦哭得氣急敗壞了！我們都急壞了，要不是哪兒不舒服，寶寶何以至於如此拼命？剛打算去請醫生，值班護士已經聞風而至。可她們也拿不出絕招，在排除病理因素後，她們給寶寶餵了點水，又哄了好半天才漸漸平息。那一次哭鬧持續了大約有半小時，護士因此封我們寶寶為「歌唱家」。

　　第一次微笑出現在她的夢中。小傢伙老老實實地閉上了眼睛，忽然小嘴一咧，笑了一下。嬰兒的微笑有多麼美啊！它像初放的鮮花一樣嬌嫩，它像清晨的露珠一樣純潔──它就是天堂本身啊！看著她那樣幸福地微笑，我們懷疑她此時此刻又回到了自己的老家，

那個地方肯定既溫暖又明亮，她在那兒可以隨心所欲地飛來飛去，像一匹脫韁的野馬……也正是這樣的微笑讓我第一次獲得了為人之母的幸福感，我忽然強烈地意識到：生命是多麼可愛啊！母親對此解釋說：「是夢婆婆教她的。小孩子一生下來什麼都不懂，夢婆婆就會在她睡著的時候告訴她要這樣要那樣。她要是不好好學，夢婆婆會發脾氣打的。」

果然，寶寶才笑了兩下，又轉而發出驚懼的哭聲。我趕緊伸手撫摸她的小臉，我安慰她說：「寶寶別怕，夢婆婆不會對你怎麼樣的，因為你已經屬於媽媽了，媽媽愛你！」

小夥伴

　　女兒的第一個小夥伴應該是24床的寶寶。

　　我剛入院時，緊臨的24床據說已經生了。可是我只看見新媽媽虛弱地躺在床上，新爸爸盡職地守在旁邊，卻半天沒發現小寶寶的身影，我還以為小傢伙被護士抱走了呢。

　　「寶寶一直在這兒呀。」得知我的疑問，年輕的軍官父親當即揭開床頭一隻推車的蓋頭。我湊過去仔細一看，哇，敢情小車裏還藏著一個嬰兒呢。可真是一個典型的小嬰兒！頭顱好像和我的拳頭差不多，鬆鬆地套在一頂醫院配發的小花帽裏。小花帽下是一張又紅又皺的小臉，彷彿一隻小貓。只見「小貓」的小眼睛、小嘴巴都緊緊地閉著，正呼呼大睡呢。

　　「這孩子真乖，一點都不鬧！」我誇讚道。

　　「是蠻乖的，除非肚子餓了、尿不濕潮了，一般不哭。」軍官父親一邊說著，一邊用柔和的眼光凝視著自己的寶寶。就在這時，這小寶寶「嗯嗯」地哼了起來。軍官父親趕緊俯下身溫柔地道：「佳佳，咱們不哭，是不是屁股潮了？」──原來這「嗯嗯」就是哭了。

　　只見軍官父親把「小貓」抱到病床上，熟練地打開包袱。立刻，兩條亂蹬的小細腿露了出來。經檢查，軍官父親決定換一隻尿不濕。看他一下子拎起「小貓」的兩隻小腳丫，我真擔心「小貓」的小細腿會骨折。天哪，最小號的尿不濕對於「小貓」也太大了，哐哩哐啷的，像穿了一條白裙子。

　　等忙完這些後，軍官父親告訴我，佳佳是個早產的女寶寶，才出生五天，體重五斤二兩。他解釋說：「離預產期還有半個月呢，醫生檢查時說缺氧。我們不敢大意，就趕緊做了剖腹產手術。」不過看著這對夫妻的小模樣，我相信就算佳佳足月也不會是個大塊頭。佳佳媽不是剛生完孩子嗎？可她身材仍然苗條得讓人嫉妒呢。當然，那時候沒人想得到和佳佳媽差不多高矮的我竟能生出七斤六兩的大女兒，連佳佳爸聽說後也嘖嘖稱奇——這是後話了。

　　佳佳的父親是南京軍區某部的一名初級軍官，與我同齡。年輕的母親也穿軍裝，她不怎麼愛說話。其實在女兒出生前，我對佳佳的乖巧並沒有特別的感受。只記得入院的第一夜我幾乎沒有睡覺，因為佳佳的父母保留著一盞長明燈，而且他們動不動就要起身，或是孩子要吃奶，或是大人要喝湯。佳佳也經常會哭，只是她的哭嚶嚶的，分貝很低，聽起來竟如同催眠曲一般。入院的前兩天我沒有一點負擔，於是就經常饒有興趣地看小倆口照顧「小貓」，心裏免不了感慨連連，不停地在想：我的寶寶會是什麼樣呢？他也孱弱得像只貓嗎？唉，這麼小的小東西，哪天能長大啊……

　　佳佳是我入院後的第三天上午回家的，當時我正在接受檢查，都沒來得及和他們告別。第四天下午，我那大嗓門的女兒就蹦出來

了，她比佳佳整整小了七天，可無論是身高、體重、頭圍、音量、耐力還是強烈的自我意識，都彷彿佳佳的姐姐。女兒問世的頭兩天，24床一直無人入住，直到我們即將出院。

　　第二個24床是一個年僅二十歲的川妹子。她本來是到醫院進行例行體檢的，沒想到醫生一查大吃一驚：「你都快要生了，還不快去辦住院手續！」於是她立馬打電話通知老公，自己則從門診部走到了住院部。將近中午才住進來，中飯還沒吃完就開始陣痛。送進產房僅兩三個小時，就順利生下一個六斤八兩的男孩。要不是因為產後大出血緊急輸血200毫升，她生孩子真跟玩兒似的。到底年輕！傍晚送回病房時，24床的臉色還是煞白的，晚上已經精神地下床了。孩子也精神，小胳膊小腿都非常有勁，聲音也是「昂昂」的。因為都穿著醫院的嬰兒服，一開始我怎麼看怎麼覺得他和我的寶寶一個樣。把女兒抱到小弟弟面前仔細比較，才發現女兒比人家大了一圈。同樣的絨布帽，人家戴著剛剛好，女兒的大腦門竟被勒出了一道印子。除此之外還真是相像，都是虎頭虎腦、結結實實的。

　　到底不是佳佳，那男寶寶一哭起來也有點剎不住。我們是見怪不怪了，可川妹子就很著急。他爸爸已經把孩子抱在懷裏哄了，川妹子還是忍不住坐了起來。「你哭什麼呀？煩不煩？餓你就吃嘛。」她把兒子抱在懷裏像抱著一隻大玩具，而她說話的口氣就像和一個成人在交流。兒子當然不理會她的指責，照樣哭鬧不休。川妹子沒辦法，只得耐著性子「噢噢」地邊拍邊哄。哄著哄著，川妹子忽然發現了新大陸：「咦，你看他的腦袋怎麼一邊大一邊小啊？

快給他揉揉，別以後長成個歪腦袋。」就聽她那也很年輕的丈夫回答說：「哪能啊，長長就好了。」夜已經深了，小夫妻好容易才哄睡寶寶。可沒睡一會兒，兒子又醒了。直到後半夜大家都疲了，這一家三口才都安安靜靜地睡著了。

生孩子沒有親人照顧是不可想像的，但川妹子身邊除了老公再無旁人。她私下告訴我，娘家人都遠在四川，根本不可能趕來幫忙，婆婆倒就在南京，可老公心疼她身體不好，說什麼也不肯讓她來醫院，只讓她在家燒湯。好在那小夥子十分硬朗，不怕持續熬夜，川妹子對此解釋說：「是上網練出來的。」因為住院匆忙，他們準備的東西很少，於是小夥子一會兒買回兩隻微波飯盒，一會兒拎回一紮衛生紙，一副簡簡單單過家家的樣子。幸虧超市就在街對面，缺什麼都能立馬補齊。更讓我驚訝的是，他們竟然第二天就買來了奶瓶和奶粉，而且只將瓶子用開水燙了燙就用起來了。我忍不住奉勸川妹子要多餵母乳，川妹子卻抱怨兒子不肯吃自己的乳汁。「吃不飽他鬧死了！」川妹子還告訴我，她前年懷過一對雙胞胎，七個月時因為自己吃火鍋流產了，都是男孩。

和川妹子相伴不過兩天，我和女兒就平安出院了，我們從此沒有了音信。但我直到今天還忘不了這一家人，直到今天還記得川妹子那張水色很好的臉龐、那副大大咧咧的模樣，甚至那件像天空一樣蔚藍的毛衣、那一口發音標準的普通話也無法淡忘……她兒子現在不會還比我女兒小一圈吧，他畢竟是個男寶寶呢。出院後，我們與佳佳的父母聯繫過一段時間。我們在電話裏互相詢問寶寶的健康，互相交流餵養的經驗。我得知佳佳一點點長大了，一次能喝30

毫升奶了，一次能喝50毫升奶了，一次能喝80毫升奶了，體重和個頭都快趕上我女兒了⋯⋯可惜後來因為種種原因，我們的聯繫沒能堅持下去。每當我遇到那些出生時體重偏輕的小寶寶，我都會想到佳佳，她現在肯定長成漂亮姑娘了吧？

　　這就是女兒人生中的第一對小夥伴。這三個孩子的相遇是上天的安排，我不知道他們今後是否還會有邂逅的機會，但我希望女兒知道：她來到的這個世界充滿了各種各樣的因緣，我們身邊出現的每一個人都值得我們珍惜、善待。

回家

　　我和女兒是耶誕節這天出院回家的。

　　雪從平安夜傍晚開始下起，到華燈初放時，城市已是銀白一片。站在溫暖如春的病房裏放眼窗外，我忽然覺得外面的世界是那麼遙遠，不遙遠的只有身邊的嬰兒。可以想像，此時此刻我的同事們一定正在加緊趕寫有關瑞雪的新聞，報社龐大的採編中心裏一定是燈火通明人氣極旺。而此時此刻，我卻安詳寧靜得如同一片正在飄落的雪花。望著嬰兒熟睡的面容，我彷彿聽到聖潔的讚美詩和悠揚的鐘聲從天堂傳來，一股祥瑞之氣始終縈繞在心田……

　　第二天，家人很早就來接我們了。臨出門前，母親督促我穿上她厚厚的羊毛褲和小被似的羽絨服，一頂毛線帽遮得我只剩一雙眼睛。寶寶則被裹成了一個小包袱，彷彿我們的隨身行李。離開病房前，我特意帶著寶寶去和醫護人員告別，感謝床位醫生吳效科博士確保我們母女平平安安，感謝主治大夫李蓉女士參與並見證了女兒的誕生，感謝可愛的小護士晨昏不分地守護在我們身邊，及時給了我們許多幫助。告別了他們，我們終於浩浩蕩蕩地告別了我的諾曼第。看著那個小包袱跟著我們出了病房、下了電梯，我莫名其妙地忽然冒出一連串怪怪的念頭。我想：大家就這麼毫無顧慮地允許這

個小生命被我們抱走了？這個能呼吸、會微笑的小人兒就這麼輕而易舉地屬於我們了嗎？我們從此以後當真就能夠承擔起這沉重的託付嗎？這個毫無選擇的小生命當真就願意與我們形影不離直到我們的靈魂聚守在天堂嗎？⋯⋯

為了保佑寶寶的平安，母親特意準備了兩條紅紙包裝的米糕讓寶寶抱在懷裏。即將上車離開醫院時，命我點燃兩炷高香向四方神靈乞福，再命我把這兩炷高香敬在胸前，直到邁進家門。我無不一一照辦。醫院離家大約兩公里，兩公里內有六處紅綠燈。一般一處關卡長則要等八九十秒，短則要候近半分鐘。如果能連續碰上三兩個綠燈，那可真算撞上好運氣了。然而讓人稱奇的是，當天帶寶寶回家居然一路綠燈！暢通無阻得彷彿上帝坐在我們車上！而且寶寶上車時天上還飄著大朵的雪花，寶寶到家下車時雪卻差不多已經停了！平時動輒哭鬧不休的寶寶這一路乖巧得連一點聲音都沒出！——這一切巧合都無從探究緣由，但見我手中的檀香一直在嫋嫋地冒著溫暖神秘的青煙⋯⋯

重新踏進家門，一股久違的幸福油然而生，彷彿當年新娘初嫁的時候。相伴多年的家居用品此時此刻似乎煥然一新了，我一一打量、招呼著它們，像與闊別已久的朋友再次相見。我知道它們為什麼會精神煥發的，它們肯定和我一樣，因為寶寶的到來而自覺生命有了新的意義！我想對每一件傢俱說：「認識一下你們的新主人吧！看看她多麼嬌嫩！多麼鮮活！多麼美麗！」我彷彿聽見傢俱們回答：「看見了，看見了！就讓她生活在我們中間吧，讓她享受我們的忠貞和堅實！」我想對寶寶說：「親愛的，這就是你的家！並

不是特別豪華，並不特別漂亮，但它可以為你擋風遮雨、驅寒送暖，甚至還可以為你驅魔障鬼！」寶寶不回答。在風平浪靜的呼吸聲中，我看見她柔嫩的鼻翼微微翕動著。

就在這時，一件意想不到的事情發生了。

當我無意間俯身審視床上的寶寶時，我忽然發現寶寶全身冰涼！雖然蓋著被子，雖然關著門窗，可是沒有用！醫院氣溫高得只能穿一件毛衣，而家裏卻冷得脫不了羽絨服。溫差如此強烈，全家人沒一個想到先開空調！難怪寶寶半天沒有聲音！天哪，她的小臉都有點紫了！

當時，我的心一下子就涼了，我迅速體會到什麼是揪心的感覺！那是一種真正的生理疼痛，類似於心臟病發作，完全是條件反射似的，沒有任何理由，沒有任何徵兆。這種感覺後來我只在寶寶生病時有過，從那以後我才恍然大悟：原來母愛根本不是培養出來的，它完全是一種天然本能。

記得當時我所做的第一件事是用一種變調的聲音大喊：「媽媽！」

當母親來到我身邊，我已經完全呆掉了！好在母親馬上反應過來，說要弄個熱水袋。而這時我也開始恢復知覺，趕緊抓住母親，叫她先將空調、油汀打開，自己也手忙腳亂地把毛毯加蓋在寶寶身上，同時一把握住她毫無熱度的小手，貼緊她毫無知覺的小臉。謝天謝地，生命並非像我擔心的那樣脆弱！很快，寶寶的小手就溫暖了，小臉也慢慢出現了紅暈。當她又不耐煩地皺著眉頭啼哭起來時，我如同聽到了美妙的仙樂，實在欣喜若狂！只是從2002年12月

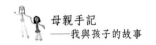

25日起，家裏的油汀就再也沒有休息過，直到來年1月19日我和寶寶滿月。

洗澡是回家後遭遇的第二個難題。

在醫院時，每天上午都有護士準時來病房接寶寶洗澡。過十來分鐘送回來時，只見寶寶稀疏的頭髮濕漉漉的，潔淨的小臉粉嘟嘟的，看上去分外可愛。寶寶剛洗過澡時情緒特別好，不是甜甜地進入了夢鄉，就是非常愉快地手舞足蹈，這段幸福的時光可以一直持續到中午。於是寶寶出院時護士再三強調：新生兒新陳代謝特別快，一定要天天洗澡確保健康！有條件要洗，沒有條件創造條件也要洗！話雖如此，可家裏畢竟不比醫院。尤其在經歷了一場驚心動魄之後，這澡該怎麼洗？我真恨不得再把寶寶送到醫院。

到底孩子爸爸膽子大，他堅持要按醫囑每天洗澡。回家的第二天晚上，他先用空調全面提升了臥室的溫度，再打開一台輻射型散熱器，然後將寶寶的澡盆安置在散熱器面前。待打好小半盆熱水，開始給寶寶脫衣服。第一次給寶寶洗澡真的很緊張，因為她的肚臍還敷著紗布，我真不知道如何才能既保證紗布不濕，又讓寶寶洗得徹底？而寶寶的緊張顯然不亞於我，剛脫下棉襖時她還興奮得兩腿亂蹬，但將她抱到澡盆面前時，她顯然感覺到身體懸空不夠安全，趕緊伸手試圖攢住什麼：浴巾、衣服甚至她爸爸的皮膚……不管什麼，一旦讓她攢著，想再擺脫就很難了。入水以後，可憐她緊張得一聲不吭，小嘴閉著，小拳頭握著，全身的肌肉緊緊繃著。直到慢慢適應了水溫，身體才慢慢柔軟起來。

　　寶寶洗澡得分步驟：為了保暖，寶寶先不脫內衣、裹著浴巾，由她爸橫抱著，由我先洗大腦袋。洗頭的要領是不能讓耳朵進水，必須用寶寶的耳廓遮住耳眼。洗完頭迅速擦乾，再脫去內衣用手托載著身體，半浸在水中。脖子和腹股溝是洗浴的重點，必須翻開皮膚皺褶一一洗來。這邊我們在洗澡，那邊母親已經作好了浴後的準備：在床上鋪好尿墊、鋪好浴巾，將裏外衣服烤暖放好，將松花粉、滋潤油、護臀霜、尿不濕等一一擺放順手。等寶寶洗好包裹到床上，馬上給她的下肢擦粉、擦霜並戴上尿不濕。褲子穿得差不多了，再給上身擦粉、穿衣服。最後，臉上塗點潤膚霜。

　　第一次洗澡我累得夠嗆。洗完一看時間，前後不過十來分鐘，其中洗澡不過三兩分鐘，但感覺上好像個把小時。有了第一次就有第二次、第三次……第一個月裏，寶寶的確做到了天天一澡。日子就這麼相似而重複地過著，不知不覺間，寶寶從一個陌生的訪客變成了家庭的一員——她再也不用離開這個家，再也不會離開這個家了。

月子

　　一知道我懷孕，遠在老家淮陰的母親就明確表示：「到時候我到南京侍候你坐月子！」開始我還不願意，因為父親年老體弱一直離不開母親的照料。為人子女無法盡孝也就罷了，如果再為了一己之私讓相依為命的老兩口分居，我心豈能安哉？況且如今「月子保姆」並不罕見，打個電話就能請來一位經驗豐富、能幹俐落的「月嫂」，何苦再讓已經兩鬢斑白、一身是病的母親勞碌奔波呢？

　　可是母親不答應，她說：「這是你一輩子的大事，不在你旁邊我不放心。」母親從來是個說一不二的硬性子，她既然決定了，任憑誰也沒辦法改變。而父親也不停地打電話勸我：「不就一個月嘛！我一個人能對付，再說還落得個耳根清靜呢。」為兩全其美，我曾動過回老家生產的念頭，怎奈家鄉醫院軟硬體都比南京落後一截，況且自己方方面面的關係全在南京，回老家實在不方便。

　　盤算了大半年，最終我還是決定留在南京，母親遂於當年12月上旬來到了南京。

　　母親一來，先向我展示了她精心準備的一大堆東西：有一紮一紮的尿布，有土布縫製的棉襖、棉褲、棉背心，有不知道誰送的質地粗糙的嬰兒披風，還有人家寶寶用過的舊衣服、舊襪子，甚至

還有十來斤家鄉的茶饊……我看了哭笑不得：「就讓我們寶寶用這些憶苦思甜的東西？多寒磣人哪！而且你又不是不知道，我一向不喜歡吃油炸的東西，特別是茶饊！」母親不以為然：「小孩子用什麼好東西？你不要瞎花錢，再好的東西也用不了多長時間的。這茶饊是你爸特意買的，是麻油炸的呢。淮陰規矩，生孩子哪有不吃茶饊的，我當年想吃還沒得吃呢。」我急了：「不瞎花錢不假，可你也不看看這些東西能不能用！瞧這披風，劣質的絲絨，做窗簾都不夠格！還有這襪子，根本不是全棉的！」母親也急了：「你別狂，多少人想要這些東西我還沒捨得給呢。」……我們當即爭執起來。可爭執完了，還得互相妥協，誰讓我們是母女呢？妥協的結果是，母親收起了一批我實在無法接受的，我則挑選了一批以備後用。至於那些茶饊，被母親從第二天開始當成了早餐，直吃得最後嘴裏都起了泡，才在月子快坐完時吃完。當然，為了不辜負父親的一番厚愛，我也努力吃了幾兩。

母親初來時，我還沒有一點動靜。每天做完日常家務，母親就陪我大街小巷地散步。這時，我經常會向母親討教生產和育兒的經驗，比如臨產前吃什麼最補？月子裏安排哪些食譜既有利健康又不會增肥？漫長的三十天月子大人孩子該怎麼做？……原以為這些問題在生育過兩個孩子的母親那裏肯定是小菜一碟，萬沒想到，母親竟然一問三不知！我實在想不通：「怎麼回事？像沒坐過月子似的？」母親回答：「我們那時候哪能跟你比！吃什麼最補？有吃的就不錯了，還補什麼？我生你時，人家送了一隻老母雞、兩隻豬腰和三四斤茶饊。你爸煮了一大鍋雞湯，我看你姐姐眼饞，撕給她一

條雞腿。其他那點東西也都是全家人一起吃的。唉，你不曉得噢，我生了兩個孩子沒坐過一個月子，裏裏外外都是一個人撐著，落得一身是病！哪像你，還有媽媽趕來照顧！」母親的話讓我無言以答，因為對於童年家境之貧寒，我一直到現在還記憶猶新：從來是大姐、二姐穿過的舊衣服才輪到我，逢年過節才有像樣的菜吃，拿到壓歲錢才有可能買玩具……要不是母親在這樣艱苦的環境中苦苦支撐，我們哪能有衣食無憂的今天？面對這樣的母親，我能苛求她必須懂得生活經驗嗎？她懂的是生存之道啊！好在還來得及補救。我當即在附近書店買回幾本「月子」書籍細加研究，並根據實情條分縷析出一二三四，然後一一佈置給母親。母親對這項「作業」很認真，往往我頭天才照著書本念過「用當歸、桂圓、紅棗一起熬羹可以補氣」，她第二天已經將所有原料採購回來。到了第三天，我已經開始按書本的安排「補氣」了。

　　其實當初不願母親來南京我心裏還有個顧慮，那就是怕母親對我管頭管腳。母親這一輩人坐月子的禁忌可多了：不能下床，不能用冷水，不能刷牙，不能洗澡，不能梳頭……在一系列「不能」的同時，還有許多的「必須」：必須喝不放鹽的湯，必須大魚大肉不斷，必須戴帽子穿棉鞋……我曾聽過不少中老年婦女的「經驗之談」：「我當年就整整一個月沒有下床、沒有洗腳，滿月後把腳放在盆裏一泡啊，那灰都成了硬殼，直往下掉！你瞧我現在的腳後跟多好，一點裂紋沒有！」「我當年啊一天總要吃十幾個雞蛋，吃了還想吃，那奶水好的呀，能奶兩個孩子！但坐完月子後，腰就有過去的兩個粗了！」「我當時坐月子正趕上夏天，熱得頭髮都餿了，

只好洗了一回。結果可好，到現在都頭疼！」——這樣的「經驗」聽得我目瞪口呆，我心裏暗想：如果這月子真坐成這樣，那滿月後我還是個正常女人嗎？

為避免後患，我在住院前就天天給母親打預防針：「等我坐月子以後，你千萬別一天一大葷吃得人成了大肥豬！我情願喝青菜湯也不要吃什麼雞鴨魚肉！醫生說了，補多了只會對恢復不利！」「一個月不洗澡哪能受得了？不管會落下什麼病我都會洗的，但你放心，我肯定會事先採取好保暖措施的。」「這牙非刷不可，否則不臭死了！牙齒脫落不是刷牙刷的，而是沒刷牙造成的。你們容易腰酸腿痛不是因為月子沒坐好，而是因為缺鈣！」聽了我的這些「奇談怪論」，母親起初還試圖同我理論，但看我引經據典很有出處，她終於點頭不語。母親就這點好，她自己沒多少文化，卻一直很尊重文化，只要是書上說的她一定努力照辦。母親的通情達理讓我大大地鬆了口氣，我滿心以為下面可以高枕無憂了。

儘管如此，坐月子仍成了我至今都十分難忘的獨特經歷。

累！真累！哪有一個月不下床的可能？事實上孩子落地的當天晚上我就起身了——誰讓母親天生對孩子的動靜敏感萬分呢。嬰兒床離我最遠，但差不多總是我第一個發現她又醒了，然後條件反射地就要過去看看。身體慢慢有所恢復後便更躺不住了，稍有風吹草動，第一個躺不住的一定是我。而且兩三個小時就要餵奶一次，每天夜裏要起來兩三次，根本容不得你睡個整覺。當時我的臥室始終亮著一盞長明燈，為了女兒，我度過了兩三個月沒有黑暗的夜晚。記得有時候實在太困了，半夜三更餵奶竟然會打起瞌睡。而有時候

會忽然從夢中驚醒，反應半天，才會想起是女兒在哭，而且已經哭了很長時間了。有時候女兒大哭不止，不得不長時間地抱著她搖來搖去。

晨昏顛倒、沒日沒夜的勞碌讓我根本沒有多少食欲，所以一直擔心的發胖問題終於沒有發生。母親心疼我，為了讓我能睡個好覺，每天下午她總要把搖籃拖到陽臺上，不停地搖上三四個小時。只要稍有停頓，女兒立馬就會睜開眼睛張開小嘴「哇哇」。有時候我會絕望地問母親：「真不知道你們當年是怎麼坐月子的？」母親回答：「還不都一樣，有一次實在困得不行，替你把尿時都把你掉地上了。」母親的話讓我忽然有了異樣的感動，頓時，眼前的時光倒流了：母親灰白色的頭髮一點點變黑，搖籃裏的女兒則變成三十一年前的我。我的眼睛模糊起來，我彷彿看到母親含辛茹苦地將女兒一天天養大成人，她長成了姑娘，長成了女人，她又有了自己的女兒，然後她再和母親一樣，無怨無悔地養育著自己的女兒……我們無形的生命之線就這樣通過有形的臍帶聯結了起來，在割不斷的臍帶之間，有濃濃的愛血一樣源遠流長……

回家不到一周，我忍無可忍地想洗澡了。正是寒冬臘月，室溫一直在零度左右徘徊，實在非常寒冷。要不要洗澡？我內心也很猶豫。我試探著問母親，心想如果母親堅決不同意就算了。誰知母親也許生怕與我產生糾紛，非要我自己拿主意不可。母親的「民主」一下子讓我十分為難，我又痛苦地鬥爭了兩天，最終還是決定鋌而走險。我將油汀拖到衛生間預熱了個把小時，讓電熱水器燒到最高溫度，再將浴帳準備好。五六分鐘淋浴完畢，迅速穿戴整齊，連

帽子也沒漏掉，趕緊回到暖和的床上——這次成功冒險讓我信心大
增，我終於明白世界上最瞭解自己的永遠只能是我自己，所以適合
自己的就是最好的，沒必要在乎任何外界的禁忌。所以，我的月子
與平時沒有很大改變。而事實證明，科學是值得信賴的。唯一的後
遺症是，因為臥床不足且經常彎曲，我的腰就再也使不上勁，稍一
勞累就像斷了似的，很難直得起來。

　　儘管這個月子坐得沒有多少含金量，但2003年1月19日滿月那
天，全家還是洋溢著非常的喜悅。那天母親做了一桌子菜，寶寶爸
爸買了一隻精緻的蛋糕，認真地點燃了一支蠟燭。我和女兒終於理
直氣壯地走出了臥室，雖然為了禦寒我們都穿著厚厚的棉衣，但我
們畢竟是解禁了。懷抱著健康的女兒，品嚐著甜美的蛋糕，我忽然
覺得是如此自豪！

哭

為什麼人類誕生的第一個反應是哭呢？

嬰兒在母體裏會打哈欠，會游泳，會吃手指……不知道他會不會哭？他離開母體的最初感覺是什麼呢？他冷嗎？他怕嗎？他不習慣嗎？他看到了什麼？他聽到了什麼？他想重新回到安全而溫暖的子宮嗎？他是因為失落、擔心、痛苦而啼哭嗎？……

打懷孕起，我就對腹中的孩子充滿了愧疚。因為生命的有無不是他自覺的選擇，而是我刻意的安排，所以我無論如何都必須對他的一生負責，既然是我把他帶到了這個陌生的世界上——我一直以為自己孕期的心理準備已足夠充分，可實際上為人之母的艱辛仍然超出了當初的想像，尤其當繈褓中的女兒連續數月哭鬧不休的時候。

女兒剛出生時挺乖，只象徵性地發表了一個簡短的誕生宣言便不再吭聲。但當天夜裏，她就開始盡情展現她旺盛的生命力了：小嘴巴動不動就張得圓圓的，毫不客氣地發出洪亮的哭聲。看著她那副拼命三郎的樣子，我是既驚訝、歡喜又感動、焦急：一個五十二公分的小東西居然有著驚天動地的肺活量，怎不叫人驚訝？嘹亮的聲音顯示她有無比健康的體魄，怎不叫人歡喜？生命之初那不擇地

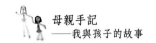

而出的天真、率性，怎不叫人感動？而不能心心相印地把握孩子的
需求和願望，又怎不叫人焦急？

最擔心她餓了肚子，所以一哭就趕緊抱起來餵奶。造化是如此
神奇！剛才還氣急敗壞的小傢伙一碰到乳頭立刻就安靜了！只見她
迅速無比準確地含住乳頭，迅速無比投入地吸吮起來。天哪！什麼
叫做「把吃奶的勁都使出來了」？真難以想像，看上去弱不禁風的
小東西居然會有那麼大的勁，一口一口都要把我吸空了似的，乳頭
含在她無牙的小嘴裏簡直比牙咬了還疼！她每吸一口，我都像受了
鞭刑似的痙攣一次，有幾次疼得恨不能將她推開。一天奶餵下來，
乳頭龜裂出道道血痕，而唯一的治療方法便是繼續再餵，直到柔嫩
的皮膚老化為止。

要命的是，她還並不滿足！不知是抱得不舒服，還是初乳太少
吃起來不夠盡興，沒吃兩口，她就不管不顧地丟下乳頭大哭不止。
不敢怠慢，趕緊不顧產後虛弱支起身子再餵，同時還用最溫柔的聲
音為她唱起歌謠，用最討好的手法輕拍她的小屁股。然而，無濟於
事，只過了一會兒，她便故態復萌。她爸爸急了，一把從我懷裏搶過
去說：「肯定是屁股潮了。」一摸尿不濕，是有點潮，但未必需要更
換。「不行，她肯定是特別愛乾淨，受不了一點潮。」她爸爸自以為
十分人性化，沒想到女兒卻並不給面子，換了尿不濕還哭。這下沒轍
了，只能抱在懷裏邊走邊哄——第一天晚上，女兒把大家一直折騰到
後半夜，直到她自己也精疲力竭了，大家才昏天黑地地倒頭大睡。

第二天更糟，一哭起來就剎不住，聲音拖得長長的，好像要
把心都哭出來了。不吃、不喝、屁股也不潮，就一個勁搖頭晃腦地

哭，而且嗓子很快嘶啞起來——莫非是肚子疼？還是其他什麼地方
不舒服？孕期看過的知識一條條呈現在腦海，我按捺不住忙喊護
士。小護士把女兒抱在懷裏笑道：「你以後會成為歌唱家是不是？
怎麼這麼大嗓門？」也奇了，女兒彷彿懂得要在外人面前保持風度
似的，居然漸漸平息下來——敢情她肚子根本不疼！這時，我不禁
想起剛剛出院的24床佳佳，瞧人家丫頭多麼文靜，除了像小貓一樣
嚶嚶地哼哼，我就沒聽見她出過大聲！我請教護士：「是不是初乳
太少，她根本吃不飽？或者是屋裏太熱，她想喝水？」護士回答：
「剛出生的嬰兒胃口不大，初乳應該夠她吃了。你必須堅持母乳餵
養，特別是初乳，營養豐富，能增加孩子的抵抗力，比黃金還珍
貴。要知道奶只會越吃越多，只要她吃，你就必須餵。嬰兒喝奶就
夠了，暫時不需要餵水。」

　　根據護士的教導，我又堅持了兩天。到了第四天晚上，終於堅
持不住了，我要求她爸爸去買奶粉，我覺得只要她不哭，就算不吃
母乳也值得。事實上問題遠比我想像的要複雜，因為我很快就發現
她其實是頗有脾氣的，別看她不過是個才出生幾天的嬰兒。

　　就拿餵奶來說吧，你以為嬰兒偎在母親懷裏安靜地吃奶是世
界上最幸福、最安詳的畫面嗎？錯！我們家寶寶就難得順利地吃一
次奶，以至於我每次給她餵奶都特別緊張。我家女兒吃奶挺挑剔，
她從來不會老老實實一口接一口吮吸，而是吃不了幾口便要鬆開嘴
巴偷偷懶。可母乳畢竟不是自來水，不可能通過龍頭控制流量和速
度，一不留神，奶水噴了她一臉，於是她立馬氣得哇哇大哭。肚子
還沒吃飽，哄一哄接著再吃就是了。不行！小傢伙剛烈著呢，她說

氣就是真氣，一哭起來就沒完沒了。等哭完了，也累得夠嗆了，乾脆餓著肚子就睡了。但畢竟肚子沒飽啊，過不了多久想起來了，還得再哭。她爸爸還怪我：「可憐寶寶連奶都吃不好，唉！」萬般無奈，出院不久，我們就給女兒準備了奶瓶。直接哺乳困難重重，又不願意輕易放棄母乳餵養，便不得不經常將乳汁擠到奶瓶裏再餵。而因為吮吸不足，我的奶水一直不夠充盈，以至於女兒四個月就徹底斷奶了。

用奶瓶餵養也並不能確保她不哭。奶水的溫度就不必說了，奶嘴吸孔大小和鬆緊程度也要當心：大了、松了奶水太急，她嗆著了會哭；小了、緊了吃起來不過癮，她也會哭。最好是隨著她的吸吮能看到一串大小適中、勻速上升的氣泡，那就表明她吃得很舒服、很到位。吃完了還得把她伏在肩上輕拍，直到打出一聲奶嗝，才能重新放到床上。

「天皇皇，地皇皇，我家有個夜啼郎。過路君子讀百遍，一覺睡到大天光。」這是兒時在電影《黑三角》裏看到的民間「偏方」，以前一直以為導演在故意小題大做，現在才明白這夜啼郎是非得請天神地君幫忙不可的。世上真有哪位高人能開出嬰兒止哭良方嗎？那他對人類的貢獻一定不亞於愛因斯坦！普天下的媽媽都會對他感激不盡！

關於女兒的哭鬧，有幾件事我至今記憶猶新：

第一件是月子裏不停地播放搖籃曲，因為書上說柔和的音樂有利安撫嬰兒的情緒。實踐證明這一招效果並不明顯，我沒發現女兒對音樂有特別的反應。書上還說嬰兒初離母體會有一系列的恐懼，

心跳聲可以讓她恢復在子宮裏的安全感，所以應該經常讓孩子趴在母親的胸前。實踐證明她的確更喜歡像青蛙一樣伏在胸前，但這一招並不能止哭，只是稍稍安撫而已；

第二件是她當時一天最多睡四五個小時，精神亢奮得讓人吃不消。母親為了讓我能有空休息，月子裏的每天下午都要守在她身邊不停地搖搖籃。稍一停息，女兒就立刻睜開眼睛、咧開嘴巴做出哭狀。接著再搖，馬上平靜。屢試不爽；

第三件是出生二十多天，洗澡時忽然發現女兒腹股溝部有一個莫名的腫塊。放心不下帶到醫院，醫生說是疝氣。不是男孩哭多了才會有疝氣嗎？醫生說不然，女孩也一樣不能多哭，如果過一陣子疝氣不消，還得開一小刀。好在沒過多久就消退了；

第四件是安撫奶嘴發揮奇效。因為擔心吃奶嘴會破壞口型，頭一個月一直沒給她嘗試。第二月實在撐不住了，試著往她嘴裏一填。立馬鴉雀無聲！當時我激動得簡直勝過考上大學！

第五件是在父母家過年時，我差不多每天黎明都要抱著女兒等待曙光。有一次她連續哭了個把小時，甚至拒絕吃安撫奶嘴，直到把嗓子哭得發不了聲。每天天光大亮後，起床的父母都要來換班，他們將小人連人帶床弄到他們房間，好讓我踏踏實實補上一覺。

第六件發生在寶寶五六個月時，洗完澡穿衣服時忽然聲嘶力竭地哭，嚇得我們以為衣服上有什麼異物。馬上脫下衣服仔細檢查，結果什麼也沒發現，至今也不明白問題出在哪裡。

第七件出在寶寶七八個月時，她有些發燒，但並不嚴重，也是忽然大哭不止，怎麼哄都哄不住。斷斷續續鬧了兩天，我惟恐發生

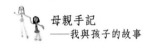
了腸套疊，趕緊帶到醫院。醫生把她放在小床上進行直腸檢查，還擔心她會疼哭了，沒想到她居然逗著醫生笑！整個虛驚一場！

第八件是聽說了一個止哭辦法，用答錄機將寶寶的哭聲錄下來，當她再哭時放給她聽。一般來說，寶寶對自己的哭聲很敏感，她會因為驚訝停止哭鬧。一試果然！她那又驚又怕的表情實在讓人忍俊不禁！只可惜得知這一妙方時女兒已經十來個月了，已經難得哭鬧了。

我一開始以為女兒是世界上最無理取鬧的寶寶，後來才知道還有不少寶寶的表現比女兒有過之而無不及。一位同事說，她女兒當年不僅整天要抱，還必須固定在臥室裏踱來踱去，甚至一出臥室門就知道，立馬就哭；一位老師說，他兒子小時候喜歡半夜三更坐在水桶裏上下樓，可憐他堂堂教授每天就必須拎著兒子爬樓梯；一位朋友說，她坐月子差點得了憂鬱症，兒子不停地哭讓她幾乎失去了生活的勇氣，坐月子是她最黑暗的人生經歷；我大姐說，我外甥女月子裏就沒自己睡過，一放下來就哭，姐姐和姐夫不得不輪流著值大夜班、小夜班，差不多二十四小時將她抱在懷裏……

可憐天下父母心！

養兒方知報母恩！

唉，誰讓上帝就是這麼設計人類的呢。嬰兒神經系統發育不健全，大部分孩子出生後都必須逐步適應人間，一般得花上三四個月來調整、完善自己。要想讓寶寶不哭，最好的辦法是等他長大！

生命之源

〈母音──外公趙愷為棒棒寶寶作〉

語言並不等同生活，

生活往往拒絕語言：

比如嬰兒和母親：

手的伸縮，

唇的開合，

眼的啟閉，

眉的震顫：

命運的全部元素，

都傳遞在無聲之間。

縱使對話也只需一聲「a」：

一個母音，

就覆蓋人類的一切交談。

源頭的第一顆水珠，

是江河的尊嚴。

懷抱著女兒，我常常會想起長江源頭的水珠。

電視系列片《話說長江》的第一個鏡頭就是那滴水珠：圓潤飽滿，晶瑩剔透，無牽無掛從一根冰棱上滑落。先彙成一條涓涓的小溪，接著彙成一條清淺的小河。穿過峽谷，穿過高原，穿過森林⋯⋯終於，一滴水珠變成了浩浩湯湯的長江！

如果說人生如江河，那麼，嬰兒不就是江河之源的那滴水珠嗎？

每次哺乳，女兒都會目不轉睛地凝視我。她的一雙眸子黑亮亮的，彷彿兩粒黑寶石。我也目不轉睛地凝視她。我們就這樣互相凝視著，好半天一動不動，彷彿一尊合二為一的雕像。打量著女兒，我忽然意識到人類對自己實在非常陌生。父母、丈夫算是我最熟悉的人吧？可如果你要問我父母臉上有幾道皺紋？丈夫身上有幾顆黑痣？我卻根本回答不出！甚至我連自己也並不瞭解。雖然我每天都要在鏡子前整理裝束，雖然我經常會對著照片琢磨相貌，但你若讓我描述自己的耳朵是何形狀？自己的後背有無印記？我肯定滿腦子空白。可笑嗎？可悲嗎？一點都不！如果說陌生必然產生距離，熟悉則往往造成忽視。忽視的結果只有一個：人類最不瞭解的永遠只是我們自己！

凝視著女兒，我首先對生命充滿了敬畏。「麻雀雖小，五臟俱全。」多麼神奇！一個剛剛出生的嬰兒居然還會笑。天哪！嬰兒微笑就像花蕾綻放、禾苗拔節、堅冰融化一樣，實在是世界上最動人心魄的時刻！眼看著柔嫩嫩的唇兒一咧，水汪汪的小嘴一彎，我相信即便是天下第一的硬漢、惡鬼，那一刻心頭也會無法抗拒地湧出一泓溫暖的春水。未滿月的女兒只會在夢中微笑。雖然她的笑總是轉瞬即逝，而且從來不會發出半點聲音，但每每看見她的笑容，我

的心弦總會在剎那間一緊，腦海裏同時光明一片，彷彿彗星撞擊地球般絢爛無比。

更讓人驚訝的是，她還有許多豐富多彩的表情：她會疲乏地打哈欠，會專注地凝望，會害怕，會生氣，甚至會一臉茫然……她新陳代謝的過程也和成人完全一樣，不僅有大小便、有鼻涕、有耳屎，甚至還有晶瑩的眼淚……記得出生三天護士用棉簽幫她挖出一塊耳屎時，我簡直目瞪口呆，耳畔雷鳴般響起佛說過的一句話：一粒恒河沙就是一個世界！凝視著長不過半米、重不及八斤的女兒，我忽然發現懷中抱著的豈止是一個弱小的生命？她分明是一個有著獨立尊嚴、獨立靈魂、獨立命運的宇宙啊！女兒的一顰一笑、一舉一動無不驚心動魄地提醒著我：靈魂一定存在，天堂一定不遠。

凝視著女兒，我開始對生命充滿了感激。也許是因為天生的敏感和脆弱吧，我從小到大一直過得沉重而壓抑，時不時會像黛玉一樣草木驚心，而一旦遭遇尖銳的疼痛，便會情不自禁地追問自己：我是誰？我從哪裡來？我要到哪裡去？……回望過去，過去一片混濁；放眼未來，未來一片迷茫。在混濁和迷茫之間，我常常找不到堅守生命的理由，因為我實在不相信理由本身又有什麼理由。望著一天天老去的母親，我一直忍不住要陷入莫名的玄想：如果人活著就是為了含辛茹苦，那麼母親何必讓我白白來這世上走這一遭呢？現在，女兒終於給我帶來了答案。

我永遠忘不了2002年12月的一個下午：我躺在床上靜靜地休息，母親坐在陽臺上靜靜地搖晃著搖籃，搖籃裏靜靜地躺著我尚未滿月的女兒。看著母親，看著女兒，冥冥之中，我感覺有一根線把

我們連結了起來。這根線從遙遠的前世而來，它的上端連結著我的母親、外婆、曾外婆……它的下端連結著我的女兒、外孫女、曾外孫女……這根線串連了幾代人的心？我不知道，但我知道它一定感受過秦霜漢雪，一定經歷過明月清風……這根線還將串連起幾代人的心？我不知道，但我知道只要心中依然有愛，我們的血脈就一定會綿延不絕直到永遠。可是，我竟差點讓這根線斷在自己手裏！那個下午，我含淚懂得了母親。那個下午，我意識到母親、女兒和我正好結構成一個完整的人生，她們一個是我的前世，一個是我的後世，我們將周而復始地各自用畢生心血詮釋一個字：愛！

凝視著女兒，我會為生命之率真所感動。最受震撼的是生命強烈的求生本能。女兒出生不到半小時，護士就把她抱到我面前吃奶。小傢伙一口叼住了乳頭，吸吮動作之準確、之直接、之有力讓我終生難忘。有一次在家洗澡，小傢伙脫光衣服後十分緊張，她爸爸剛想托著她放到水裏，卻被她一把抓住脖子。我們輕聲安慰不已，小傢伙卻就是不肯輕易鬆手，眼看她爸爸脖子上的皮膚被扯出老遠。終於，她的小手抓不住皮膚了，卻又下意識地拽住她爸爸的毛衣。細聲細語足足哄了好半天，才讓她無可奈何地鬆開手，聽憑自己被放進水裏。看著她那副全身緊張的樣子，我想生存是一種多麼自覺而堅定的渴望啊！因為嬰兒是世界上最純粹的人，所以這種渴望遂被他們表現得淋漓盡致。不是嗎？為了一點不滿足不舒服，他們就可以肆無忌憚地哭得昏天黑地，而且不達目的絕不甘休。沒有誰會為此指責他們，因為人人都知道，生存是嬰兒的第一權利，而呵護生命是我們的第一責任。事實上，每當看到女兒毫不掩飾地

張嘴大哭，我都會為她的率性而為心生感動。我發現生命的原始狀態實在非常動人，因為純粹，因為真實，嬰兒變得如此美好。

女兒誕生之前，我一直以為母愛無非是一種道德責任，基本上以後天修養為主；女兒誕生之後，我突然發現母愛簡直是一種生理反應，完全上是與生俱來的條件反射。我是在女兒誕生的當天夜裏感覺到母愛之萌發的。那天半夜我原本睡得很沉，可當女兒發出第一聲啼哭時，我立馬懵懵懂懂地睜開了眼睛。半夢半醒之間，我甚至還沒想起這啼哭來自何方，就已經不知不覺地支起身子。當看清女兒就睡在自己身邊時，濃重的睡意居然頓時就煙消雲散了。從那以後，我發現自己像變了個人：女兒的一切都讓我歡喜，包括她的哭鬧、她的夢醒、她的撒嬌、她的思緒之多變和行止之無序……而以前我是一向最喜清靜、最愛整潔的。現在則變得甚至其他孩子的一切也讓我歡喜，不管他是醜是俊，是可愛是淘氣……這種變化讓我嗟歎不已，我自問：以前曾經這樣不要回報、無怨無悔地愛過什麼人嗎？沒有。即使父母，愛他們也是希望他們愛自己的，更不用說沒有血緣關係的丈夫了，不是說「夫妻本是同林鳥，大難臨頭各自飛」嘛，古來如此。我又自問：以後會這樣不要回報、無怨無悔地愛上什麼人嗎？不會。除非再出現第二個孩子。

凝視著女兒，我還會為生命的柔弱而揪心。一滴水珠在變成長江之前終究只是一滴水珠，它可能剛剛落地就遭遇陽光蒸發成空氣了，它可能沒彙成小溪就轉化成鳥獸的唾液和細胞了，可能被牧羊女洗臉時潑到草地上了，可能被狩獵者沾濕毛巾擦拭獵槍去了……總之，水珠在變成長江前有幾萬種可能會不復存在，每一滴長江之

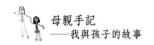
水都曾經經歷過多少坎坷艱辛？也許只有大海知道。在恬靜的催眠曲中抱著女兒踱來踱去，我心裏時常充滿了惶恐和憂慮。我彷彿看見巴彥喀拉山的水珠搖搖晃晃地就要落下來了，想接在手裏小心呵護，卻又惟恐掌溫過熱令它不適。我彷彿聽見水珠滑落的聲音在天地間轟鳴，每一滴水聲都如同一記重錘敲擊在我的心上，提醒著我要：恪——盡——天——職！

　　——凝視著女兒我強烈意識到，是她改變、豐富了我的人生，而這一切都是命中註定。

洗澡

孩子還沒出生，醫護人員就三番五次地上課：「一定要經常給嬰兒洗澡！最好天天洗！」數九寒冬，正是滴水成冰的季節，縮在家裏穿羽絨服還嫌冷，怎敢天天把吹彈得破的寶寶脫光了洗澡？

「還是趕緊回老家吧，澡堂就在樓下，怎麼著都比你們現在方便！寶寶萬一受涼了可不得了！」看著我們冒險，老媽天天提心吊膽。其實我心裏何嘗不怕？何嘗不希望寶寶能自在嬉水？得，回老家！為了洗澡，回老家！決心一下，滿月的第二天，我們就迫不及待地駕車直奔二百公里外的淮陰。當天晚上，我和老媽就帶著寶寶到浴室洗澡了。

淮陰的浴室堪稱一道獨特的民俗風景，這樣的風景如今在南京已經很少見了。自從熱水器、沖淋房走進了大街小巷，南京人早已習慣於在家裏清潔自己的身體，洗澡越來越成為非常隱私的話題。至於所謂的「桑拿」、「按摩」，則幾乎就是權錢交易的代名詞，與布衣百姓的冷暖全然無關，自然也就失去了品評的意義。淮陰的浴室就像老北京的戲院、老成都的茶館、老蘇州的園林一樣，是一個讓人回味無窮的獨特場所。

位於我父母家樓下的是市級機關浴室。別看它貌不驚人，但就在若干年進出那個玻璃門還算是有身份的象徵，因為這個浴室過去只對機關幹部及其直系家屬開放，沒門路的人想花錢也進不來。那時候機關浴室的環境比較單純，價格較市場便宜，溫度和水質又始終相當穩定，這也就難怪一口縣城土語的家屬們每每從浴室裏走出來，臉上都會洋溢著永遠無法洗去的滿足感。市場化以後，特權味淡了，平民味足了。儘管無論從裝修、從管理還是從服務，機關浴室都一直不斷地在「與時俱進」，但它畢竟脫不了淮陰的底色。而也正是這種濃濃的淮陰底色讓我在邁入浴室大門時心生恍惚，彷彿忽然間回到了童年：同樣的霧氣濛濛，同樣的人聲嘈雜，只不過那時候是母親牽著我的手，現在是我抱著襁褓中的女兒……

感受浴室的氣氛是從掀開厚厚的棉布簾子開始的：一股熱氣撲面而來，我的眼鏡立馬模糊得看不見一點東西。等重新擦淨眼鏡，才發現這是個少說有兩三百平方米的大廳，沿牆立著一溜一人多高的大木櫃，廳間睡著幾排躺椅型的沙發，廳側有兩個掛著塑膠掛簾的入口——裏面就是淋浴房了。交上五塊錢押金，就可以領到一把編了號的鑰匙。根據編號在大櫃子上找到屬於自己的儲物間，你就可以準備脫衣洗澡了。既然來到了公共浴室，再討論什麼「個人隱私」顯然不合時宜。事實上這裏的女人也沒有一個心存羞澀，上至滿身皺紋、駝背彎腰的老嫗，下至青春萌發、乳量初生的少女，全都十分坦然地赤裸著身體走進走出。至於正當妙齡的姑娘、風韻猶存的少婦，更是毫不猶豫地展示著自己的胴體。儘管她們並不表白內心的驕傲，但當她們挾著一身熱氣濕漉漉地走出淋浴房時，當她

們氣定神閒地用浴巾輕拭自己的肌膚時，當她們優雅地穿戴起精美時尚的內衣時，當她們慵懶地品嚐著浴室代售的酸奶或汽水時，當她們柔弱無骨地享受著另外付費的按摩服務時，我相信，沒有人會不為她們的美麗所震撼！

然而，孩子實在是浴室最重要、最穩定的顧客，因為一個孩子背後至少會有兩個大人，小寶寶背後更是拖著一個長長的顧客鏈。寶寶洗澡對每個家庭來說都是盛事，所以每次寶寶出門都免不了前呼後擁、大包小裹：澡盆、凳子、衣服、被子、浴巾、奶瓶等等，一個都不能少，路遠的還得有小推車。每個寶寶在浴室裏都極盡鋪張之能事：先佔據一張躺椅，接著鋪上自備的床單或塑膠布，再展開棉毯、浴巾，然後才能有請寶寶。進了淋浴房也要獨佔一隻蓮蓬頭，連領地也容不得他人分享。不過，顯然大家都認為寶寶享有特權是天經地義的事，所以但凡不是特別擁擠，寶寶所到之處總是一路綠燈。

雖然氣溫有了保障，但初進浴室時，女兒反而不如在家洗澡時配合。首先要命的是她根本不讓外婆抱，只要我一離開，她就嚎啕大哭，以至於我經常沒辦法給自己洗澡。而有好幾次還莫名其妙地哭鬧不休，最狼狽的一次是只把她的身子浸了浸水就抱了上來，因為她始終特別緊張地抓著我，甚至一入水就哭。這樣的遭遇實在讓我心煩意亂，我實在不明白，為什麼人家寶寶總是一聲不吭聽憑媽媽侍弄自己，而我的寶寶卻總是不依不饒地折磨自己折磨媽媽？好在女兒也還有乖巧的時候，當她洗完澡、吃完奶後舒服地活動自己的手腳時，我就可以和其他媽媽交流育兒的心得了。通過交流我明

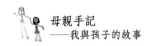
白，每個嬰兒都與生俱來地有著自己的個性，每個寶寶都有與眾不同的可愛，而每個媽媽都有與眾不同的艱辛。

忘不了一個媽媽的身影。那個媽媽是獨自一人帶孩子洗澡的。她的孩子大了，看上去至少有兩三歲了，但還要媽媽抱著。於是那個媽媽不得不一手抱著孩子，一手整理東西。孩子體形頗大，而且顯然體重不輕，那個媽媽只有扭曲腰肢才能保持平衡。當她在為儲物櫃上鎖時，我驚訝地看到她的背影竟折成了一個誇張的「S」形！此時此刻，我真恨自己既不是攝影家又不是雕塑家！那「S」形裸背上突起的肌肉讓我想起了羅丹，我真想對著天地大聲呼喚：大師醒來！你該為這個女人創作一尊銅像，銅像的名字就叫做「母愛」！

——這就是淮陰浴室留給我的記憶。

名字

　　《小鹿斑比》是我最喜愛的動畫片。沒有什麼情節，以白描的手法表現了小鹿斑比的成長過程。畫面很精緻，描寫很細膩，音樂很美妙，情感很動人……其中有一隻活潑可愛的兔子讓人過目難忘。有一次，兔子站在一隻樹洞前自我介紹，它先用後掌使勁拍了拍地面（這是他的標誌性動作），以示安靜，然後清了清嗓子道：「I'm drummer! You can call me drummer!」話音剛落，樹洞裏傳出清晰的回聲。兔子們聽了尖聲大笑，隨即相互追逐著穿洞而過……

　　第一次看這場面是十來年前，是好友的一盤錄影帶，說是從國外電視中錄下來的。可能是因為翻錄了好多次吧，效果很不好，而且對話全英文，聽起來很吃力，以至於我一直以為那只兔子名叫「棒棒」。若干年後買到了正版的VCD碟片，我驚訝地發現國人把兔子棒棒翻譯成了「鼓手」或者「打手」。我的天，「鼓手」哪有「棒棒」好聽？「打手」則簡直讓人不寒而慄。就應該叫棒棒！只有這個名字符合小兔靈活多動的個性，瞧它那副神氣活現、惹人喜愛的樣子，真恨不得抱在懷裏！當時我就想，我要有了孩子，不管是男是女，小名就叫棒棒──所以，當寶寶在腹中一天天長大時，我已經認定他是棒棒了。

　　可大名該叫個什麼呢？我一直拿不定主意。我覺得名字並不是一個符號、一個稱呼那麼簡單，它是關係到孩子一生的大事，做父母的千萬馬虎不得！

　　說起名字，我心裏總有一絲無法排遣的遺憾。我的名字當然是我父親起的。不過恕我直言，儘管父親是個名詩人，但他起名的本事實在不敢恭維。你瞧，我兩個姐姐一個叫趙藍、一個叫趙萍，哥哥叫趙強，我叫趙銳——全都是毫無韻味、一抓一大把的凡俗字眼。我一直怪父親起名不負責任，父親卻辯解說：「不挺好嘛，我就是希望你銳不可當，永往直前！」我心想，一個女孩子要那麼厲害幹什麼？沒准我現在寧折不彎、直來直去的臭脾氣就是這個名字叫出來的——信不信由你，一個名字就是一個資訊場，當所有人數十年如一日地給你發佈同樣的資訊時，你的氣質、性格不受影響才怪呢。可身體髮膚受之父母，既然父親在我嗷嗷待哺時就期望我此生尖銳執著，我總不能在長大成人後離宗棄祖，從豪放派改投婉約派吧。所以，我今生必然就這麼「銳不可當」下去了。

　　然而，到底什麼樣的名字是好名字呢？我也沒個數。我大學同學的父親起名很有心得，同學姓朱名芒，十分簡約入耳的一個組合。據說這位老叔起名字重視發音，他認為「開口呼」的字眼叫起來比較響亮，建議多加採取。老叔的話讓我十分信服，我一直奉為至理名言牢記心上。可後來發現好多「開口呼」的名字念起來的確朗朗上口，但因為含義惡俗也免不了令人厭惡，這提醒我不能迷信「開口呼」命名法則。我大學時學的是古文獻專業，四書五經、左傳史記都是必修課。別看這四年光陰如蜻蜓點水過得十分膚

淺，四年寒窗下來，大家似乎並沒有開口「之乎者也」、閉口「子曰詩雲」，可等到結婚生子後一看可不得了，這個小夥子叫「易寒」、「鼎之」、「從吾」，那個小姑娘叫「文白」、「之羽」。一問，果然個個都有典故，《周易》、《詩經》、《楚辭》、《論語》……不一而足。這些名字文化是文化了，我聽起來卻感覺挺彆扭，好像眼看著一個個天真可愛的孩子變成了老學究似的。

我從懷孕初期就開始為寶寶想名字了，我覺得一個好名字至少應該有「四好」：好認、好聽、好記、好寫。所謂「好認」就是不能用怪字，一定要大家都能張口就叫，翻遍《康熙字典》找出來的奇字、異字老師不敢叫、領導不敢認，沒准平白無故就讓孩子失去了許多發展的機會，嚴重的甚至還會給孩子製造麻煩；所謂「好聽」就是要有音律美、意韻美，讓人叫起來感覺愉快，從而使名字本身就具有親和力；所謂「好記」當然是指要讓大家容易記得你，這個名字最好比較獨特、比較有意思，我相信一個好記的名字肯定會比一張漂亮的名片更加與人方便、與己方便；「好寫」是希望這個名字寫起來簡單、好看，小時候總有一兩個同學的名字筆劃特多、結構特繁，結果考卷交上去時名字只寫了一半，這樣的名字真是害人不淺！

我還特忌諱重名。重名的尷尬遠過於撞衫，衣服重了最多再換一件，名字重了可是一點招沒有。同名同姓的兩個人相遇，我覺得堪稱天下第一尷尬。這樣的經歷我遭遇過不止一次，「趙」姓本來就是天下第一大姓，「銳」字又是但凡受過中等教育便容易產生好感的一個字眼。所以上至七旬老翁、古生物所的研究員，下至天真

爛漫、幼稚園裏的小男孩，姓趙名銳者比比皆是，包括兩名不期而遇的採訪對象。最難堪的是看電視連續劇《水滸傳》的時候。主演李逵的彪形大漢居然起了個袖珍名字叫「趙小銳」，每每看著鬍子拉碴、滿臉橫肉的趙小銳揮舞板斧殺人如麻，我這個趙銳就忍不住雞皮疙瘩掉了一地。

這全是單名惹的禍！我相信雙名的重複概率會低很多，而雙名的想像空間會延伸很多。

於是，我從4月份起開始組合詞語。

然而從春天忙到冬天，各式各樣的名字取了一大堆，卻沒有一個能定得下來。

起名字前首先該確定的問題是：希望孩子擁有怎樣的人生？因為名字的本質無非是父母對孩子的期望和祝福，不管是「富貴」、「永福」、「淑芳」，還是「建國」、「惠民」、「忠武」，沒有哪個名字不寄託著為人父母的一番苦心。那麼，我對我的孩子有什麼希望呢？希望他卓爾不群、超凡脫俗？希望他功成名就、光宗耀祖？希望他大富大貴、成龍成鳳？……不，我不想讓孩子背負許多不切實際的負擔，我不會讓孩子繼續我沒有實現的夢想，我只希望他能平平安安、健健康康地成長。我希望他正直如山，善良如水，清新如山裏的空氣，透明如五月的陽光。我還希望他勇敢如高原的鷹，堅定如絕壁的松，豐富如浩瀚的海，快樂如原野的鹿……我知道我的希望是多元而複雜、含混而不確定的，如何用一個高度濃縮的辭彙表達出這許多隻可意會不可言傳的希望？這的確是個難題。

　　2002年11月，大腹便便的我留守在家待產，每日必做的功課便是坐在書桌前起草寶寶的名字。我對自己說：不能再拖了，眼看人家就要成為正式公民了，總不能還叫人家「寶寶」吧？再說，人家將擁有自己的人生第一證「出生證」，這樣珍貴的證件上怎麼可以沒有名字呢。鋪開一張大大的白紙，我發現腦子裏一片空白，醞釀了幾個月的名字似乎一下子難產起來。鬼使神差地，我竟也從書櫥裏取出了《論語》、《詩經》、《周易》、《楚辭》。摩娑著這些典籍，我啞然失笑，卻原來這些典籍已經融入了我們每個中國人的血液，我們誰能離開得了？

　　「若水」不錯。「上善若水」，「仁者樂山、智者樂水」，水的瀟灑性格一向深為中國文人欣賞和尊崇。我剛把「若水」兩個字劃上圈，忽然，一個理論家的名字鑽進了腦子，而且好像一個武俠人物也叫若水。我二話不說，趕緊把這兩個字塗掉。「見賢思齊焉，見不賢而內自省也。」孔夫子惕勵以進、朝聞夕死的精神一直讓我敬佩不已，我相信做人就應該像孔夫子那樣，即使成不了聖賢哲人，至少也可以死而無憾、問心無愧啊。對，應該叫「思齊」，這個名字男孩女孩都可以用，又大方又好聽！推敲了好幾天，仍然喜歡這個「思齊」，我當即撥通了大學同學的電話。沒想到同學一句話讓我涼透了心：「毛主席的兒媳婦叫劉思齊吧。還有，我們女兒的同學叫李思齊。」一年以後，我更加慶幸當初的放棄，因為我剛知道隔壁一直住著一個王思齊。

　　沒有找到合適的典故，我轉而在獨特性上做文章。寶寶將出生於初冬，應該是稍稍有些冷，但又不會讓人畏首畏尾的。那麼，叫

「沁寒」怎麼樣？寒氣微微地沁入肌膚，神清氣爽的感覺。這名字聽起來好像挺有詩意的，而且肯定不會重名。想到這裏，我把「沁寒」兩字端端正正地寫在紙上備選。可經過一周的琢磨，我越來越覺得這「沁寒」好像瓊瑤小說的人物，詩意有餘，大氣不足，人工斧鑿的痕跡太濃，實在過於做作。

放棄「沁寒」之後，我想起寶寶非常幸運地屬馬。我一向非常喜歡駿馬的形象，為什麼不取一個與馬有關的名字呢？打開字典找到馬字偏旁，我失望地發現馬字旁的單字雖然不少，可挑來挑去不出「騏」、「驥」、「駿」這幾個最常見的字——看來喜歡馬的人實在太多了，好字全被大家用盡了。還能不能再出新意呢？我圍繞著「馬」字苦思冥想。一天外出散步，靈感一下子來了：天馬行空，對，就是這個感覺！一匹鬃毛長長、尾巴飄飄的小白馬從天而降，它捨棄了天堂與我相伴，我也將盡力守護它，讓它在人間也能有著天馬行空的快樂。天騏——天堂裏的駿馬，就是它了！我樂得簡直要跳起來，這才是我要找的好名字，它簡潔、好聽、有紀念意義又不落俗套！可你猜怎麼了？我家寶寶最終並沒有叫天騏。為什麼？因為老爸告訴我，一位女作家的兒子叫天騏。

一來二去，我很快住進了醫院，寶寶很快就呱呱墜地了。說起來似乎有些不可思議，女兒初生的時候，我始終覺得她非常陌生。她叫棒棒？她叫思齊？她叫沁寒？她叫天騏？……不，什麼名字都不應該屬於她，她就是一個完全自然、完全沒有社會屬性的嶄新生命！可沒有合適的名字怎麼填報出生證啊？正當我為難的時候，護士告訴我說：「名字可以空著，以後你們慢慢想吧。」於是，在最

初的兩三個月裏，「寶寶」成了女兒唯一的名字，這樣的稱呼讓所有人都覺得無可挑剔。女兒天性好動，尤其是兩條腿，動不動上下亂蹬，床鋪常被她的腿後跟踢得「咚咚」直響，樣子像極了《小鹿斑比》中的棒棒兔。幸虧她屬馬，否則我真要懷疑她是不是那只兔子投的胎了。

　　女兒四個多月時，不能不給她上戶口了。捧著那張寫滿了名字的大紙，我終於痛下了決心：不管它了，就叫一個「澈」字吧。一個女孩子家，不求她跌宕起伏、蜿蜒多姿，只求她清澈如水、平易如水、安然如水……我知道，做一個心底透明的人很難，但值！

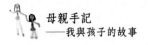

安撫奶嘴

奶嘴對嬰兒到底意味著什麼？你能準確描述嬰兒吮吸奶嘴時的感受嗎？你能完全理解嬰兒癡迷奶嘴的心理嗎？——小小一隻奶嘴，人類的亙古之謎。

棒棒出生前，我在店裏見過形形色色的安撫奶嘴。當時並不理解它的作用，只以為是一種華而不實的時尚玩具，並非必須品。好友虞蘭移居美國多年，得知我即將成為母親，她不遠萬里給我郵來了一隻大大的包裹。難為毫無經驗的她考慮得周全，從漂亮衣服到指甲剪、吸鼻器、變溫勺……小寶寶的生活用品差不多應有盡有，包括兩隻德國出產的NUK安撫奶嘴。拿到這小玩意兒，我特意請教了幾位媽媽同事，她們告訴我：最好不要讓寶寶養成含奶嘴的習慣，一來可能影響寶寶出牙，嚴重時甚至可能會破壞寶寶的口型、牙型；二來容易吮吸上癮，萬一將來強制硬戒，則容易傷害寶寶的情緒。一聽這話，我嚇得把奶嘴當成了海洛因，趕緊把它們鎖進了抽屜。心裏還不由地想：外國人有時候的確喜歡故弄玄虛，單單一隻奶嘴，就因材料、形狀、角度、尺寸、品牌等方面的諸多差異，讓人挑得眼花繚亂。而且這個號稱仿真，那個號稱模擬，全都極盡

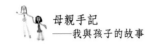

討好寶寶之能事。如此無孔不入的「人性化」有必要嗎？咱中國人幾千年不用安撫奶嘴不照樣長得挺好？

　　女兒初生的時候非常不乖，一天二十四小時倒是有十五六個小時不肯睡覺，而且一哭起來就扯著嗓子大喊，一副不達目的不甘休的樣子。她的目的是吃奶嗎？是換尿布嗎？不是！好像哭鬧本身就是她的目的。有人勸我：「沒關係的，小孩子的哭是一種運動，可以增強體質，鍛鍊肺活量。」但是我們家女兒可沒把哭鬧當兒戲，人家一哭起來就分外投入，最長的一次居然全力以赴地喊了個把小時，直到把嗓子喊啞了為止。還沒滿月，她就因哭鬧太多在腹股溝處鼓出了疝氣。醫生警告我們務必小心照顧，否則非得做個小手術不可。不敢任她哭就得哄就得抱，哪怕自己累得直不起腰，也不忍心聽她多哭一聲。月子裏還好，畢竟有她爸爸幫一把手。滿月後回到老家，漫漫長夜就只剩我一人與她鏖戰。那段日子，差不多每個後半夜我都得抱著她在臥室裏踱來踱去。我一邊踱一邊拍一邊輕聲哼著眠歌，一邊眼睜睜地看天空在黎明的通知中一點一點地泛白泛白……

　　幾次三番動過嘗試安撫奶嘴的心思，又幾次三番勸說了自己。我甚至已經把它們用沸水煮淨了盛在小碗裏，卻仍然一連幾天沒有使用。那天晚上，終於忍無可忍，我情急之下抓起一隻奶嘴塞進了女兒張得很大的小嘴。哇，神了！立竿見影，小傢伙居然馬上止住了震耳欲聾的哭聲，而且馬上呈現出一臉的幸福！更讓我瞠目結舌的是，不到一分鐘，她已經甜甜地含著奶嘴進入了夢鄉！

　　禁煙運動就這樣無可挽回地失敗了。安撫奶嘴從此登堂入室，成了女兒不可替代的最愛。

此情此景讓我悔不當初。看來不信科學不行，人家NUK畢竟是國際育嬰品牌，怎麼可能生產沒有意義的產品？看來人性化設計毫無疑問是正確的，要不然嬰兒為何時常會在母親和奶嘴之間選擇後者呢？唉，假如當初不盲目排外，我哪會遭這份罪？我自以為不讓女兒吃奶嘴是心疼她，可實際上過多的啼哭也許反而增加了她的痛苦。那麼，難道同事媽媽的經驗是錯誤的？當然不是，只不過寶寶各有不同，媽媽各有差異。世界上並沒有什麼放之四海而皆準的經驗或真理，有的只是適合自己的方法或手段。

有了安撫奶嘴，後面的日子好過多了。幾乎是屢試不爽，不管她是無理取鬧也好，借題發揮也好，隨意發洩也好……只要安撫奶嘴一到，永不知足的小嘴立刻就會被堵得嚴嚴實實。一吃上奶嘴，小傢伙立刻會顯出一副陶醉的神情，微閉著眼睛，一動不動，小嘴巴每隔三五秒鐘吮吸一次，發出「吱溜吱溜」的聲音。很快，臨睡前發放奶嘴成了每晚喝奶後的固定程式，而含著奶嘴睡覺則成了她一天最大的享受。每每看見她含著奶嘴睡著了，便想悄悄取下奶嘴以減少她吮吸的時間。誰知她卻像捍衛著生命一樣捍衛著吮吸的權利，普通的力氣根本拿不動，力氣稍微大一點，她會馬上驚醒過來強烈抗議。直到兩三個小時後完全睡著了，她才會在無意識間鬆開嘴巴，任奶嘴掉在頭邊。有時候睡到半夜翻身醒來，她還會自己在腦袋周圍摸摸，直到又把奶嘴填進了嘴裏，才放心地接著睡。因為吸得太緊，嘴唇上下每每會勒出一個深紅色的奶嘴模印，她爸爸笑稱她是「牛魔王」。

五六個月大時，小傢伙的自我意識漸漸明晰了。這時候，她一看見奶嘴就會發出諂媚的笑聲。不等大人送到，她就會迫不及待

地伸出小手主動抓搶。一旦得手,當即準確無誤地迅速填進自己嘴裏。有時候正在不耐煩地哭呢,拿來奶嘴在她面前晃晃,她馬上會破啼為笑。只不過表情的轉變太快了些,那副哭笑不得的樣子實在讓人忍俊不禁。女兒十七歲的小表姐對她的癡迷十分不解,她常常會好奇地問:「棒棒,這奶嘴到底有什麼好吃的呢?」女兒當然置之不理。我笑道:「你要堅持天天問她。等她哪一天懂事了、會說話了,也許她就能告訴你吃奶嘴的感受啦!」

天天煮、天天吸,女兒六七個月時,眼看NUK奶嘴的橡膠已經老化,我趕緊前往超市挑選了一隻國產「好孩子」牌安撫奶嘴。新奶嘴是矽膠的,無色透明,外型與NUK當然不同,但我覺得是大同小異。滿心以為女兒會和我一樣喜新厭舊,不曾想當晚我殷勤地送上新奶嘴,她剛吸了一口就咧開嘴巴「哇哇」大哭。我好言相勸,希望她再試試,她卻一點不給面子,一巴掌把「好孩子」打到了一邊。直到舊奶嘴重新挺身而出,才解了這出乎意料的燃眉之急。一對比兩個奶嘴,還真發現了區別:NUK的是弧形設計,與嘴巴的外型十分吻合,看上去就很舒服;「好孩子」的底座與乳頭則是垂直的,吮吸時只能含住乳頭部分,而且「好孩子」的乳頭部分比NUK的長一點。我不知道這一目了然的區別到底會造成什麼樣不同的感受,但可以肯定的是,小寶寶的生活習慣不僅無可厚非,而且值得尊重。我沒有強求女兒接受「好孩子」,並準備花上數倍的價格購買一隻原樣的NUK。可讓我欣慰的是,女兒並沒有敏感、挑剔到說一不二的地步。沒用多久,她就不再拒絕「好孩子」。當NUK徹底完成歷史使命時,「好孩子」已經成了她的新寵。

又過了半年，「好孩子」也到了老態龍鍾的時候。眼看女兒一歲有餘仍然離不開安撫奶嘴，我又漸漸著急起來。同事的預言顯然應驗了，女兒這奶嘴癮可怎麼戒呢？我趕緊上網尋找答案。原來，不少媽媽是偷偷在奶嘴上做了手腳：剪洞、蘸醋……總之是讓孩子失去吮吸的樂趣，誘使孩子放棄。辦法多種多樣，核心卻是一個：奶嘴癮當斷則斷，否則容易滋生很多惡習。我正準備依樣畫葫蘆敦促女兒及時「改邪歸正」，2004年春天，十七個月的女兒隨她大姑回了一趟農村老家。等過了半個月再見女兒時，大姑告訴我：奶嘴和尿布都已經不用了。我忙問怎麼做到的？大姑回答：「也不知是怎麼回事，反正說不用就不用了。恐怕看人家農村小孩都不用這個，她也就學著不用了吧。也恐怕每天玩得太累了，用不著奶嘴也能說睡就睡了。」

我點點頭，不得不承認世間萬物自有天數，凡事不可強求。我們能做和該做的，不就是順應自然嗎？只是等女兒懂事了、說話了，她肯定早已淡忘了吃奶嘴的樂趣，她將永遠無法向我們揭示奶嘴的秘密。真是遺憾！

恍若隔世

2003年4月1日，是我結束產假正式上班的第一天。長達四個月的法定產假，加上連頭帶尾續上的兩年公休假，我實際在家的時間差不多長達五個月。如此漫長的假期我過去連想都沒敢想過，而且如果不出意外，估計以後也不會再有類似的機會。從小到大，我就像一列火車行駛在固定的軌道上，日復一日年復一年，雖然身心俱疲，但仍然恪盡職守地遵循著社會公認的運行時刻表。沒想到，棒棒讓我忽然間離開了按部就班的軌道。五個月，一個漫長的休止符。

「山中方一日，世上已千年。」重新走進報業集團的大院，我恍若隔世。儘管看門的還是那個失去了雙手的工人，保潔的還是那個枯瘦熱情的江甯大嫂；儘管記者們進進出出還是那樣行色匆匆，編輯們來來往往還是那樣急急忙忙；儘管迎面碰到的全是耳熟能詳的面孔，撲面而來的仍是似曾相識的氣息──一切彷彿都跟我休假前沒有區別，我卻仍然像哥倫布來到了新大陸一樣，處處新奇，時時激動。噢不不不，是像哥倫布回到了西班牙，他需要重新恢復關於文明社會的記憶。

在樓梯口，我遇到了幾個不太熟悉的同事，他們像過去一樣向我微微點頭隨即擦肩而過。雖然以前甚至從未說過話，但此時此刻

我卻特別想拉住他們，我想問他們：知道這五個月發生了一件什麼樣驚天動地的事嗎？知道眼前的我與五個月前有什麼不同嗎？知道我為什麼見到你們像見到親人一樣嗎？——朋友！我親愛的朋友！我知道你們不會明白，我知道你們不會在意，我知道你們甚至沒有興趣，可我還是想告訴你們，我甚至想站在珠穆朗瑪峰的最高峰向全世界大聲呼號：我完成了一個壯舉！我生下了一個孩子！我成為了一個母親！讓風兒把我的聲音傳遍天涯海角吧，讓每一棵小草都豎起沾滿露珠的耳朵吧，讓每一隻小鳥都為我的偉大歡呼雀躍吧——自從這個孩子誕生，一切全變了！

向部門主任報了到，與周圍同事寒了暄，我終於找到了我原來的位置。一個陌生的女孩子正使用著我當初設有開機密碼的電腦。四目相對，她惶惑我也惶惑，到底誰該安靜地走開？幸虧主任及時告訴我她是才來不久的實習生，否則我恐怕馬上就會避讓到會客室去了。「對不起，雀巢鳩占了！」聰明的實習生一邊說，一邊飛快地關閉網頁站起身來。人家正在專心地工作，我卻從天而降忽然冒了出來，到底誰是雀來誰是鳩啊？她的話讓我越發慚愧，我趕緊制止她道：「別別別，稿子要緊，你先忙，你先忙！」

等實習生處理完稿件，我總算坐到了自己的座位上。映入眼簾的首先是滿桌的報紙。順手拿起最上面的一份，我看見報紙的日期是2003年4月1日。雙手捧報，我仔仔細細從頭版翻到最後一版，每個小標題都不放過。足足看了將近一個小時，自以為十分充實、十分盡職。可當我打算梳理出一點新聞線索時，奇了怪了！我忽然驚訝地發現自己腦子裏一片空白！除了國內新聞、國際新聞、地方

新聞、社會新聞、文體新聞這幾個印刷成黑體的版名，我居然什麼都沒記住！更要命的是，我發現自己對這些言之鑿鑿的文字一點興趣都沒有，這邊眼睛剛離開版面，那邊已經心猿意馬地想起女兒那可愛的臉蛋來：棒棒現在在幹什麼呢？這麼長時間不見媽媽，她會不會不習慣？整個將棒棒交給保姆能行嗎？保姆會按照我的囑咐煮奶瓶餵牛奶嗎？該什麼時候回家餵奶呢？萬一以後採訪不能及時給棒棒哺乳怎麼辦？四個多月就以牛奶為主是不是對棒棒太不公平？……

好不容易收回思緒，我屈指一算，天哪！我已經整整一百三十多天沒關注任何新聞了！這一百三十多天，我沒看報紙、沒看電視、沒上網路、沒聽收音機，甚至連電話、短資訊也幾乎絕跡。從2002年12月19日起，風聲雨聲讀書聲再也無法讓我入耳，家事國事天下事再也不能讓我關心。布希發表講話比棒棒多喝了一毫升奶更有價值嗎？中東又出現暴力事件比棒棒的紅屁股更讓我憂心嗎？又一項世界紀錄被國人打破比又讓棒棒多睡了個把小時更讓我歡欣鼓舞嗎？……噢，遙遠而陌生的新聞哪，如果你不能讓我的棒棒健康成長、不能讓我擁有幸福平安、不能讓我的生活更有意義，我為什麼要關心你？

隨意翻檢著桌上的報紙，我不得不承認這五個月的的確確發生了很多觸目驚心的新聞。對重要新聞一無所知，這在過去不僅是不可思議的，還是不可原諒的。作為一名職業記者，過去我每天都要流覽大量的報紙，獲取並發佈很多的資訊。那時候每每為了一則新聞披星戴月，而一旦搶出了獨家新聞，心裏面的那份滿足感、幸福

感就別提了。可現在，面對成堆的報紙我忽然疑惑了：為什麼以前我無所不知卻總是抱怨生活毫無樂趣？為什麼我現在與世隔絕卻處處感受得到純淨的幸福？卻原來幸福的本質是簡單而不是繁復，幸福與信息量無關甚至成反比。

儘管我很清楚在浮躁中尋求幸福無異於緣木求魚，但現實逼著我必須儘快走出單一和純淨，儘快走向紛繁和複雜。我不僅需要瞭解和把握大大小小的新聞，我還需要儘快恢復捕捉新聞的能力，因為搜集、發佈資訊是我謀生的手段。

硬著頭皮，我將桌上的報紙匆匆翻閱了一遍，漸漸找回了一些往日採寫新聞的感覺。接著，我找出通訊錄，開始挨個給以前的熟人打電話。非常幸運，第三個電話就有了回音，對方熱情地邀請我：「你下午就來吧，我們正好有個新聞發佈會。」我高興極了，這個機關我跑了兩年，上至局長下至門衛都堪稱朋友，寫他們的新聞應該是手到擒來的事情。當天下午，按照約定的時間我來到L局。一走進熟悉的大門，正碰上一位以前經常採訪的某處處長：「喲小趙，好久不見！已經上班了？棒棒好吧？新聞發佈會在老地方，五樓會議室！」告別這位處長，我額頭一下子冒出一層冷汗。為什麼？因為我竟然怎麼也想不起他的名字啦！邁進會議室更慘，滿屋子人都認識我，我卻不怎麼認識滿屋子的人。我滿臉僵硬地與這個招呼與那個點頭，努力表現出一副鎮定自若的樣子，骨子裏卻著實心虛得要命，我很擔心一個失去記憶的人還能不能寫出具有政策延續性的新聞？趕緊找個位置安身，趕緊請兄弟媒體的同行寫下與會人員名單，趕緊重新啟動大腦的系統資料庫，趕緊竭

力搜索五個月前的相關儲存……噢，我的大腦啊，你不會把這些資訊格式化掉吧？你要是讓我連熟人都不認識了，以後咱們就只能喝西北風了！

　　更要命的還在後頭。新聞發佈會結束回到報社，面對電腦，我恐怖地發現自己竟然連五筆字形輸入法都忘得一乾二淨，更不用說寫一篇像樣的新聞稿了。發了半小時呆，左刪右改了兩個多小時，我總算折騰出一條五六百字的小稿。忐忑不安地把稿子傳送到部主任名下，忐忑不安地回了家，忐忑不安地睡了覺。第二天一早，忐忑不安地打開報紙，果不其然：刊出的稿子差不多是主任重寫的。一波未平，一波又起，就在我為不能迅速恢復狀態焦慮的時候，又出了一個錯誤！有關部門明明表彰了十名優秀青年，我的見報稿裏數來數去卻只有九人！而我明明記得發稿前是認真核對過的！總編問我是怎麼回事？我無言以對。總編看了看我，沒有責備一句話。我卻恨不得找遍當天的所有報紙，將遺漏的名字逐一補上。事後，分管副總編還安慰我說：「知道你剛剛上班，所以我們什麼話也沒說。剛生完孩子容易忘事，我老婆以前也這樣過。」

　　好在凡事都有個過程，這種找不到感覺、總不在狀態的狀況最終還是解決了。在持續不斷的工作壓力下，僅用了個把月時間，我又成了一名稱職的記者。回歸社會之後，雖然表面上我似乎與五個月前沒多大差別，但實際上我已經擺脫了原來那條沒有激情、沒有內涵的僵硬軌道。日新月異的女兒隨時都在向我展示生命的驚奇，在她的提醒下，我越發清晰地意識到一個真理：生命第一！個體獨尊！

　　說到這裏，不能不提及2003年8月在夫子廟「先鋒大道」淘書的經歷。南京的先鋒書店在全國都頗有名聲，以獨特的文化品位和豐富的人文書籍見長。那年夏天，先鋒在夫子廟地下商場老店新開，號稱「先鋒大道」。那的確是我從來沒見過的獨特場景：一條漫長、幽深、寬闊、筆直的通道，只有單純的黑白兩色，兩側全是書，密密麻麻的書。走在書籍構築的長廊中，不知道是你在檢閱書，還是書在檢閱你。

　　乍一看到這麼多書籍，我滿心以為「先鋒大道」肯定會掏空我頗為小康的錢包的。沒想到，在書海裏盡情泡了兩三個小時，最終卻只有兩本童話讓我心動。摩挲著《小王子》和《青鳥》，我首先想到的是女兒。我想明年女兒也許就能聽我讀書了吧？每天晚上臨睡前，她乾乾淨淨地躺在溫暖的被窩裏任我摟著，我就在寧靜的燈光下為她讀上兩頁《小王子》。兩頁讀完了，她還想聽，我就溫柔地親親她的額頭道：「今天就到這兒吧，咱們明晚再聽好嗎？」聽了我的話，女兒乖巧地點點頭，隨即閉上眼睛進入了夢鄉……

　　想到這裏，我不禁抬頭審視著那些自以為高深、自以為淵博、自以為幽默、自以為劃時代、自以為青史留名的精裝書、暢銷書……我說對不起了，聖賢哲人！對不起了，教授學者！對不起了，文壇新秀！對不起了，影視明星！以前我的確曾被你們非凡的外表深深吸引過，我曾相信故弄玄虛是書籍當仁不讓的使命，嘩眾取寵是書籍功成名就的象徵。可現在我才懂得，只有關注生命、有益女兒的書籍才是值得我購買的。

　　這個啟示是女兒帶來的。女兒讓我返璞歸真。

不散的陰霾

最初聽到「非典」的消息是在2003年的春節。當時只是親朋好友在飯桌上隨便議論著，沒有人特別上心——畢竟疫情還遠在遙遠的廣州，而且誰也說不清這怪病的來龍去脈。我對這些傳聞更是充耳不聞，心想反正我和棒棒足不出戶，怕什麼呀？

南京傳出「防非」風聲是在當年的4月中下旬。那時候我已經回報社上班了，每天都消息靈通得很，知道北京的疫情早已相當嚴重，而京滬鐵路又源源不斷地把驚慌失措的人們輸送到南京來。然而，當時市政府並沒有公開證實這些消息，更沒有拿出切實的「防非」方案來。這下我可焦慮壞了！為什麼？因為我正在哺乳！

我的焦慮是絕對有道理的。你想，「非典」的傳播途徑是呼吸、是接觸，而我們記者的職責卻是面對面的採訪；「防非」要求大家少出門、少說話，而我們記者卻必須多跑、多聽、多問；「防非」讓大家遠離疫區、遠離病人，而我們記者卻必須哪兒危險往哪兒去。以一名記者一天接觸十個人計，我們採編大廳近百號老記、老編就有近千個感染機會，更何況有些記者專門是跑車站、醫院的，他們「中彩」的可能性更大！我自己從來不怕飛來橫禍，因為我相信「死生由命、富貴在天」。可一想到襁褓中的女兒，我便無

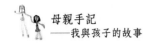

論如何也堅強不起來了。

那時候，為了讓女兒能擁有健康的體魄，我還在苦苦堅持著母乳餵養。因為女兒的挑剔和休息不充分，我從月子裏奶水就不太好。女兒四個月大時，一天最多只能餵她兩頓。即便如此，每天中午我還是不辭辛苦地趕回家來。為只為母乳中含有天然抗體，有利於嬰兒吸收，我便癡癡地希望她能多吃一口就多吃一口。原以為就這樣細水長流，至少也能支撐到六個月斷奶，萬沒想到「非典」的陰影突如其來地籠罩到頭上，我立馬成了家裏的頭號定時炸彈！

那段時間我坐臥不寧，每天到報社的頭一件事就是打開窗戶通風透氣，然後心急火燎地找人打聽最新消息。我向衛生記者諮詢戴口罩的必要性，向交通記者瞭解防範的可能性，再向黨政記者傾訴出臺政策的重要性……我覺得我快成了祥林嫂，開口就說：「我真怕！真的！」但很快我就發現，一個人害怕其實並不可怕，而所有人都怕那才是真正的恐怖！

4月下旬，市政府終於出臺了我期盼已久的「防非」新政，市領導信誓旦旦地向百姓承諾：南京有信心、有能力，一定會把「非典」禦於城門之外！

你還別說，看人家領導這麼篤定地拍著胸脯，咱老百姓還真就放了一顆心。為什麼不信呢？咱南京一向是全國首善之區嘛，咱沒能力誰還有能力？

緊接著，一則則捷報接踵而至：某關卡攔住了一輛北京貨車，司機被我們妥善安置就地隔離；某車站發現了一名廣州客，當地派出所將他送入了指定招待所……這樣的氣氛不由人不悠然自得、氣

定神閒，大家理所當然地維持著原來的生活方式，直到一條新聞陡然把南京從春天逼回到冬天：454醫院發現了一名「非典」疑似病例！消息很快就更確切了，病人自北京出差回來一個多星期，日前才發現高燒不退！病人所在小區已全面隔離！病人近期打過交道的人員也全部禁止流動，包括幾名我們報業集團的員工！

恐怖就這樣來了！

4月一直是南京最好的季節，春暖花開，陽光明媚，連風兒都是甜的，連雨兒都是綠的。身著薄衫漫步於4月的南京，你會覺得嚴冬的忍耐、酷暑的掙扎都是值得的，哪怕這無比舒服自在的4月只有眨眼般的短短一瞬。然而不知道為什麼，2003年的4月卻是出奇地陰冷，甚至五一節過後仍然彤雲密佈、冷風颼颼。料峭春寒無情地吸走了身上僅有的一點溫暖，人們遲遲脫不下厚重的毛衣。天冷，心更冷。還沒等我說服自己下決心戴起口罩，「首例」見報的第二天，街上已隨處可見口罩的影子。那個「五一」破例沒有放長假，即使這樣，形勢仍然一天比一天嚴峻——

一名剛從天津返甯的村民被媒體稱做「毒王」，牽連親友多人住院；

一名計程車司機持續高燒，據說她接待過北京客人；

一名中學生成了「非典疑似」，整個學校被迫停課封閉；

……

……

最讓我受不了是那個名叫思思的十個月男嬰。因為患有先天性心臟病，父母專程將他抱到北京請教專家，誰知，心臟病沒治好卻

出現了一系列「非典」症狀！讀著記者發自現場的報導，我心如刀絞，因為我的棒棒比思思還小五個月呢！該不該繼續給女兒哺乳？我心事重重。四個月斷奶顯然太早，可如果不毅然決然斷奶，萬一因為哺乳而傳染怎麼得了！尤其恐怖的是，殺手無處不在卻又無跡可尋，撞上了還不能像踩了地雷一樣轟轟烈烈，非得潛伏夠長、傳播範疇夠廣，才會忽然間火山般爆發出來，讓你束手待斃。據說小思思的媽媽哭得很傷心，她不得不眼睜睜看著哭鬧不已的兒子被護士抱進了隔離病房。病兒命若懸絲，當媽的不僅不能為他求醫問藥，甚至連守在孩子身邊為他看護都做不到，他還是個離不開奶瓶和尿布的嬰兒啊——我簡直不敢想像小思思的媽媽有多麼痛苦！低頭親吻著膚如凝脂的女兒，我欲哭無淚。將女兒帶到這個苦多樂少的世界，不敢承諾能給予她多少幸福，但至少該讓她擁有健康的體魄不是嗎？據說「非典」患者即便痊癒，肺部也會像一團不中用的棉絮，這輩子從此弱不禁風，那將是多麼可怕的前景！

　　隨著疫情的蔓延，開始人人自危。街頭到處可見排隊買消毒液的人群，口罩、食醋、板藍根甚至艾草，全都供不應求。我也不停地往家搬運各種防護用品，並再三囑咐家人務必通風透氣。出門工作，再也不敢乘坐公共交通工具，無論路途多遠，我都堅持騎自行車。沒過多久，報社出臺了應急方案：將編輯記者分成三個梯隊輪流上班，能在家發稿者儘量在家發稿。這一方案的確減少了記者之間交叉感染的可能，但記者自身仍然危機重重，因為在家發稿並不意味著足不出戶，更何況各部門在此非常時期紛紛不甘落後，一個賽一個地表決心、送溫暖，惟恐市委市政府不知道自己出色的表

現。以我負責聯絡的工青婦三「群眾團體」為例，它們不能衝鋒陷陣發佈政策措施，但總能為抗非一線搖旗吶喊、擂鼓助威吧。於是，今天工會送去了營養品和「勞動模範」稱號，明天共青團派出了志願演出的隊伍，後天婦聯又將鮮花交到醫護人員手中……記得5月中旬全市掀起第一個「抗非」高潮的時候，我差不多每天都要跑一遍定點隔離醫院，除了跟隨各部門領導走訪、慰問，甚至還參與了準備擴大隔離病區的志願搬運行動。

　　說真的，奔波在外一點都不覺得「非典」有多麼怕人。也許緊張到了極點反而無所顧忌吧，每每採訪結束，大傢伙兒總會口無遮攔地胡吹狂侃一氣。這個說：「也許明天我就被隔離了，到時候可別怨我是『毒王』啊！」那個說：「我還巴不得被隔離呢，關在家裏有吃有喝，冠冕堂皇地不上班，工資獎金卻一分錢不少，多爽！」你一言我一語，時間過得飛快。可是終於，離家越來越近了，腳步越來越重了……一進家門，我總是一頭扎進衛生間，先用流水、肥皂洗臉、洗手，再把衣服從頭到腳換掉，然後才敢走近女兒，還儘量克制自己不去抱她，實在要抱也得儘量不靠近她的臉蛋。以前哺乳時我總是凝視著她的眼睛，可現在我不得不將眼睛轉向別處。後來為了保險起見，乾脆戴上了口罩。女兒目不轉睛地盯著我，一臉的不解，她也許在想：「媽媽怎麼會變成這副怪模樣？」我在口罩後面苦笑著對她說：「沒辦法，孩子，等『非典』過去了，媽媽一定把你親個夠！」

　　5月中下旬，「抗非」升級了！二院的病人增加到了七個，全社會的目光都集中到了位於紫竹林的市第二醫院。報社準備加大

「抗非」報導力度,選派記者進駐隔離病區進行現場採訪。為了營造一種特殊的氛圍,報社號召記者本著自願的原則積極報名。其實我很清楚這種活動在很大程度上是一場「政治秀」,但我還是毫不猶豫地遞交了「請願書」,因為此時此刻,我是多麼盼望能離女兒遠一點、再遠一點啊!不用說,我最終沒能入選,我一非黨員二非先進三非積極分子,根本沒理由接受這光榮而神聖的使命,我只能戴著口罩給女兒餵奶!我只能絕望而堅定地在這莫名其妙的世道上掙扎著!

好在人性有底線,母愛不必解釋。記得有一次應邀參加一個表態會,與會者不知是為了表現勇敢還是為了面子,十幾二十人沒一個肯按「防非」要求戴口罩,包括義大利菲亞特公司的駐華代表莫里尼先生。會議期間,報社忽然來電佈置我採訪一位「國難」當頭卻情願與我們同甘共苦的外國友人。我相中了莫里尼,剛一散會便戴著口罩攔住了他。在翻譯的幫助下,莫里尼非常到位地接受了採訪,差不多每句回答都是我們報社需要的。當我得知他還有一個年方四歲的兒子也沒有離開南京時,我忍不住問他:「怕不怕?」他聳聳肩說:「沒有什麼好怕的,我們雖然也採取了一些衛生措施,但生活基本上還跟以前一樣,我們不戴口罩。」說著,他還指了指我的口罩,一副嘲笑我小題大做的樣子。我當即鄭重地告訴他:「我必須要戴口罩,因為我有一個嬰兒,我正在哺乳。」我注意到莫里尼聽到翻譯時表情迅速起了變化,他很快向我道了歉,並非常尊重地向我微笑致意。正是這個微笑讓我忍住了一句話,我本來還想繼續告訴他:母親的無所畏懼是以她的無所不畏懼表現的!

屋漏偏逢連天雨，因為開窗通風過度，我竟然感冒了，整天涕淚縱橫，所到之處人人側目！正是這次感冒讓我痛下了斷奶的決心，我不能再讓女兒吮吸攜帶病菌的乳汁！女兒居然就是這樣斷奶的，之前我無論如何也不會想到會是這樣。好在女兒早已習慣了用奶瓶喝奶，僅用了一天，我們就各得其所，當時女兒僅僅四個半月。女兒不依戀母乳讓我私下裏有些悵惘，我沒辦法解釋其中的原因，只能接受上天的安排。女兒的大姑說，農村小孩母乳會吃到一歲多，饞奶的小孩會主動端凳子請媽媽坐下，然後鑽進媽媽懷裏解媽媽衣服。這話聽得我心裏癢癢的，母子之間可不就應該這樣親昵嗎？我的棒棒難道要與我這個媽媽保持距離？

日子就這麼七上八下地過著，斷奶後的棒棒仍然一天天茁壯成長著。好在隨著夏天的來臨，「非典」的陰霾終於一點一點地散去。當陽光刺破雲層照亮這座傷痕累累的城市時，我發現南京又一次被摧殘了，卻仍然沒有被摧毀。我發現這座城市又多了一片廢墟，這片廢墟不在別處，它或淺或深地埋在人們的心裏。我發現歷經磨難的人們更加珍惜、也更加揮霍生活，哪怕只是廢墟上的生活。我還發現我對這個世界真的已經了無牽掛，除了懷中的這個嬰兒……

揪心的感覺

　　女兒第一次生病完全怪我。2003年春天「非典」橫行，我不顧天氣陰冷堅持通風透氣，結果沒染上SARS卻染上了感冒。深知自己生病事小，傳染女兒事大，剛開始打噴嚏、流鼻涕，我便儘量不再抱她。哺乳時非抱不可，我甚至戴起了口罩。一察覺頭昏眼花感冒加重，又當機立斷給她斷了奶。

　　可是，已經晚了！沒兩天，女兒也開始流鼻涕，而且體溫一下子就躥到39°冒尖。雖然心疼，但起初我還不很緊張，因為我覺得感冒發燒不過是小恙，沒什麼大不了的。當時全城正對「非典」嚴防死守，我生怕交叉感染，說什麼也不肯帶孩子去醫院。查看了各種書籍，得知嬰兒發燒首先應該物理降溫，便不厭其煩地給女兒冷敷額頭，清洗小臉小腳，連哄帶灌地餵水，用酒精棉擦拭手心、腳心和耳根……

　　忙活了大半天，體溫卻並不見下降。全家終於撐不住了，決定去看醫生。去哪家醫院更安全呢？這個問題讓我頗費躊躇。最方便的當然是離家不遠的南京軍區總院，女兒就是在那兒出生的。但綜合性醫院人員複雜啊，萬一撞上一顆沾著SARS病毒的唾沫星子，那豈不等於自投羅網？最對口的當然是大名鼎鼎的兒童醫院，但那

裏住著「非典疑似」患兒小思思，我實在是避之惟恐不及。權衡了好半天，我選擇了婦幼保健院，我相信以孕產婦和嬰幼兒為物件的醫院安全係數相對較高。

「來量個體溫吧。」女醫生一句話沒說便拿出水銀溫度計。她指示我們把女兒擺趴在腿上。還沒等我們回過神來，她已經迅速將溫度計插入了女兒的肛門，然後還要求我們：「穩住她，別讓她動！」

我嚇了一跳，怎麼會這麼量體溫？不會弄疼棒棒嗎？萬一棒棒掙扎弄斷了怎麼辦？心裏這麼嘀咕，嘴上卻不敢置疑醫生的權威。我只好輕聲細語地安慰女兒，哄她不要將注意力集中到屁股上。盯著牆上慢條斯理走動的時鐘，我忽然間覺得無比愧疚──親愛的棒棒，媽媽對不起你！媽媽沒有盡到照顧你的責任，讓你受委屈了！媽媽以後一定不會再犯這樣的錯誤，求求你快點好起來吧！

「感冒。有點發燒。」醫生輕描淡寫地說，「開點藥，多餵點水。」

不過十來分鐘，病看完了。似乎過於匆忙和草率了一些，但人家就這麼打發了，有什麼辦法呢？只好自我安慰：果然是小毛病，醫生根本沒當回事，吃了藥准好。一回家，趕緊按劑量給女兒餵藥。眼看著她三下五除二吮吸完奶瓶中的藥水，我滿心以為已經柳暗花明了。萬沒想到，這才是萬里長征的第一步。

那一夜出奇地難熬！從當晚七八點鐘開始，體溫反反覆復持續走高。小兒百服寧剛餵下去時，溫度的確能迅速回落到37°，可往往半小時不到，高燒便殺起了回馬槍，而且往往比原來還燒得厲害。急人的是百服寧不能隨意餵，醫生沒提，但說明書上寫得清

楚：必須絕對控制餵藥的頻率、時差和劑量，二十四小時之內餵藥最多不超過四次。

女兒以前從來是自己睡覺的，可那天她再也不肯獨自躺著。你能想像一個嬰兒會敏感到什麼程度嗎？簡直超過任何先進的儀器！奇了怪了，無論我們怎樣小心輕放，只要她的小身體稍一觸及床鋪，她便立刻哭鬧不止，根本連眼睛都不用睜！後來更是挑剔到連離開父母的懷抱都不肯。不知她是通過什麼來判斷父母的，是氣息？是聲音？還是連接著上帝的第六感覺？反正她知道父母！只要父母把她整個兒抱在懷裏，她就可以一聲不吭地皺著小眉頭昏睡。可憐她平時脾氣是那麼急躁，那麼不容易忍耐一丁點不舒服、不愉快，但那一天她卻顯得出奇地乖巧和溫馴，小臉燒得通紅，還是一聲不吭！

於是，我和她父親便輪番抱她。整整一夜，連姿勢也不曾改變。

夜深人靜，腰後墊著枕頭，我半倚半靠。臉頰依偎著她滾燙的小臉，耳朵捕捉著她微弱的呼吸，我覺得我和女兒彷彿一對脆弱不堪的紙船，搖搖晃晃地行走在暗流湧動的河床上。恐懼，莫名其妙的恐懼，居然縮頭縮尾地隱藏在內心深處。更要命的是我不僅發現了它，還必須戰勝它、克服它、超越它！於是我不得不要求自己放鬆思緒，任憑它像水一樣汩汩流淌，流向虛無縹緲的無何有之鄉⋯⋯放鬆會增添信心創造和諧，於是我儘量讓女兒枕著我的左臂、貼著我的左胸，我想讓她聽到我的心跳聲，我相信她一定能通過我的心率聽出這樣的資訊：不管怎樣，媽媽會永遠守護在你身邊，媽媽和你是連為一體的⋯⋯

黑夜就在這紛至遝來的思緒中糾纏不清越陷越深。

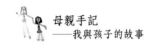
不知不覺，我睡著了。

猛然間，又一下子驚醒。

這才發現自己已經不知不覺俯到了棒棒身上，居然沒把棒棒壓醒也真是僥倖！

白天上班，晚上再這麼著苦熬當然吃不消，實在忍不住了，就喚醒她爸爸接崗。難為他這麼個嗜睡如命的人居然毫無怨言而且說起就起，我們就這麼一小時一小時地苦等著天明。

好不容易熬到清晨五點多鍾，我感覺棒棒的體溫又不對勁了。測完後，迷迷糊糊地舉起溫度計定睛一看，我嚇得差點把溫度計丟掉，頭腦一下子全醒了。「天哪，43°！馬上去醫院！去兒童醫院！」我嚷嚷起來。她爸爸一看也不敢大意，趕緊喚起大姑收拾東西。當我們抱著棒棒下樓的時候，不過曙光熹微。

兒童醫院門診大樓卻是燈火通明，各式各樣的家長抱著各式各樣的病兒川流不息。急診室裏坐著一名年輕的男醫生，看上去還像個未畢業的學生。他真能確定引發高燒的僅僅是感冒？他真能確保不隨意濫用抗生素？他真能迅速撲滅溫度還我一個健康的棒棒？……我心裏盤桓著無數個疑問。但此時此刻就他一人當班，我別無選擇。

掛號。排隊。就診。

「怎麼還給她穿這麼多衣服？趕快脫掉棉衣，物理降溫！」小夥子一看女兒那張紅撲撲的小臉，當即果斷地發出第一個指令。

這個指令一下子擊中了我的軟肋，我立刻明白兒童醫院的醫生沒有一個需要懷疑。隨即，小夥子開出了一張化驗單，要我們帶著女兒去驗血。懵懵懂懂地抱著女兒敲開了化驗室的窗戶，小護士要

求我們送上女兒的食指。

我的心一下子涼了！

對於手指驗血，我從來是恐懼萬分、深惡痛絕的。其實手指上的那點疼痛根本不算什麼，但我特別討厭伸出手指等待針尖扎下來的那一剎那！我覺得那和把頭放到刑臺上等待斧頭落下來沒什麼兩樣，因為同樣都是等待預期的痛苦啊。怎麼會這樣？為什麼要這樣？不就是感冒發燒嗎，白血球肯定是高的，驗什麼驗呢？她還是個小嬰兒啊，她的手那麼小、那麼嫩，怎麼能經得住針尖的攻擊呢？不行，不行！

又晚了！誰讓你來了醫院了呢？誰讓你把神聖的監護權放棄給了醫生了呢？既然你不再敢於承擔女兒的命運，那你現在能阻止女兒伸出纖細的食指嗎？

永遠忘不了那一幕！

永遠忘不了那根豎起來的小食指！

針尖扎在她手上彷彿扎在了我心上！我看見鮮紅的小血珠猛然間鑽了出來，活生生的，代表著疼痛！我的淚和她的淚同時滾落了下來。我們都是因為疼痛而流淚的，只不過她的痛有聲有色、驚天動地，我的痛卻宛如一場濃霧，悄無聲息地向全身彌漫。

時至今日，女兒當時的模樣還十分清晰地呈現在我眼前：天藍和純白相間的棉線衫，藏青色小細格的背帶棉褲。頭髮還沒長全，腦門很開闊，大大的腦袋，看上去圓乎乎、白嫩嫩，麵捏的一樣。驗過血後，她一個勁地哇哇大哭，一個勁地把受傷的食指伸給我，伸給她爸爸。好久好久了，還委屈得抽抽噎噎……

　　時至今日，我還為我當時的流淚驚訝不已。一直以為自己的心靈之泉已經枯竭了，沒想到女兒的食指僅僅輕輕一伸，晶瑩的泉水居然就慌不擇路地噴湧而出。上天啊，你能告訴我這究竟是為什麼嗎？我無法描述得清當一個孩子身陷痛苦時，他的母親到底會有怎樣無法言說的感受，但我終於感受到了母愛的神秘，當那根纖細的食指輕輕豎起來的時候。

　　那天驗完血後，醫生還是按照慣例開了一瓶抗生素，我也不得不硬著頭皮讓女兒接受了抗生素點滴。但她的溫度仍然忽高忽低，直到兩三天後才恢復平穩。後來請教了好幾位媽媽同事才明白，小寶寶發燒總有其必然的規律：體溫很容易居高不下，很容易躥到40°以上。只要敢確定不是特殊原因引起的發燒，那就完全可以採取保守而有效的物理降溫法，包括擦拭、洗澡、冷敷等等。反覆個三兩天是十分正常的，關鍵得密切監控，冷靜地採取恰如其分的看護措施。如果持續三天高燒不退，那時再去醫院不遲。還有一個原則她們千叮嚀萬囑咐，那就是千萬不要濫用抗生素！

　　感謝上天，女兒出生以來就生過那一次「大病」，接受抗生素也就那麼唯一的一次。所以，到目前為止，我體驗揪心的感覺也就那麼驚心動魄的一次。

天上人間

　　我始終不敢輕視吃奶的嬰兒。我相信每個嬰兒都是頭頂光環的人間天使，舉手投足無不傳達著上天的資訊。從孩子呱呱墜地起，我就能感覺到上天的眼睛。日日夜夜，這雙仁慈的眼睛始終溫情脈脈地凝望著我們，彷彿隨時準備伸出援手似的。我明白上天的一片苦心，每個孩子原本都是天堂裏的精靈啊，他們在天上追逐嬉戲，是何等的開心盡興！現在一下子送到人間了，上天就算割捨得下也放心不下啊。他得護佑著他們，萬一哪個孩子實在吃不了人間的辛苦，他還得接他們回來不是嗎？

　　四個月前的嬰兒完全擁有自己獨立的世界。在這個世界裏，他是率性而為的獨裁者。剛出生的嬰兒簡直如同真神，他不對你的微笑報以微笑，他不對你的呼喚報以呼喚，他不對你的撫慰報以撫慰……甚至連認真望你一眼他都不，哪怕你是他媽媽。他總是若有所思地沉浸在自己的世界裏，這個世界有他的規則，這個規則就是一切必須服從一個弱小生命的生長需要。於是，他想哭就哭，想笑就笑，拉屎撒尿，說來就來，哪怕身在夢中。從天堂到人間，一個胎兒要走上十個月的路程；從精靈到凡人，一個嬰兒要進行四個月的轉變。從不會凝視到凝視，從不會表達到表達，從不會交流到交

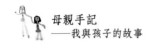

流，從不會行動到行動，從不會對話到對話……一個嬰兒就這樣慢慢走出了自我，走近了他人，走向了社會。

聽多了關於母愛之偉大之神奇的故事，孩子未出生時，我對母子親情一直充滿沒有邊際的遐想。我以為母親就是孩子的上帝，哇哇大哭的孩子見到母親，一定會立刻止住哭聲；嗷嗷待哺的孩子見到母親，一定會露出甜美的微笑；我甚至以為母親的聲音和氣息都是磁場，都能讓孩子感受到溫暖和幸福……可事實上，嬰兒和母親之間哪有什麼心靈感應啊！如果不是晨昏不分的耳鬢廝磨，我相信一定會有相當多的母親對孩子無動於衷，而心思還在天堂遊蕩的嬰兒則毫無疑問不會對母親作出判斷和選擇。

剛開始當母親時，我遭遇了強烈的挫敗感，我沒想到我和女兒很難互相理解。女兒生性剛烈，她不習慣等待，總希望立竿見影地擁有，毫無條件地獲得，而且必須是恰如其分、恰到好處地獲得。可惜世事總有缺憾，我沒辦法讓她永遠心滿意足。記得哺乳期的那段時間，我最苦惱的就是不能與她交流。每每抱著她在黎明前的黑暗裏徘徊，我都會忍不住對她呢喃耳語，我說棒棒你為什麼總是不停地哭呢？你要是肚子餓那為什麼不吃呢？你的小屁屁乾乾的，你還有哪兒不舒服呢？……女兒以持續的哭聲回答我的呢喃。我覺得很心痛，理解不了一個嬰兒的需求是我最大的心痛。我的心痛是上天讓我們使用不同的語言造成的，嬰兒的啼哭是天堂的語言，只有上天聽得懂。

給女兒餵奶曾是我最大的難堪，我不明白為什麼她總是不能安安靜靜地把一頓飯吃完？為什麼她總是才吃了兩口就鬆開了嘴巴，

以至於奶水總是會噴得她一頭一臉？結果呢，一副近似神話的親情場面被我們演繹成了一場莫名其妙的戰鬥，從此我對當好母親不再信心十足。匪夷所思的是，即便她如此霸道、如此不講道理，我還總為自己沒有盡到母親的職責愧疚不已。女兒時常會睜著烏溜溜的亮眼睛一聲不吭地凝望我，我覺得她一直在默默地打量、默默地考驗，好像仍在猶豫是否選擇我做她的媽媽似的。奇怪的是，平時動輒容易上火的我，面對女兒卻幾乎從來沒有過不耐煩的時候。想想這也許就是上帝造人時的特殊設計吧，真正可愛的孩子並不完全是懷胎十月生下來的，而是為人父母者無怨無悔地付出換來的。

　　孩子的成長變化日新月異：一個月，她能抬頭了；兩個月，她能轉動脖子，並可以像模像樣看一件東西了；三個月，她不再滿足於乖乖地躺在原地，她有了強烈的翻身願望；四個月，她的嘴裏忽然冒出了白色的牙尖，她開始需要添加輔食了……所有的父母想必都知道，只喝母乳的寶寶大便金黃燦爛，不僅沒有任何不良氣息，而且還彷彿秋天的蟹黃般可人。初見這樣的「蟹黃」我驚詫不已，身而為人卻沒有人的惡濁，這不正是嬰兒通靈的明證？添加牛奶之後，「蟹黃」成了「牛黃」，人的氣息增加了。品嚐人間百味是一個轉折，是所有一切的轉折。所以，我把第一次給女兒添加輔食當成了一個儀式。

　　謹遵書囑，女兒的第一個嘗試是從四分之一個蛋黃開始的。我把煮熟的蛋黃用刀劃成四塊，四分之一放在碗裏，用勺子研成細末，開水攪均，然後倒進奶瓶裏沖成蛋黃奶。沖好奶後自己先嚐了嚐，有點腥，怪怪的。我很抱歉只能讓女兒喝這樣的奶，既然書

上是這麼說的，也只能這麼試試了。沒想到女兒沒把這個變化當回事，咕嚕咕嚕照樣喝得很開心。初添輔食最大的擔心就是過敏，必須密切注意孩子的反應，於是我不停地撩起女兒衣衫進行檢查皮膚。四分之一個蛋黃要至少餵上兩個星期，待孩子的身體完全接受了，才能增加到二分之一個蛋黃；再過兩個星期，四分之三；最後才是整個蛋黃。初添輔食真的過於緊張，記得有一次家裏人沖奶，等奶瓶空了我才聽說女兒竟然喝掉了二分之一個蛋黃，立馬急得不知所措，好像她身上已經長出疹子似的。當然，我的顧慮是多餘的。一隻蛋黃敲開了人間的大門，展現在女兒面前的世界是豐富的，也是紛紜的。從此，她開始吃蘋果、香蕉、西瓜、橘子、稀飯、米粉、麵條、青菜、番茄、魚湯、豬肝……從此，她開始全方位走進人類社會。

據說嬰兒最喜歡的圖形是人臉。我家廚房的磁磚上貼著一隻掛捲紙的布娃娃，紅帽子，紅裙子，看上去挺可愛。有一次，三個多月的女兒偶爾被抱進廚房，她一眼發現了這隻布娃娃，竟然一下子高興得尖叫起來，抱在懷裏上躥下跳。把她抱到娃娃面前，她興奮壞了，伸出手一把就攢住了娃娃。這是我第一次發現女兒喜歡一樣東西，而且是個娃娃。四個月前，女兒根本不懂照鏡子。四個月後，把她抱到鏡子前她會笑得歡聲盈室，不僅注意到鏡子裏有個和自己一模一樣的人，還急於搞清楚鏡子背後的秘密。照鏡子是一個人自我意識覺醒的開始，女兒從四個月起有了「我」的概念。但真正分清「你」、「我」、「他」，還是兩歲以後的事情，因為直到二十五個月大，她還是經常把「給我」說成「給你」，她還會非常認真地告訴別人：「我叫我」。

　　因為天氣寒冷，女兒四個月前很少出門。四五個月時春暖花開，她第一次來到了樓下的小花園。小花園裏有樹、有草、有花、有鳥，還有閒散的老人，以及和女兒差不多大的小寶寶。女兒開始到花園玩時，對掛在樹上的鳥籠視而不見。甚至我把她抱到鳥籠前向她描述鳥兒的模樣，她也無動於衷。對其他寶寶也一樣，每當我們興高采烈地把他們抱到一起，滿心以為他們會禮貌地摸摸其他小朋友的手，卻不料他們只是毫無表情地互相望望，一會兒就把臉轉到旁邊去了。直到五六個月後，女兒才忽然有一天歡喜雀躍地要去看鳥兒，她在鳥籠面前一個勁地縱起身子，並抬起小手指著鳥兒對我咿咿呀呀，彷彿在對我說：「快看，媽媽，它們會動呢！」四個半月時，女兒長出了第一顆牙齒。六七個月，她已經有了兩顆小牙，可以非常快速地吮吸麵條。三個半月，她可以非常靈活地翻身。7月10日，她忽然獨自一個人坐起來了，雖然有點搖搖晃晃，雖然還得自己用手小心地撐著床面……

　　這個時候，我忽然意識到女兒早已是一個隻吃五穀雜糧的凡夫俗子。她早已不是什麼天使，而是我牽腸掛肚的一個小寶貝。我又發現，不知從什麼起，那雙仁慈的眼睛已經遠離了我們——上天已經放心地把天使託付給我，女兒也已經認定我是她媽媽。

月季花枕

　　女兒四個月大時，我注意到育兒書上說該給她準備小枕頭了。書上強調，因為脖頸過於柔軟，四個月前的小嬰兒不需要使用枕頭，但四個月後再不使用枕頭，將可能影響寶寶的頸椎發育——於是我趕緊跑到宜嬰房選購枕頭。

　　宜嬰房的枕頭可真漂亮，而且完全符合天然透氣、不軟不硬、不高不低的要求，可就是四五十塊錢的價格把我嚇住了。「這可是正宗的澳大利亞貨，寶寶睡了可以安神補腦！我們才進的新貨，好多家長都說效果特別好！」營業員說著便拋出了一個我聞所未聞的名詞，以證明這枕芯的高檔。抱著粉綠色的小枕頭，我似乎已經看到女兒一覺睡到大天光的情形。可是，真有這樣的魔枕嗎？我終於回過神來，搖搖頭把自己從幻想中喚醒，抱歉地對營業員說：「太貴了！」女兒未出生時，我曾經買過十塊錢一雙的小襪子，因為我偏執地認定小天使的人間第一步非常重要，只有質量上乘的好襪子才配得上那雙稚嫩的小腳。時至今日，天使已成我家寶貝，我也回歸為理智的母親，我開始希望女兒過樸實日常的生活。

　　可是怪了，除了宜嬰房，居然沒有其他商家賣嬰兒枕頭。打長途電話回家跟老媽訴苦，老媽說：「這麼小的毛頭哪兒要枕頭

啊。」我堅持：「不行，人家書上說要的。」老媽說：「那就把我們的枕頭拆開來做只小的吧，麥冬枕芯，冬暖夏涼。」我接受了老媽的建議。可是，遠水解不了近渴啊，女兒不能及時用上枕頭，萬一頸椎發育不好怎麼辦？我決定自己動手豐衣足食。

書上說寶寶枕頭最好選用天然材料，比如蠶的糞便蠶砂。這種東西城裏哪有？我向孩子爸爸求援，她爸爸當即給農村的爺爺打電話，爺爺回答：「這邊家家都已經多年不養蠶了。」「那別的材料呢？」爺爺想了一會：「花瓣行不行？」「那敢情好啊。」爺爺回答：「那我就把院子裏的月季花摘下來，曬乾了做枕芯。」

我聽說老爺爺要給孫女準備花枕，心裏頓時彌漫起一股別樣的柔情。老爺爺年近八旬，1945年抗日戰爭即將勝利的時候，尚未成年的他滿懷激情穿上了軍裝，並從家鄉蘇北泗陽出發一路北上抗日反蔣。上世紀50年代解甲歸田，他成了村子裏最年輕的老革命。半個世紀以來，老爺爺就像村頭的大槐樹一樣隱忍而恬淡地活著。自從兒孫們都外出謀生之後，老爺子就獨自守著空落落的院子，伴著一隻狗、一頭牛、一群雞。他不愛說話，每回見他都只見他一個人默默地坐在一邊，微笑著聽兒孫們講兒孫們的故事，兒孫們滿足他也滿足，兒孫們歎息他也歎息。有時候聽著聽著，他會控制不住地打一個盹。一個盹醒來，他會繼續默默地微笑聆聽著——這樣一個老革命每天忙著給小孫女摘花、曬花，那會是一副什麼樣的場景？我想起了老爺爺那張黑而瘦的臉，想起了他那大槐樹一般的表情，想起了那個空空蕩蕩的院子，想起了院子裏那長勢十分旺盛的月季花叢……

對老爺爺的承諾起先我並沒有當真，因為我以為老爺子不過是隨口一說。況且農家院落又不是大觀園，就那麼幾株月季，無論如何也做不到落英繽紛，何日才能湊齊那一枕頭花瓣呢？女兒的大腦袋可是一天天長大了呀。朝思暮想產生靈感，有一天路過一個中藥店，我忽然有了主意。走進藥店我問店員，有沒有哪種藥材合適給孩子做枕頭。戴眼鏡的女店員回答：「有啊，金銀花、決明子都挺不錯的，有不少人買呢。」金銀花太軟，我決定選擇決明子。買回家立即用大手帕縫製枕套，結果當天晚上女兒就有了一隻散發著藥香的決明子小枕頭。決明子枕頭做好沒幾天，父親來南京開會，竟然專程捎來了老媽做的麥冬枕頭。老媽的手藝比我強上百倍，她做的枕頭針腳細密、內容詳實，摸起來手感好極了。看著女兒的大腦袋有了著落，我笑了。

然而讓我沒想到的是，女兒睡覺從來沒個正形，往往一夜覺要旋轉三百六十度。上床時腦袋明明是老老實實放在枕頭上的，起床後再看，呵，枕頭早已不知窩到哪個角落了！天哪，怎麼會是這樣？這簡直是上帝的玩笑！我不服氣，決心知難而進力挽狂瀾。於是，帶她睡覺時只要感覺她翻身，我便立即警醒地欠身查看，一旦發現她偏移了正常的位置，馬上起身幫她復原，尤其是確保枕頭在她的頭下。前半夜還好，起個兩三次身還能撐得住。到了後半夜可就難了，別說沒精神幫她復原，甚至一覺睡沉了都覺察不到她在翻身。第二天一早醒來一看，枕頭仍然不知被擠到哪兒了！就算枕頭還在原位，她也一準忽溜到床褥上了。屢敗屢戰堅持了大概兩三個月，夏天到了。用決明子枕頭睡覺時，女兒汗濕的頭髮常常會沾染上決明子的氣味，而麥冬枕頭又似乎熱了一點。這時候我決定放棄

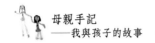
枕頭。這時候我想起一句古話：盡信書不如無書。

爺爺的月季花瓣居然就在這時候送到了。看著那一大袋暗棕色的東西，我不敢相信那就是月季，我被那一袋鮮花殘骸驚呆了。怎麼會沒保留一點豔麗的色彩呢？怎麼會沒保留一點嬌柔的姿態呢？怎麼會沒保留一點生命的蘊藉呢？而我原先以為它們會像睡美人一樣美麗依舊呢。唯一值得欣慰的是，塑膠袋裏仍然香味濃郁。拈起一枝枯花，我發現它的的確確是月季，不僅有花瓣，而且有花萼、有花蒂、有花蕊，它生前一定是一朵精美絕倫的月季。天哪，這麼一大袋月季，真不知爺爺是如何晾曬的？我的眼前不禁浮現起一朵朵緋紅的、潔白的、絳紫的雲彩，我彷彿看見這些雲彩霧一般縈繞、彌漫在灑滿陽光的農家院落裏，我還彷彿看見爺爺粗糙的大手整理著鋪滿一地的月季，他在為遠方的小孫女鋪墊斑斕的夢……

雖然沒有我想像的完美和浪漫，我還是用這些花瓣給女兒縫製了一隻大大的月季花枕。後來，我把三隻枕頭呈「凹」字型排放在女兒的小床上，以便她不管往哪個方向翻滾都能枕得到。其實到了後來，這些枕頭已經失去了它們本來的作用和意義。之所以沒把它們束之高閣，是因為我覺得它們是愛的濃縮和象徵，放在女兒頭邊是會給她愛的輻射的。

也不知是從什麼時候起，女兒睡覺用上了和我們一樣的大枕頭。她特別喜歡在大枕頭上翻來翻去，大枕頭真好，怎麼翻都不會掉下來。只不過有一天醒來時發現她沒睡在被窩裏，而是整個人都睡到了枕頭上。需要強調的是，女兒的脖子到五六個月時已經很硬實了，她的頸椎一直很好。

曾經滄海

　　女兒十個多月時，我和她父親離婚了。

　　這是我們第二次離婚。第一次離婚後重婚，我曾下定決心死也不再離開婚姻的城堡。但我沒想到人的情感卻原來就是一隻玻璃花瓶，越精美越怕磕碰。曾經以為有了孩子我可以毫無條件地忍受一切，可面對著女兒清澈透明的眼睛，我發現自己仍然無論如何忍受不了不真。當我意識到這個世界充斥著虛假和欺騙，甚至除了懷中的棒棒其他都不能相信時，我絕望了。我不願意這樣生活！我要坦誠，我要真實，我要信賴！一天到晚呼吸虛偽的空氣會讓我窒息而死，長年累月忍耐冷漠的傷害會讓我體無完膚——我不能！

　　那天，我把他攔在屋裏進行了難得的對話。

　　我說：「如果婚姻只能維持成這樣，那還不如大家自由的好。」

　　他說：「是的。」

　　我說：「唯一的擔心就是孩子，我害怕不完整的家庭會給她造成傷害。」

　　他說：「如果從小就習慣於不完整，那就不至於傷害。現在不完整的家庭太多了。」

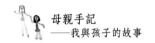
我說：「既然這樣，那我們明天就去辦吧。」

他說：「好。」

2003年10月1日，新頒佈的婚姻管理條例規定，結婚、離婚不必通過單位，協定離婚十分鐘搞定。幸運地，我們成了新政的首批受惠者。那幢大樓我們都很熟悉，一年前我們曾心事重重地走進去重婚。一年後我們又來了，仍然是同一層樓，只不過換了個房間。

果然十分簡單。沒有等待，沒有勸說，沒有組織意見，比第一次離婚更簡單。看了看我們的離婚協議，檢查了我們的相關證件，那位中年婦女什麼話也沒說。她將結婚證上兩人相依相偎的合影照片撕了下來，並拿出一隻公章在上面飛快地蓋了。我看到她蓋的是「此證作廢」四個字。隨後，她將兩本墨綠色的《離婚證》和兩份已經生效的協議書交給我們。

一切就這麼結束了。

我知道這一次是真的結束了。

十五年的情感居然短短十五分鐘便了斷了。多麼簡單！多麼明瞭！多麼公正！跟在他後面走出房門，我覺得不可思議，又覺得神思恍惚。十五年來我不是一直就這麼跟著他的嗎？從大學校園到婚姻殿堂，從簡陋的學生宿舍到新近裝修的商品房，從稚氣未脫的學生到懷抱孩子的母親。跟著他，我走過了純真而紛紜的青春歲月。第一次凝望，第一次握手，第一次親吻，第一次說「我愛你」，第一次寫情書，第一次……我忽然無法遏制地哭了。我聲淚俱下地哭，哭得走不動路。我知道有人在非常驚訝地看我，他們是剛剛拿到紅本本的情侶，他們不喜歡在這樣的喜慶日子裏

看到眼淚，他們不理解兩個身心相許的人為什麼會有形同陌路的一天？

——2005年2月16日子夜，當我面對電腦寫下上面這段文字時，我忽然又一次莫名其妙地失聲痛哭。因為我的刻意遺忘，我早已不記得第二次離婚到底發生在哪一天。我原以為已經把那一天當成兵馬俑，封存進厚厚的記憶之土深處了。卻沒想時隔十五個月，幾行淡而無味的文字就輕而易舉地把當天的情景挖掘了出來。我熱淚縱橫地發現，它們居然還是那麼清晰、那麼生動，我彷彿仍能感受到當天的氣溫、當天的陽光、當天的秋風。我記得我們在南京東郊寂靜無人的樹林裏各自流淚，沒有一句話，彷彿要把各自欠對方的眼淚流乾了似的。原以為這個場景已經被我的大腦格式化了，沒想到相距十五個月，我竟鬼使神差地還原了它。原以為那天已經把這一生的淚都流乾了，沒想到十五個月後想起那天，我竟還哭得寫不下去。十五年，十五分鐘，十五個月，這難道真是天意嗎？……

到2005年2月19日，女兒便滿兩歲零兩個月了。現在的女兒已經是個身高九十二公分、體重近三十斤的大寶寶。她會背很多兒歌、很多唐詩，能認識二十多個漢字，是個天天嘴不停、腳不停、對什麼都充滿好奇的可愛丫頭。她愛她的爸爸和媽媽，她還不知道他們已經離婚了，她只知道爸爸工作很忙，不能經常回家看她。不能給女兒保留一個完整的家庭是我永遠的傷痛，一想到這個，我的心就會顫慄不止。我不知道哪天才能對女兒講出真相，我不知道她哪天才能真正懂得人類的情感是多麼的微妙和複雜。但無論離婚的十字架有多麼沉重，我都會義無反顧地背負它。我不願意隱瞞女

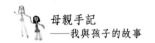

兒、欺騙女兒，不願意給她製造表面完整的假像。無論哪一天她問到離婚，我都會十分坦然地告訴她：離婚就是兩個人不再相愛了，而愛是大家生活在一起的唯一理由。

離婚那天是我和他最後一次結伴回家。一看到嗷嗷待哺的女兒，我們一下子平靜起來。沒有一句話，但我們從來也沒有這麼互相明白過。望著你中有我、我中有你的女兒，我們剎那間心心相印了。我知道從此以後我們將不再爭吵、不再冷戰、不再傷害，我們將超越一般男女的恩恩怨怨，成為棒棒最出色的父親和母親⋯⋯

女兒的眼睛

離婚後有相當長時間，我不敢面對女兒的眼睛。

那是一雙怎樣的眼睛啊，沒有一點雜質，沒有一絲漣漪，清澈得彷彿世界的本源，純淨得彷彿宇宙的初始。它們總是無比依賴地凝視著我，無比渴望地期盼著我，無比熱切地關注著我。望著這雙眼睛，我會心生感動，心生力量，心生歡喜，心生彷徨，甚至心生畏懼。這雙眸子讓我戰戰兢兢，如臨深淵，如履薄冰，我好擔心它們一不留神就會滑下淚珠，我惟恐會有那麼一顆淚珠砸傷女兒，我生怕女兒心頭會生出一孔永遠填不了的淚泉──女兒啊女兒，如果能夠，媽媽情願代你把今生今世的眼淚流個夠！望著女兒的眼睛，我一下子墜入了萬劫不復的命運之谷。

我不得不選擇逃避。我努力滯留報社，寫一篇又一篇無聊透頂的稿件；我積極呼朋引伴，赴一個又一個浮光掠影的聚會。可不論周圍如何熱鬧，不論自己如何忙碌，我總能覺察到女兒的眼睛。那雙黑亮的眼睛就那麼無處不在地追隨著我、注視著我，大大的，定定的，忽閃忽閃的，楚楚動人的。更要命的是，我彷彿總能聽到她孤獨無助的哭聲，斷斷續續的哭聲裏彷彿還夾雜著並不清晰的呼喚：「媽媽……媽媽……」這樣的呼喚讓我坐臥不寧，於是我又牽

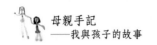
腸掛肚地往家飛奔。直到把她溫暖、柔軟的小身體完全摟進懷裏，才覺得我與她之間沒有一絲一毫的距離。

無！

處！

可！

逃！

我必須正視女兒的眼睛！

十個月的女兒還不會說話，但這並不妨礙我們心靈交流。

懷抱女兒，我聽見她用眼睛問我：「媽媽，非得這樣嗎？」

我也用眼睛回答她：「對不起，親愛的，媽媽必須尊重自己的感受，媽媽不能苟且！」

她撲扇著眼睛迷惑不解：「大家不都是這樣嗎，為什麼你就不能忍耐？」

我苦笑一聲回答：「請原諒媽媽的無能和失敗。媽媽的忍耐力實在太差，媽媽可以忍耐貧窮、忍耐寂寞、忍耐辛苦，卻就是沒辦法忍耐冷漠、忍耐虛偽、忍耐渾濁。再忍下去，媽媽也許就會迷失和崩潰。再忍下去，棒棒也許就會沒有媽媽了。」

她又問：「那棒棒以後還有家嗎？」

我親吻著她的臉頰回答：「這兒不是你的家嗎？有媽的地方就有家，媽媽是你永恆的家！別擔心，親愛的，媽媽讓你失去的不過是表面的完整，但不會讓你失去家以及與家有關的一切，比如安全，比如溫暖，比如輕鬆，比如隨意……你永遠是這個家的寶貝。」

她再問：「棒棒以後還有爸爸嗎？」

我咬著她的耳根輕聲絮語：「你永遠不會失去爸爸，他不能離開你就像你不能離開他，你們兩人血肉相連。」

她還問：「以後會有人取代爸爸和媽媽嗎？」

我告訴她：「父親、母親是上天賦予我們的榮譽和頭銜，沒有任何人能夠取代！」

——直面女兒讓我如釋重負。從那天起，我覺得自己的臉上漸漸有了陽光。從那天起，我要求自己每天必須與女兒對視，我不再回避女兒的眼睛。

走出婚姻才發現，身邊遊蕩著太多太多的「情感木乃伊」：

李主任每天下班都不願意回家，三百六十五天能有五天在家吃飯，就算給足老婆面子，他提起老婆就像提起一塊抹布，恨不得立馬扔進垃圾桶裏；王主管與丈夫同室而居卻難得見上一面，總是她回家時丈夫還沒進門，她起床時丈夫還未睜眼，丈夫對於她簡直等同於一件傢俱；張處長從孩子三歲起與老婆分居，如今孩子已經年近十八了，他們還沒有結束冷戰狀態，他早已不覺得還有老婆的存在……他們沒有一個感覺幸福，卻一個個毅然決然地守護著麻木的婚姻，理由只有一個：為了孩子。

最不可思議的是閨中好友小青。那一天，她又一次梨花帶雨地向我哭訴：「他又換了個情人，這已經是第三個了！」小青當年曾讓我們好生羨慕，浪漫的戀愛、豪華的婚禮、富足的婚姻讓她的每一個細胞都洋溢著笑容，那時的她真是天天燦爛無比。然而，婚後不久即傳來丈夫嫖娼被抓的消息，小青的天空從此再也沒有停止過

下雨。眼看她一天比一天憔悴失色，我忍不住再一次勸她：「另尋
一條出路吧，給自己一個求生的機會，何必一條道走到黑呢？」她
卻一邊抹淚一邊再次堅決搖頭：「他不肯，我也不願。我不能讓這
個家散了，家一散，我們怎麼對得起孩子呢？」小青說著告訴我一
件事：她父母是在她考上大學後離婚的，兩人「為了孩子」苦等了
近二十年，當他們總算解脫後，她母親幾乎已經不會笑了。小青一
聲長歎：「也許我以後會跟母親一樣？」小青的話聽得我全身一陣
冷似一陣，我分明看見小青正宿命般向絕望狂奔。小青的孩子是個
漂亮的大眼睛姑娘，儘管小青夫婦對孩子百依百順，但我發現這姑
娘眼裏總是莫名的憂鬱。

　　我把小青的故事講給懷抱中的女兒，我說：「你父親當年曾用
兩枚樹葉貼成眼睛，他曾承諾要讓我的眼睛永不流淚。可惜，他的
承諾沒有實現……」

　　女兒無聲地追問：「眼睛為什麼會流淚呢？」

　　我說：「因為傷心啊。眼睛是心河的閘門，心河一旦氾濫，閘
門就控制不住了。」

　　女兒又問：「所有眼睛都會流淚嗎？」

　　我說：「沒有一雙眼睛能夠例外。」

　　女兒再問：「那父親幹嗎要承諾呢？」

　　我說：「也許那時他還太年輕吧。」

　　女兒還問：「你希望我的眼睛不流淚嗎？」

　　我說：「我不敢，也不能這麼奢望。你的眼淚藏在你的心裏，
讓不讓它流下來，完全是你自己的事。媽媽捨不得讓你哭，但你如

果實在要哭，媽媽也無能為力。」

我說：「其實流點眼淚也沒什麼。流過就流過了，擦擦眼睛，窗外照樣還是風景。」

我說：「媽媽不願意像小青阿姨那樣自殘。你的幸福重要，媽媽的幸福也重要，因為你的一生是一生，媽媽的一生也是一生啊。」

我說：「這個世界上沒有公主和王子的神話，媽媽不願意你一出生就受騙，媽媽希望你懂得生活的本質是殘缺。」

我說：「媽媽相信只有自己快樂了，才能讓你快樂；只有自己健康了，才能讓你健康；只有自己幸福了，才能讓你幸福。」

我說：「媽媽不能給予你一切，但只要媽媽一天不倒，媽媽就是你的大樹、你的陽光。」

……

……

十個月的女兒似乎聽懂了我的話，我看見她眨巴眨巴眼睛，似乎點頭表示贊許。

獨自面對

擦乾淚水，我開始獨自背負命運的十字架。襁褓中的嬰兒讓我不再彷徨，我迅速成熟在三十二歲的秋天裏。三十二歲才大夢初醒，我實在晚熟得可以。但晚熟總比糊塗一輩子強，更何況聖人早就教諭我們：「朝聞道，夕死可矣！」

從直面女兒的眼睛起，我開始直面人生。當我明白回避不僅不會讓問題消失，反而會讓問題越積越多、越變越複雜時，我開始有意識地迎頭而上。面對命運女神頻頻發來的戰書，我一度是那麼地惶恐不安、束手無策，但是現在我不怕了。我告誡自己，渾身濕透的人還在意雨水嗎？四面楚歌的人還在意追殺嗎？既然已經無處藏身，不如索性跑到風暴當中：來吧！來吧！讓暴風雨來得更猛烈些吧！就算全天下的雨水都落到我一個人身上，我也只能承受我命該接受的那麼多！

人就怕心裏沒底，一旦心裏有了底，恐懼和煩惱就會像幻影一樣從眼前散開，一切也就水落石出、柳暗花明了。我心裏有底之後，就學會了直面傷痕。我不再認為離婚是一個需要遮掩的所謂「隱私」，我心平氣和甚至面帶微笑地對朋友宣佈這個事實，我對莫名驚詫的他們說：「受傷不是我的錯。再說，人這一輩子哪能

不感一次冒、發一回燒的呢？病一好什麼都好，下次當心點就是了。」——魔障一破，立馬解脫，我從此放下包袱逍遙自在。

直面人生讓我學會了不再等待。「從來就沒有什麼救世主，也沒有神仙和皇帝」，《國際歌》作者打我小時候起就這樣耳提面命。可不知是我先天悟性太差，還是後天努力不足，總之我始終沒能用婦聯幹部視如家珍的「四自」（自立、自強、自尊、自愛）精神武裝自己。天哪！我居然相信一定會有個白馬王子將白雪公主領進城堡，而且王子和公主一定會「從此過上幸福的生活」。天哪！我居然為了這個荒唐童話一直在進行著不切實際的等待！這時候，我又想起簡・愛與羅切斯特的經典對白：「每個人都將獨自承擔自己的命運，不能指望別人，更不能指望英格讓小姐……我們的靈魂是平等的，你和我經過墳墓將同樣站在上帝面前。」我沒想到東方和西方、革命和宗教會在這個層次上殊途同歸。卻原來人這一生孤零零地來，孤零零地去，從來只能自己管自己。

精神的獨立讓我獲得勇氣和能力。無依無恃之後，我開始獨自打理生活的瑣屑和紛紜：今天油沒了，明天菜貴了；今天停水了，明天停電了；今天燈滅了，明天門壞了；今天電腦罷工找遍了朋友，明天鑰匙丟了差點要請110……日復一日的柴米油鹽讓人倦怠，突如其來的事故情況讓人焦心。庸常的日子充斥著庸常的煩惱，這一年半載以來，我幾乎不記得有哪一天過得消停。有多少次，我忍無可忍想撥他的電話。可一想到自己的選擇和承諾，我又猶豫著放下話筒，鼓勵自己再一次堅持下去。有幾次絕望已經濃霧般吞沒所有的心情，我還逼迫自己重複郝思佳那沒心沒肺的警世名

句：「沒關係，太陽明天還是新的。」無依無恃之後，我也漸漸理解了他曾經有過的歎息。不是他不願，而是他不能，因為他畢竟也是血肉之軀、凡夫俗子。生活會讓每一個白馬王子悔不當初，白雪公主呵護幸福的唯一辦法便是珍惜幸福！

　　……

　　……

　　生活讓我慢慢流淌成一條河，一條平坦開闊的母親河。水波不興之間，我看到一艘船，一艘剛剛下水、還未找到航標的小船。不遠的岸上，我看到一個水手，一個才幫小船起錨、還沒來得及揚帆的水手。波浪翻滾之間，我看到小船對水手的渴望，我看到水手對小船的希冀。我想，河流和小船將永遠互為依託、互為因果，如果船兒因失去水手而顛覆、而沉沒，那麼，再偉大的河流又有什麼意義？

　　為了女兒，我和他開始同舟共濟。

　　我從不規定他探望女兒的時間，因為我明白父愛和母愛一樣，是神聖不可侵犯的天賦人權；我從不限制他陪伴女兒的地點，因為我相信無所在無所不在，正是親情的本質和特點；我從不討論他守護女兒的方式，因為我懂得隨心所欲自由自在，才是快樂的心靈之源……每一次他來，我都真心誠意地表示歡迎；每一次他走，我也會面帶微笑地說聲「再見」。我努力讓女兒習慣他的來來去去，我總是輕描淡寫地告訴女兒：「爸爸的出現和消失，就像夏天會熱、冬天會冷一樣是個自然。」

　　——命運十字架並非想像的那麼沉重和可怕。獨自面對以後我才恍然大悟，它的分量其實就是它本來該有的斤兩，而以前之所以

背不動，是因為以前過於懵懂，一直不清楚它將無可替代地落到自己背上。獨自面對讓我長大成人，長大成人的我可以自信地對他說：「我和棒棒將是你永遠的溫暖和陽光！」

朝朝暮暮

眼看著女兒一天天長大，我發現自己越來越離不開她了。等我意識到這個問題異常嚴重時，我決定正視並且改變。

人與人之間的情感並不是與生俱來的，而是因為耳鬢廝磨而與日俱增的，甚至連骨肉親情也不例外。我永遠忘不了女兒剛出生時我對她的陌生感。分娩前後的驚心動魄讓我無法在短時間內回歸平靜，望著護士手中那個突然多出來的小東西，我不停地在心裏面追問自己：值得嗎？真的值得嗎？產後觀察的那一個小時裏，我不止一次渴望就此遠離孩子。十月懷胎一朝分娩，我覺得自己就像一根繃到了極限的橡皮筋，實在是受夠了。然而，當女兒熱切地吮吸我的乳汁、凝視我的雙眼，當她把最動人的笑容展示給我，當她迫不及待地向我投懷送抱，當她用最柔嫩最動聽的聲音喊我「媽媽」⋯⋯當這一切發生之後，世界發生了變化。這變化如同柳樹吐葉、花蕾綻放一樣，既悄無聲息又驚天動地。變化之後，春天來了。變化之後，母愛來了。

我離不開女兒，這是命中註定的。從女兒孕育之初我就預感到，這個孩子將成為我情感的唯一寄託。自從有了這個預感，我便作好了與孩子相依為命的準備。我從一開始就打算溺愛孩子，

但是，我從來也不打算放棄自我。放棄自我將成為自己和他人的負擔，我害怕負擔。我希望自己和女兒都成為獨立而自由的人，我希望我們相守時能夠享受相濡以沫的快樂，分離時能夠享受相忘於江湖的快樂。所以，當我每天外出工作都心懷牽掛時，當我一想起女兒就魂不守舍時，當我把女兒的照片設置成電腦桌面時，我知道自己的獨立精神面臨著挑戰。到底會不會失去自我呢？我渴望著檢驗。

機會終於來了，女兒十一個多月時，我有了一次出差四天的可能。需要強調的是，這不是一次抽不開身的硬性工作，而是一次可去可不去的軟性旅遊。能不能接受這樣的旅遊？為此我頗費躊躇。其實並不存在安排上的困難，只存在心理上的障礙。因為女兒一直由她姑姑照顧，生活起居很有規律，我暫時離開幾天完全可以放心。但一個母親可以為了旅遊而離開她的嬰兒嗎？她是不是有些自私呢？尤其對於一個單身母親來說，如果她選擇了與孩子同呼吸共命運，那麼她是否還可以選擇不包括孩子的一段時間？……猶豫多日仍然難以下定決心，最後我逼迫自己回答幾個問題——

我問：棒棒現在是否健康快樂？

回答：是的。

我問：離開四天是否會對棒棒產生不良影響，她會不會哭鬧著找媽媽？會不會因為不見媽媽不肯吃飯、不肯睡覺？

回答：不會。我平時就早出晚歸，與她相處的時間相對較少，她已經習慣了和姑姑相處，所以並不很黏媽媽。而且她爸爸答應回來照看，更不必擔心會出現什麼意外。

我問：你想出去旅遊嗎？

回答：十分想。去年一邊挺著大肚子一邊工作，十分辛苦。今年產假一滿就忙著工作，每天除了工作就是孩子，沒有一天精神放鬆的，早就盼著能有一次換腦子的機會了。

我問：如果不去旅遊你會遺憾嗎？

回答：可能會的。聽說那兒很美，以後可能很難專門抽時間到那兒玩了。

我問：如果你不去旅遊會對棒棒有什麼幫助嗎？

回答：不會。就算我整天陪伴著她，她也未必更健康更快樂。況且僅僅四天，時間很短。

我問：你覺得整天陪伴著孩子有意義嗎？

回答：意義不大，而且很可能副作用更大。如果我以孩子為藉口修改甚至放棄自己的生活，那我很容易會因此心生抱怨。我會因為付出太多而要求回報，而一旦有意無意地希望回報，我便會給自己和孩子造成負擔。如果孩子小心翼翼地琢磨著母恩難報，她會活得太累；如果孩子把我的委曲求全視為理所當然，我會責怪她沒心沒肺大為不孝。

我問：你希望建立什麼樣的母子關係呢？

回答：有女如此，我心懷感恩。但願棒棒亦有同樣的感受。我希望這輩子能和棒棒無條件相愛，我希望能成為她永遠的依靠和港灣，我希望我對她的愛如泉湧地不擇地而出，我希望和她相處的每一分鐘都是享受，我希望我們的愛能互相成為生命的支柱。除了彼此擁有，我還希望

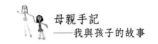
我們各自獨立，各自以人性完善為目的去追求、去體驗
生之樂趣。

我問：那麼，這次旅遊是否有助於建立這樣的母子關係呢？

回答：應該是的。因為只有母親獨立，孩子才有可能獨立。這
次旅遊本質上是一次小小的考驗，是精神獨立的第一
步。如果連這一步也走不出，恐怕今後的其他設想也很
難實現。

——回答完這些問題我終於理清了自己的思路，於是我上路了。

目的地是江西鷹潭的龍虎山，一個景色優美的道教勝地。從
南京乘火車，一夜到達鷹潭。一路上呼朋引伴，熱鬧得沒有一點空
閒。流連在青山碧水之間，我幾乎忘記自己姓甚名誰，更何況茫茫
塵世間那總也剪不斷理還斷的煩惱絲？只是無論走到哪裡，我都會
不由自主多看幾眼攤販出售的地產玩具和小吃，心想不知道棒棒會
不會喜歡？假如碰到幾名村野孩童，更是忍不住要上前摸摸他們的
大腦袋，盤算著他們與棒棒年歲相差幾何？坐在車上，行在路上，
想起什麼立刻發一則手機短信回南京。記得當天晚上她爸爸發來一
則短信說：「問她小腳，她只是用手一指，根本抬都不抬，神氣得
很呢。」就這樣，四天光陰轉瞬即過。四天後回家，棒棒摟著我親
了又親。

龍虎山之行是棒棒周歲之內我和她分離時間最長的一次。這次
分離讓我對自己和棒棒充滿了信心，因為我發現旅遊讓我很愉快，
而棒棒也並沒有因為短暫的分離受到傷害。後來，我和她還有過很
多次分離。2005年春節過後，因為姑姑家事纏身不能前往南京，我

不得不把棒棒留在姑姑家二十多天。那天外公打電話，忽然聽說棒棒有點不舒服，趕緊短信通知棒棒爸爸，嚇得她爸爸第二天來回開車四百多公里把她接回了南京。在南京休養了一星期，棒棒又活潑好動起來，大家這才放下一顆心。這次分離對我來說是一次煎熬，因為鞭長莫及，差不多每天都提心吊膽。棒棒剛下車時居然不讓我抱，這讓我大受刺激，我從此下決心說什麼也不離開孩子。獨立有獨立的分寸，它的分水嶺是責任和使命。秦觀說：「兩情若是久長時，又豈在朝朝暮暮？」但我堅信能廝守時一定要廝守，任何情感概莫能外。

早期教育

女兒四個月大時，我給她買了第一本書。

小嬰兒能看什麼書？有看書的必要嗎？「絕對有必要！」同事劉姐是資深教育記者，她以自己的經驗為我指點迷津：「別以為嬰兒什麼都不懂。我一開始對我女兒講故事她毫無反應，害得我時常檢討自己是不是急於求成？後來她說話了，有一天她忽然說大象有長鼻子、大耳朵，長頸鹿的個子很高很高……翻開畫書問她哪個是大象？哪個是長頸鹿？她一個個都指得很準確。我這才意識到以前的心血沒有白花！」同事告訴我，她家有成套的磁帶和故事書，她女兒還沒上學就可以閱讀，並且很以學習為樂。

榜樣的力量是無窮的。在同事的推薦下，當天下班我便去買《嬰兒畫報》。真沒想到，連跑了兩個報刊亭，老闆居然都說賣完了。第三個老闆笑瞇瞇地道：「現在就屬孩子的錢好賺！《嬰兒畫報》還剩一本上期的，你要不要？」接過來翻翻，呵，難怪人家暢銷，那簡潔鮮豔、生動活潑的畫面別說孩子喜歡，就連我看了都愛不釋手。反正又不搶新聞，去年的不也一樣看？再說播種育苗誤一季就是誤一年，不要行嗎？

興高采烈地回家，我迫不及待地給女兒講《大河馬玩蹺蹺板》的故事：「小田鼠在院子裏玩蹺蹺板，大河馬聽見了笑聲也想來玩。可是他太重了，小田鼠壓不動！叫來了小雞和小鴨，還是壓不動！又請來了一群小青蛙，大家一起壓還是壓不動！大河馬很難過，說：『謝謝大家，我不玩了！』小田鼠說：『別著急，讓我想想辦法！』後天，小田鼠請來了大灰熊，大河馬終於可以玩蹺蹺板啦！」如此簡單的故事，我講得津津有味，棒棒聽得津津有味。我對棒棒說：「遇到困難我們要像小田鼠一樣學著想想辦法，我們平時要和小朋友一起玩，大家一起分享快樂！」在講故事的過程中，我發現棒棒完全可以順著我的手指去認大河馬和小田鼠，她顯然非常喜歡這些造型可愛的動物，不僅手舞足蹈，還要發出咿咿呀呀的歡呼。

《嬰兒畫報》為我打開了一扇過去從來不曾留意過的大門，我驚訝地發現裏面別有洞天。就在這時，有一天，我在家門口的街心公園遇到一位中年婦女。見我懷抱棒棒，她趕緊給我遞上一張宣傳資料，並介紹說附近有一家親子園新近開張，應該抓緊時間為寶寶報名。「我們採用國際先進的早期教育教材，注重培養寶寶的綜合素質。難道僅僅讓寶寶吃好、喝好就OK了嗎？遠遠不夠！千萬別以為孩子的教育是上幼稚園、甚至是上小學之後的事，我們有專業教師實施『零至三歲方案』，保證讓你的寶寶步步領先！」自從邂逅這位婦女，我發現周圍其實早已雨後春筍般冒出許多親子園，報紙、電視也時常能看到這類親子園的招生宣傳廣告。「別讓寶寶從零歲起掉隊！」「21世紀寶寶從親子園開始！」這些話語極具煽動性，彷彿你不為孩子報名就已經被時代淘汰，就已經耽誤了孩子的一生似的。

　　再一留神，更發現早期教育實在是無處不在：書店裏有各種成系列、成規模的早期教育材料，超市里有各種新穎別致的適合早期教育的掛圖、貼畫、音像製品，網路上關於早期教育的文章、心得更是連篇累牘、看不勝看。選擇有興趣、有見地的文章看了幾篇，我心裏有了底。我想反正也沒有把女兒培養成天才的奢望，還是按自己的意願輕鬆自在地教育算了。我不明白花錢送孩子上親子園有什麼意義，哪怕這親子園再豪華再先進，我覺得都遠不如和孩子一起在自家地板上摸爬滾打更有價值。如果有時間，我情願抱著棒棒去感受春風拂面、冷月映身，我情願拉著棒棒的小手去摸摸樹、摸摸草、摸摸石頭，我情願在棒棒的耳邊絮叨幾遍「媽媽愛你」，也不情願把棒棒送進喧嘩忙亂、按時計費的親子園。

　　我繼續給棒棒講大河馬的故事，繼續指點她去認大河馬、小田鼠、小青蛙。沒過多久，棒棒又擁有了第二本、第三本、第四本書。除了大河馬，她還喜歡《小象打水》、《小雞和小鴨》的故事。她的第一盤磁帶裏有《小象要回家》、《小蝌蚪找媽媽》、《鴨媽媽找蛋》等故事，第二盤磁帶是歡樂的童謠。每天洗完澡後，我都會一邊放著磁帶一邊給她穿衣服。讓四五個月大的嬰兒聽懂如此複雜的故事當然是不可能的，但我相信她喜歡聽這些藝術的演繹，因為我注意到她的表情是專注的、好奇的、愉悅的。我不在乎棒棒是否真能聽得懂這些故事，我只要她願意安靜地聽上一會兒就可以了。我不在乎棒棒是否一個月、兩個月都記不住同樣的故事，我只要她每一次聽故事時都很高興就可以了。我還在家裏貼了不少動物貼圖，每次抱棒棒出門，我們都會不厭其煩地一起撫

摸、親吻這些小白兔、小猴子、大鵝。棒棒的玩具更是名目繁多，三四十平方米的客廳幾乎成了動物樂園，並任由她像小動物一樣四處爬行。我買了白板，準備了彩色筆，鼓勵她想畫什麼畫什麼。

五六個月時學坐，七八個月時學爬，九十個月時學走路、學說話，周歲以後學背三字經、學騎三輪車、學認數位和漢字……記得一歲出頭剛會講話時，她最喜歡問：「這是什麼啊？」告訴她之後，她一定會要求：「摸摸，摸摸。」但每樣東西她一般只問一遍，下次她就能報出它的名字了。只是這個世界上她不認識的東西太多了，以至於這段發問的時間持續得相當長久。每當她發問，我總是非常耐心、儘量全面地給予回答。比如她問一棵樹，我會告訴她：「這是一棵樹，它的名字叫梧桐。」我會撿起一片梧桐的葉子送到她的小手上，然後再讓她伸出小手摸摸梧桐的樹幹，讓她抬頭感受一下梧桐是不是很高。我還會告訴她梧桐是我們的好朋友，它經常為我們遮風蔽日，我們應該感謝它。出門散步，我抱著她問：「我們下一層樓背一句詩好不好？」她興奮地說：「好！」我便趁勢教道：「白日依山盡。」她便順口學道：「白日依山盡！」走在大馬路上，我告訴她：「紅燈停，綠燈行。小寶寶，分得清。」她便學會了認識紅綠燈，知道了大家走路都得遵守交通規則。

就這樣，我們的學習隨時隨地進行。我對女兒的教育沒有什麼計畫，差不多總是自然而然的，總體原則是她高興學就學一點。但孩子與生俱來的學習能力每每讓我不得不驚歎造化之神奇！那真是一張美麗的白紙啊，你的一筆一畫都會在這張紙上留下痕跡，畫輕

風會泛起波浪，畫太陽會發出光亮……如果你一不小心畫上一堆荊棘，那終有一天它會把你的心刺傷！

　　女兒兩歲半不到，能說會道，會背十幾首古詩、十幾首童謠和一大段三字經，會唱《小燕子》、《丟手絹》等好幾支跑調的歌，會講《大河馬玩蹺蹺板》、《大雁生寶寶》等故事，認識幾十個漢字和數位。她現在很有些小心眼和逆反心理，學習變得比較困難，因為她總是說：「不！」她不想學我絕不逼她，今天不逼，以後也不逼。我不想逼她做任何她不想做的事。學習應該是一件很幸福的事，除了學習，我不知道還有第二種途徑能幫助我們認識人生真諦。我是這麼理解的，但願她也能這麼理解。值得欣慰的是，女兒到目前為止一直是快樂學習著的，而且各方面的發展都還比較平衡。她絕不是天才，但她的確是聰明可愛的。

　　記得當初買回《嬰兒畫報》時，我曾有過美妙的幻想，我幻想在寧靜溫柔的夜晚，將女兒摟抱在懷裏，輕輕地給她講大河馬壓蹺蹺板的故事。講完故事，再唱一首催眠曲。眼看她進入夢鄉，我輕吻她的額頭，將畫書塞進她的枕下。我幻想能珍藏這本小畫報。我幻想二十年後女兒出嫁時，我能拿出一本2003年的《嬰兒畫報》對她說：「這是你的第一本書。」我幻想身穿雪白婚紗的女兒手捧破損的《嬰兒畫報》哭了，我幻想女兒日後對她寶寶講的第一個故事就是《大河馬玩蹺蹺板》，我幻想女兒對她的寶寶說：「大河馬太重了，小田鼠壓不動……」這個幻想不到一周就被現實粉碎，因為女兒撕書比看書更帶勁。時至今日，那本《嬰兒畫報》早已屍骨無存，女兒對大河馬的記憶卻仍然十分清晰。

小鬈毛

　　女兒剛出生時頗有一些頭髮，但髮際線很後，大腦門十分突出。滿月時按照傳統習俗應該剃髮，因為老人們總是說頭髮是越剃越黑、越剪越長。可我看她的顱骨實在過於柔軟，說什麼也不敢請理髮師幫忙。育兒書告訴我，髮質優劣乃出自天然，與剃髮沒有必然聯繫，嬰兒皮膚吹彈得破，萬一因剃髮而受傷，得不償失。這更增加了我保留胎髮的理由。

　　冬去春來，女兒的頭髮日漸豐盛了起來。我小時候是出了名的「黃毛丫頭」，而女兒簡直和我小時候一模一樣，一頭細軟疏黃、稍帶弧度的小鬈毛。好在髮際線已經提前，大腦門有所內斂了。最喜歡西方小姑娘披著一頭亞麻色長髮的模樣，我打算讓女兒的胎髮就此留長。可沒想到6月的南京已經酷熱難當，女兒又是好淌汗的，大腦袋整天濕淋淋，很快就長了一頭痱子。美麗和健康一個是魚、一個是熊掌，二者不可兼得，捨魚而取熊掌也。我當機立斷放棄長髮飄飄的夢想，請她爸爸把大腦袋剪成了毛絨絨的地毯。沒有了頭髮，女兒活脫脫一個男寶寶樣，看起來讓人忍俊不禁。

　　誰也沒想到，這個光腦袋寶寶恰恰對長髮飄飄情有獨鍾。那時候電視裏正頻繁地播放周迅拍攝的洗髮精廣告。起初我還以為女

兒迷上了廣告的音樂，因為每當音樂響起，她都要隨著樂聲搖擺身體，同時頭勾著要看電視。如果在屋裏聽到音樂，她一定朝著客廳的方向強烈扭動身體。抱她到了客廳，她便一臉癡迷地盯著螢幕，癡迷地看著黑裙、黑髮的周迅優雅地轉個圈，風情萬種地躺倒在沙發上。當看到周迅的烏髮瀑布般流淌下來時，她一定興奮得手舞足蹈，嘴裏還咿咿呀呀地歡呼不已。「棒棒，你追星啊！你是世界上最小的周迅迷吧？給周迅寫信，讓她給你寄簽名照！」我逗她開心，她則毫不掩飾地大腦袋直點。全家頓時笑聲一片。

　　時間長了，我發現女兒並不真是周迅的FANS，而是對周迅瀑布般的長髮一往情深。後來我還發現，電視裏所有洗髮精廣告差不多都能吸引她的注意力。有時候吃飯時看到長髮美女，她還會口水直流看得目不轉睛。我不知道嬰兒眼裏的世界是怎樣的，我不知道長髮飄飄會給女兒帶來怎樣的美感，我只覺得這一場景實在是奇妙無比！每每看到她這個樣子，我都忍不住要打趣她：「嘿棒棒，控制一點，好歹自己也是個美女啦！幸虧媽媽把你生成了女孩，要是生成了男孩，如此好色豈不是丟死人啦！」說著，我故意用身體擋住她的視線。沒想到，她根本不理我，側著腦袋繼續看得起勁。於是我只好安慰她說：「別著急別著急，咱們也留長髮！明年咱們也拍廣告！」

　　秋天到了，女兒的大腦袋慢慢又覆蓋起新髮，依然細軟疏黃，依然蜷曲蓬鬆。到了第二年夏天，一歲半的女兒頭髮已長及肩膀，一層層調皮任性地往外翹著，怎麼梳也梳不服貼。我明白，這樣的髮質無論如何是拍不成洗髮精廣告的，她這輩子恐怕只能和我一樣白白地羨慕周迅了。然而，獨特有獨特的美，自從長出一頭鬈毛，

女兒越發成為人們關注的焦點。每回出門，女兒總會吸引好多人的目光。人們一般總是先驚呼：「咦，小鬈毛！」然後追問：「是不是燙的？」最後讚美：「真可愛，像洋娃娃一樣！」這頭鬈毛還讓女兒成了小朋友中的明星，不少寶寶媽不再叫她棒棒，而叫她「鬈毛姐姐」。為了給女兒錦上添花，我陸續從街頭巷尾搜羅回好多髮卡、頭飾。可後來我發現，女兒的鬈毛渾然天成十分出彩，額外的雕飾反而容易弄巧成拙。那一頭亞麻色的短髮，細軟，疏鬆，略有一些凌亂。從上到下，一層層恰到好處地往外翻著，看上去十分俏皮。這樣的髮型與女兒飽滿、白皙的臉蛋極為相稱，再加上她表情豐富、語言生動，從裏到外透著一副小精靈模樣。

　　鬈毛長過肩膀後，漸漸地有些走形。2004年初冬的一天，我眼瞅著棒棒的大毛頭亂得不像話，忽然覺得應該請專業人士幫她定定型。我想理髮師應該可以在保持鬈毛特色的基礎上剪短劉海，再將稍長的頭髮打理出更加分明的層次。於是我對棒棒說：「我們馬上到理髮室，你乖乖地坐一會兒，讓叔叔修修你的小鬈毛好不好？」她似懂非懂，回答得卻很乾脆：「好的！」儘管如此，我還是有些擔心，女兒從來精力旺盛活潑好動，讓她老老實實坐上十來分鐘，行嗎？到了理髮室我才知道，擔心完全是多餘的，棒棒在生人面前表現出的乖巧大大出乎我的意外。在理髮師的指揮下，棒棒一聲不吭任由姑姑抱著，怯生生地垂著一雙眼睛，不時向旁邊的我望上一望。理髮師把她的頭髮噴濕，然後拿出一把長長的剪子揮來揮去。棒棒看上去相當緊張，她顯然明白那剪子是十分危險的，而且大家還一個勁地叮囑她「不能動啊」，所以她果然聽話地一動不動，看到剪刀乾脆嚇得閉上眼睛。

「嗤嚓、嗤嚓」修剪了不到五分鐘，理髮師大功告成地說：「好了！」棒棒聞言立刻滑身下地，拉起姑姑往外就走：「我們走吧！」我也奇怪：「怎麼這麼快？」理髮師說：「小孩子嘛。」扭頭一看棒棒，完了！小鬈毛沒有了！取而代之的是一頭無比平庸、毫無特色的短髮！這次失敗的剪髮讓我頗為後悔，也讓棒棒對那個理髮室印象深刻。從那以後，每回下樓散步接近那個理髮室，她都會喋喋不休地對我說：「理髮室把我的小鬈毛剪掉了！叔叔把我的小鬈毛剪掉了！」後來，隨著越來越多的熟人對小鬈毛的被剪表示遺憾，棒棒對那家美髮店的批評更加直接：「臭理髮室，把我的小鬈毛剪掉幹嗎啊？」剪髮一事已經過去大半年了，她一直念念不忘並動輒提起。我知道她說這些話完全是有口無心的，就算現在快兩歲半了，她也不能對美醜作出判斷，更不用說選擇什麼樣的髮型了。但是，她為什麼對剪髮事件記憶得如此準確清晰呢？剪髮事件到底對她造成了多大影響？我百思不得其解。

頭髮剪了還可以長長，原本我沒必要為這個小小的遺憾耿耿於懷。可當我發現女兒的鬈毛居然真的一去不復返時，我不由一聲輕歎。隨著棒棒由小寶寶長成大寶寶，她的頭髮已經越來越濃密，仍然是亞麻色，仍然有些捲曲，但已經長不出一歲半時那俏皮可愛的外翻式髮型。棒棒以後也許會紮長辮？也許會染黃毛？也許會燙直板？也許會剪板寸？也許也會長髮飄飄？……我想來想去也想像不出。但無論如何，那一頭層層外翻的小鬈毛肯定是一去不復返了。有照片為證，那真是世界上最可愛的髮型！

呀呀學語

好友虞蘭從美國回來告訴我一個故事：她的一對中國夫妻朋友生有一子，在美國沒辦法照顧，寄養在北京爺爺奶奶家。孩子大智若愚，三歲多還沒開口叫過爸媽。不久前通電話，大洋彼岸忽然傳來一聲「爸爸」，這一聲呼喚讓父親的眼淚整整流了一個下午！我沒有這樣的體驗，因為我難得與女兒分離。我覺察到她每天都在成長變化，但我不敢確定她到底是哪一天會說「媽媽」的。甚至於女兒的第一聲呼喚是不是「媽媽」呢？我也毫無事實依據。

不久前看到新浪網上的一則新聞，說北京有一個四個月大的寶寶會喊媽媽。記者現場進行了採訪，發現這個小人精的確善於表達自己的意願，不管是想喝奶還是想換尿布，他都會清晰而親熱地喊來媽媽。醫生猜測，這恐怕跟小人精的媽媽胎教有方有關，據說這位媽媽在某語言機構工作。我家棒棒講話已經算早的了，但和這位小人精比起來，顯然還是望塵莫及。

棒棒發出的第一個音節當然是「啊」。四個月時，她可以大笑出聲。有一次抱她進廚房，她忽然「啊」的一聲大叫，同時身體雀躍不止，興奮得簡直要從懷裏跳出來似的。怎麼回事？敢情她發現了牆上的一隻紙巾架，紅衣、紅帽、紅裙，一個非常可愛的娃娃

175

形象。她探身一把抓住娃娃，歡喜得不得了。五個月時，叫她「棒棒」她知道回頭，笑起來則是咯咯咯咯的，開心極了。會好奇地發出「咦」的聲音，喜歡人家跟她躲貓貓，每天上樓假如有人跟在她後面「嘎嘎」，她馬上興奮得大叫大跳，聲音大得全樓可聞。六個多月時，她可以很清晰地喊「媽媽」，但她還不會有意識地衝著我喊媽媽，似乎還沒有把「媽媽」與我聯繫起來，只是學會了發這個比較簡單的雙音詞。2003年10月8日晚上我下班回家，推門看見她坐在客廳中間的席子上吃飯。發現是我回來了，她興奮得簡直恨不得撲上前來，我聽見她嘴裏清清楚楚地喊著「媽媽」！她到底是不是從這天起主動叫我媽媽的，我還是不敢確定。

　　滿周歲後，她最喜歡說的一個詞是「奶奶」。這不是指她的親奶奶，而是牛奶、奶瓶的代名詞。她會主動說「奶奶」表示想喝奶，要是見到裝滿牛奶的奶瓶，她會歡呼一聲「奶奶」表示歡迎和高興。十三個多月時，她已經聽懂很多話。她最喜歡的遊戲是打電話，她熱衷於把玩具手機放在耳朵上和我們對話，我們問她：「棒棒在不在家？」她馬上熱情地回答：「在家。」未滿周歲時買過一隻圓木塊串起來的不倒翁，以前她根本不會玩，只是喜歡它鮮豔的色彩。十三個多月時，有一天我隨便教她將一塊塊圓木串起來，沒想到她忽然起了興趣，認真而費力地將木塊往主軸上套。看到她套成了，我就大聲地表揚她：「棒棒真能幹！棒棒真聰明！」她立即興高采烈地挺直了小身體，高興得前搖後擺呼哧直喘。每套起一個，我就表揚一次，她就呼哧呼哧地喘那麼一下。那時候的棒棒已經會說爸爸、媽媽、爺爺、奶奶、哥哥、姐姐、弟弟、妹

妹、襪襪、貓貓、鞋等許多詞語。一天在客廳裏走路滑了一下，她想哭未哭，非常氣惱地指著地板向我和大姑告狀，並拽著大姑要她打地板。大姑衝著地板一邊跺腳一邊責怪：「叫你滑棒棒！叫你滑棒棒！」她也嚷嚷著說：「滑！滑！」說著還一個勁地用小腳跺地板，怎麼也不肯停，讓人噴飯不已。

　　十五個多月時，棒棒可以說「阿姨」、「下去」等辭彙。一旦發生什麼意外，她會認真地驚詫一聲：「乖乖！」問她：「叫什麼名字？」她馬上回答：「棒棒。」「你幾歲了？」「一歲。」「你會不會說話？」「會。」「你會不會喊阿姨？」「阿姨。」「棒棒在不在家？」「在家！」「怕不怕外公？」「怕。」「外公好不好？」「好啊。」「大河馬怎麼笑？」「哈哈。」「小田鼠怎麼玩蹺蹺板？」「壓壓……」十六個半月，她會說「睡覺覺」、「媽媽鞋」，會自己接電話。在樓下看到玩具小火車來了，她就拉著我的手說：「看看去。」有一天天氣非常熱，我下班回來告訴她一會兒洗澡、穿裙子，並拿出一條藏青色的花裙給她。她一個勁地誇「好看」，並拿在手裏、歪著腦袋在客廳裏繞圈子，一邊繞一邊誇：「好看！好看！」如此持續至少一小時。如果她想要什麼、想幹什麼而你卻阻止她，她就會說：「哭，哇哇。」意思是她很不高興，要哭。有一天我下班回家喊她她不理，抱她她也不理。我說：「媽媽不理你了。」然後走進臥室。她見我似乎生氣了，往屋裏看了看，趕緊笑嘻嘻地走到我面前，討好地抱著我的腿。

　　十八個多月，棒棒知道了父母、外公、外婆、大姑及周圍一些小朋友名字，學會講一句較長的話，比如「小貓貓找媽媽」、

「蹺蹺板真好玩」。我覺得這時候很合適學《三字經》，就見縫插針地利用下樓散步、晚上睡覺的一點機會，教她說：「人之初，性本善。性相近，習相遠。」可能因為文字朗朗上口，棒棒很樂意學《三字經》，每次她都要求「再說一遍」。我覺得這時候的孩子就像海綿，什麼樣的水澆上去都會被吸個精光。這時候她還特別喜歡問：「這是什麼？」見什麼問什麼，反反覆覆，樂此不疲。

　　十九個多月時，棒棒出現了逆反心理，最喜歡說：「不！」你要她聽話，她一定說：「不聽話。」你要她吃飯，她一定說：「不吃飯。」我感覺她並不真的理解「不」的含義，只是剛剛學會了，自己覺得好玩，說什麼都要帶上。最讓人吃驚的是，她居然能唱幾句歌了！最喜歡唱的是《泥娃娃》。每天早上起床後，總是先吃奶，然後下地，然後便要聽《泥娃娃》。她當時已經可以自己開VCD和電視機，總是一邊嚷嚷著「寶寶開」！一邊衝過去按VCD和音箱的按鈕，再按亮電視機。《泥娃娃》出現後，經常一邊說著「往後站往後站」，一邊主動離電視遠一點。這是我天天耳提面命的結果。她還懂得辨別《小鹿斑比》，總是音樂剛響她就知道是哪張碟片。《三字經》已經可以背至少八句，還會說幾首兒歌，比如「三輪車跑得快」、「小猴子吱吱叫」、「小白兔白又白」等等。家人的名字她清清楚楚，問外公叫什麼名字？她迅速回答：「趙愷！」有時候還沒問外婆，她就接著回答：「楊秀英！」其他人的名字也是問一個答一個。模仿能力極強，喜歡學人家的話，比如她喊媽媽，我回答：「哎！」她馬上也學一句：「哎！」表姐海棠被她欺侮曾大喊救命，她便也跟著學，一撓她癢，她就不停地喊：

「救命啊！救命啊！」海棠無意間說：「我靠！」她聽見了，當即一遍遍地反覆：「海棠說我靠！」我有一次驚歎：「我的媽！」她學成了「咪咪媽」，一高興就說：「咪咪媽！」

　　二十個月時好奇心很強，聽到什麼聲音都要「看看」，見到什麼東西都要「摸摸」。有一次在小花園，看見一個小姐姐騎了一輛自行車，她偏要「摸摸」，小姐姐偏不想給她摸，於是她就跟在人家後面跑了很遠，追著要「摸摸」。開始學會了胡攪蠻纏，有時候看電視好好的，忽然要「小貓種魚，開」。然後自己跑過去先關了電視，再開了VCD機和音箱，自己拍著手表揚自己：「能幹能幹！」夜裏把尿時你與她小聲說話，她也會小聲回答。比如輕聲問她：「要不要噓一泡？」她會輕聲回答：「不要。」經常坐附近的搖搖車，她忽然自己編了一組話：「坐小羊不肯下來。沒有錢不理他──瞎說！」二十一個月時，有一天早晨棒棒還在睡覺，我忽然聽見她說：「喵喵。」過一會兒，她半夢半醒地看見我，又說：「喵喵。」我問她：「是不是夢見小貓啦？」她回答：「嗯。」停了一會兒又補充道：「夢見小貓了，不肯下來。」問她：「你幾歲了？」她會回答：「一歲半。」再問：「你多大啦？」她又回答：「二十個月。」然後再補充一句：「蠻好的！」

　　兩歲前後，她開始學說你我他。她總也分不清這三個代詞，每每急切想要什麼東西，總是直喊：「給你給你！」每每聽到什麼聲音躲到我懷裏，總是嘮叨：「媽保護你！」眼下，棒棒已經兩歲零五個月，不僅什麼話都會說，而且開始能言善辯。唐詩早已從五言背到了七言，我要是把《小燕子》、《我在馬路邊拾到一分錢》

179

等歌曲唱錯了，她一定會認真地糾正說：「不是這樣唱的，是這樣的……」家裏電話鈴一響，她一定高喊著「我來我來」第一個衝過去，拿起話筒她會說：「餵，你好，我是棒棒。」下樓散步，她會一邊跑一邊唱著：「兩隻老虎，兩隻老虎，跑得快，跑得快。一隻沒有耳朵，一隻沒有尾巴，真奇怪，真奇怪！」

——回顧女兒呀呀學語的過程，我總是一個驚訝伴隨著一個驚訝。人類的大腦是多麼神奇，它能儲存多少資訊，它能蘊藏多少情感啊！該如何理解和認識人類的潛能呢？嬰兒不會說話也可以和你交流，他的表達能力是天生的；嬰兒不用理解也可以跟你學舌，他的學習能力是天生的；嬰兒不用教育也可以向你示愛，他的社交能力是天生的。噢，上天，一個嬰兒是怎樣一個完整的宇宙？他有多少種未知、多少種可能啊！

夜深人靜，熟睡的女兒沉沉地躺在我身邊。撫摸著這個溫熱的小身體，我不由得會想：明天等待我的會是什麼樣的驚訝呢？摟抱著女兒，每天我都是這樣期待著進入夢鄉。

女兒經

當年十月懷胎，我內心深處極渴望生個男孩。足月臨產前最後一次體檢，我厚著臉皮向彩超醫生打探孩子的性別。他先是盯著B超屏半晌沒吱聲，然後忽然不輕不重地說：「男孩的可能性大一些吧。」

我一聽大喜。你想啊，預產期早已超過了個把星期，面對一個發育圓滿的孩子，彩色B超簡直就如同黑夜裏的探照燈，揭開性別的秘密根本不在話下。況且已經到了這瓜熟蒂落的最後時刻，醫生完全沒必要不告訴我真相。所以，當護士最後把寶寶抱到我懷裏，告訴我生了個女兒時，我呆了。頭一個反應是懷疑是不是被人換了？可當天產房裏只有我一個產婦，我還一直眼睛不離地看著她們給寶寶洗澡穿衣服送到我面前，顯然不存在替換的可能。再看看懷中寶寶那酷似我們的眉眼，我不得不在心裏長歎一聲曰：生錯了！

其實，我哪是個重男輕女的人呢？我哪捨得不珍惜這上天恩賜的寶貝呢？我不過是怕啊，我怕我的孩子重蹈我的覆轍，我想我這一生稀裏糊塗地做女人就夠了，我的孩子不必了。然而，上天不同意。上天把這個女兒送給我，無非是想逼迫我繼續探索女人的命運。面對上天如此執拗的安排我束手無策，只得淡淡一笑，認了。

　　說實話，三十歲以前，我幾乎沒有意識到「性別」這一概念是有著深厚內涵的。從小到大，我無數次在性別欄裏填上一個「女」字，每一次填寫都是那麼理直氣壯，每一次填寫都是那麼有口無心。結婚成家後，有一天，丈夫忽然義憤填膺地指責我「不女」。我立馬就愣了。儘管當時伶牙俐齒地反駁了他，我還是很快陷入了長時間的迷茫和痛苦。痛定思痛，我不得不承認他的指責是對的，因為我不僅從來就沒接受過女性教育，而且至今不知道好女人的標準是什麼。

　　關於什麼是好男人，全社會都很清楚。當一個小男孩跌倒，我們會鼓勵他：「男子漢，不哭！」我們會告訴他，男人是高山，是大海，是青松，是家庭和社會的頂樑柱。一個男人可以「大行不顧細謹、大禮不辭小讓」，但不可以沒有事業、沒有成就。好男人必須有力量，他的力量不能僅僅以虎背熊腰來體現，他應該佔有更多的社會資源、更高的社會地位。好男人必須是有質地的，他的質地不能淺薄地反映在外貌和服飾上，他應該具備穩重、堅韌、智慧、勇敢等等諸如此類的品質。他是一船之長，他是一軍之帥，他是一家之主，他是一國之君。

　　可是，什麼樣的女人才是好女人呢？上學時，分數面前人人平等，我和男同學就如同賽場上的對手拼得你死我活。工作後，薪水面前人人平等，我和男同事又成了同一戰壕裏的戰友，既互相合作又互相競爭。從小到大，我和男人一直使用著同樣的課本，接受著同樣的理念，經歷著同樣的考試，感受著同樣的壓力，追求著同樣的榮譽，父母、老師、社會都不曾告訴我好女人應該是什麼樣的。

我只知道楊貴妃、李清照、柳如是、秋瑾、慈禧、宋美齡乃至張志新、張海迪都很精彩，但她們到底哪一個才算好女人呢？女人如果失去了姿色，是否便不配成為女人？女人如果只剩了姿色，是否又不便稱為好女人？生活和事業對於女人，到底誰更重要？情感和尊嚴對於女人，到底誰更珍貴？男人存在的目的是征服世界？女人存在的目的是征服男人？……凡此種種的困惑讓我百思不得其解。

　　無法回避的還有女人的局限。「男人能幹的女人也一定能幹」，「婦女能頂半邊天」，小時候大家都這麼說，我也一直這麼信。每年的「三八」婦女節，總會有形形色色的巾幗英雄教育我們：巾幗不讓鬚眉！然而事實上，每個月總會有那麼幾天，你會因為例假而腹痛而失眠而心煩意亂；一輩子總有那麼一段時間，你會因為生育而嘔吐而呻吟而徘徊在生死邊緣。每當這個時候我就想：憑什麼男人能幹的你也一定能幹？隨著年齡的增長，我越來越意識到男人女人根本就是兩種人。他們不僅生理結構不同，而且人生感受各異。女人天生精緻、柔軟、敏感、脆弱，就像賈寶玉所說「是水做的」，而男人天生粗糙如泥、強硬如鐵。女人是善於營造夢境的，她們就算生活在現實中也要為自己編一個個浪漫的夢想；而男人是熱衷於構築現實的，他們哪怕在夢裏也要不甘寂寞地盤算一個個成功的目標。

　　回歸獨身後，我對婚姻對性別進行了長期的反省，因為我始終不明白為什麼兩個「好人」卻未必能成為一對好夫妻？為什麼真摯的愛情也未必能確保白頭偕老？……後來我終於發現，是「男人能幹的女人也一定能幹」、「婦女能頂半邊天」這種大而化之、抹

殺差別、強調一致的性別教育戕害了我們。其實男人和女人根本沒必要比高低、爭長短，就像宇宙中有太陽也有月亮一樣，陰與陽從來就是一個和諧的統一體，不存在高低貴賤之別。對月亮說「太陽能幹的你也能幹」有意義嗎？對河流說「高山能幹的你也能幹」有意義嗎？為什麼不能讓男人成為男人、女人成為女人呢？為什麼不能勉勵男人女人成為互相攙扶、互相補充的夥伴呢？為什麼女人只有經濟獨立才能與丈夫平等？難道她們在工作中為了上司的臉色、為了可憐的薪水委曲求全喪失尊嚴，就一定比在家庭中忍受丈夫的不憐香惜玉更值得嗎？為什麼女人一邊高喊著獨立一邊又習慣地依賴男人？為什麼男人一邊抱怨著愛情的變味一邊又沉醉於尋花問柳？……古代男人有《論語》女人有《女兒經》，可我們現在還懂得什麼「父子長夫婦順」的基本人倫嗎？

我知道「婦女能頂半邊天」是婦女上千年來被壓抑、被奴役的反叛。但過猶不及，如果我們不能把握男女平等的實質，我們註定將永遠無法擺脫男女抗爭而結果又兩敗俱傷的命運。男女平等的實質是什麼？我想是人格高度的互相尊重，是靈魂深處的互相珍惜，是各人承擔各人的責任，是各人體諒各人的難處，是讓愛人覺得像羽毛一樣自在、像空氣一樣重要——這樣的理想是否過於「烏托邦」？可不這樣清醒地認識、切實地努力，我們到哪裡才能求到真正的幸福啊！不久前看到作家韓東的一篇小文章，他說男女關係應該是這樣的：一旦結婚，女人就應該把自己的命運交給男人，聽憑男人帶著自己走遍天涯海角。男人就該把自己的生活交給女人，聽憑女人像安排傢俱一樣挪來挪去。韓東的意思我很明白，就是說男

人必須對女人的一生負責，女人必須對男人的日常生活負責，這就是各司其職。我覺得韓東是對的，但做起來很難，因為現在男人總是害怕高尚，女人總是害怕溫柔。

　　不管我敢不敢，女兒轉眼間已經兩歲有餘。她還弄不清自己是男孩是女孩，我也還沒嘗試性別教育。希望女兒成為什麼樣的女人呢？這個問題時常困擾著我，差不多總是才下眉頭又上心頭。持續兩年的苦思冥想，我心裏漸漸沉澱下四個關鍵字：健康、美麗、善良、自信。健康是基石，美麗是轉機，善良是根本，自信是雙翼。我想女兒一生有此四友，足矣。關於女人的困惑並沒有因為女兒的長大迎刃而解。未解是因為無解，當我發現問題的本質時，我如釋重負，並從此把那個所謂「不女」的指責拋在腦後。我想女兒今生也許會面臨同樣的指責和困惑，我想告訴親愛的女兒：做你想做的女人，不管你成為什麼樣的女人，媽媽都永遠愛你！

開步走

　　2004年1月5日傍晚，我下班回家剛一開門，就見棒棒張著雙臂，搖搖擺擺向我走來。上穿外婆織的紫毛衣，圓乎乎的，像隻燈籠。下穿大姨送的藍格子棉褲，開襠，還兜著尿布。腳上一雙紅色叫叫鞋，走起路來滿屋子嘰嘰喳喳。

　　我嚇壞了，包掉在地上，尖聲大嚷：「怎麼讓她一個人走？」

　　沒人理我，她爸爸笑眯眯的，她姑姑笑眯眯的，棒棒也笑眯眯的。

　　鞋子也沒換，我就想衝上前扶住她。被她爸爸勸止，趕緊蹲下身，向她伸開雙臂。

　　她搖搖擺擺向我走來，小紅鞋嘰嘰喳喳，滿屋可聞。

　　走兩步，她幾乎要跌倒了。她用雙臂保持了一下平衡，又繼續前行。

　　經過沙發時，她似乎想停下來扶靠一下。但最終她並沒有停靠，而是繼續嘰嘰喳喳向我奔來，步伐很快，跌跌撞撞的。

　　六七米距離，漫長得彷彿兩萬五千里。我提著一顆心盯著她，彷彿奧運會上盯著百米衝刺的劉翔。

終於，她微笑著撲進我懷裏，親熱地摟著我，一臉的自豪和得意。

「棒棒會走路了！」我興奮得大叫。

這一天棒棒一歲十七天。

大姑鄉下老家有個鄰居女寶寶叫周寒，比棒棒還小一個月。因為媽媽外出打工，周寒從未吃過母乳，而且三四個月就以糖水泡饅頭完全替代了牛奶。據說周寒個頭雖矮卻結實異常，七個多月就可以獨自行走，八個多月已經四處串門。這個奇聞要不是大姑親見親述，我真是說什麼也不敢相信。想起北京寶寶四個月會喊媽媽，我不得不驚呼現在的孩子簡直成精了！

「三翻六坐九爬爬」，棒棒沒有什麼超凡脫俗的地方，基本遵循著嬰兒成長的規律。和大多數母親一樣，我經常會莫名其妙地杞人憂天。懷孕時一言一行都憂心忡忡，總擔心最後生下一個不健全的寶寶：兔唇、六指、唐氏綜合症……安全生產後，又開始為寶寶是否能順利成長擔心了。棒棒出生十來天，朋友送來一種培養嬰兒智力的支架玩具：支架可以撐起來放在床上，支架上方懸掛著三個色彩亮麗、造型各異的玩具，支架左右也各有玩具可以吸引寶寶的注意力，兩三個月後嬰兒漸大，還可以通過觸摸鍛練嬰兒對玩具形狀和聲音的感受力。朋友前腳剛走，我後腳已經撐起玩具並把棒棒平放在支架下，拼命撥弄懸掛著的搖鈴、氣熊，千方百計逗她開心。然而，當時的棒棒毫無反應，不僅對玩具沒有一丁點興趣，甚至對我的熱情呼喚也充耳不聞。我當時的那股洩氣勁就別提了，差一點懷疑這孩子是不是智力有問題？不過，我是個執著而認真的

人。儘管棒棒一直無動於衷，我仍然隔三差五撐起支架，不厭其煩地逗她，抓住她的小手撫摸架子上的玩具，一邊摸一邊告訴她：「這是小熊，小熊抱著一隻紫色的扁球。捏捏這球，聽，它還會發出聲音呢……」

好在時間證明了我的錯誤在於揠苗助長，時間也證明了「量變會產生質變」的道理。棒棒第二個月開始對架子玩具微笑了，每天一把她放在支架下，她就興奮得手舞足蹈，恨不得一把抓住搖鈴似的，而一旦手腳無意識間碰響了玩具，便立刻扭頭去看發生了什麼。那段時間，常常放心大膽地把她一個人放在床上。因為在支架上長長地繫了一組鈴鐺讓她握著，隔著幾個房間也能聽見鈴鐺的聲音，只要聲音正常，我就用不著分秒不差地守在她旁邊了。天氣晴好的時候，我還經常把她翻放在陽光充足的地方曬屁股。那時候的她就像一隻趴著的大青蛙，總是非常吃力地撐臂、抬頭，想自己主宰自己的行為方式。有時候她並不情願聽你指揮乖乖地躺著、趴著，她便不停地扭動身體，嘴裏非常不滿地哼哼嘰嘰。如果時間太長你仍然不滿足她或擁抱或翻轉的願望，她便氣得哇哇大哭，而一旦她哭起來，那可是任憑誰也不敢掉以輕心的！

棒棒兩個多月就可以在幫助下翻身了，等到春末夏初衣衫單薄時，她完全可以自由地在床上翻來翻去。六七個月應該可以坐了，但她並不敢放心大膽地坐。讓她一個人獨坐，往往幾秒鐘就自己倒了下來，像扶不起來的阿斗。記得八個多月時把她扶坐在小凳子上拍照，她居然嚇得直哭，自己想站起來又不能，困坐在小凳子上哭得不像樣子。當時我又杞人憂天了一把，心想這麼大了還不能獨坐

可怎麼得了啊，人家周寒已經滿地直跑了！諮詢了幾位媽媽，經驗各不相同，有主張順其自然的，有主張積極鍛練的。好在這時我已稍微有了點悟性，不再見風就是雨。沒過多久，棒棒輕而易舉便坐得穩穩當當，常常想不讓她坐都不行。

七個多月，棒棒發現了爬行的快樂，但她的爬不是手腳並用的標準姿勢，而是四肢朝天、屁股前行的自創式。但她的速度很快，躺在床上一不留神就從這頭溜到了那頭，像動作敏捷的鯰魚。看我們抓不住她，她便開心得直笑，故意逗著我們去抓，又故意迅速地滑溜開去。我知道爬行對孩子分外重要，四肢諧和地爬行可以鍛練孩子的綜合能力，包括手腳的力量、身體的平衡、大腦的發育等等。因此，我有意識地要求她學習「標準姿勢」。八個多月，棒棒終於可以匍匐前進了：手費力地向前伸，屁股時不時高高撅起，兩條小腿用力撲騰，嘴裏還發出「嘿咻嘿咻」的聲音。看她爬實在比自己爬還累，可為了鼓勵她，還得不停地在旁邊加油吶喊。她通過爬行夠到前方的獎品，我要表現得比她還要高興！

第一次下地走路是八個多月。顯然是新買的叫叫鞋讓她十分好奇，她興致勃勃左一步右一步邁得起勁。看她熱衷走路，我趕緊拿出早已準備好的學步帶，有了學步帶她走得更起勁了。只走了一兩天，自然主義又占了上風，因為有朋友告誡我：孩子過早走路有可能加重腿骨和脊椎的負擔，與其學走不如學爬，沒有哪個正常的孩子不會走路，早走一天遲走一天有什麼區別呢？我深以為然，當即改走為爬，並要求家人不要隨便抱她直立，除非她自己能站起來。這樣一來，學步帶、學步車統統廢棄，我每天一回家就把棒棒抱到

有三四十平米之大的客廳裏學爬，手把手的，以身作則的，獎罰分明的，寓教於樂的……真是無所不用其極！

　　結果呢？結果令人啼笑皆非。我處心積慮忙活了好幾個月，結果棒棒仍然沒有學會標準爬姿。九十個月大，我眼看她非常努力地抓住沙發，非常認真地使出一把力，非常高興地歪歪斜斜站了起來。沒過多久，我又眼看著她不僅能夠站立，還能夠扶著沙發或牆壁挪動。再後來，她開始強烈要求別人攙著她走路，儘管別人的挽扶到後來已完全是一種象徵，但她還是需要這種安全、依賴的感覺。過完周歲生日，家人經常會把她丟在客廳的一頭，鼓勵她獨自橫穿。她哪敢一個人走十來米呢？有點害怕，有點想哭，但面對大家的熱情又不好意思。她鼓足勇氣總算邁開腳步，步伐平穩有力。明明是可以堅持走到對面的，而且就算跌倒也一定不會有任何傷害，但她走上兩三米一定迫不及待地尋找幫助，不是就地撲倒在軟軟的地墊上，就是轉而扶住一旁的桌腿椅腳。

　　2004年1月5日是棒棒人生具有里程碑般意義的日子。這一天，她居然一次性行走了六七米！從那以後，她信心倍增，經常一邊開心得尖聲大叫，一邊飛快地追逐著家人，把你從這個房間追到那個房間。從那以後，棒棒不再是個嬰兒，我覺得她真正長大了！可笑的是不久前和棒棒一起重溫兒時的錄影，看著畫面聽我描述她當年艱難爬行的慘狀，棒棒忽然掙脫我的懷抱趴到地上開始爬行。問她幹什麼？她卻反問我道：「是這樣的嗎？」她的爬姿分外標準，而她這時候已經快兩歲半了。

抓周

　　自從女兒誕生，我每個月都要給她過生日。前四個月她並不參與，從第五個月能吃東西開始，每逢19日我都給她買一隻鮮奶蛋糕杯，一邊餵一邊告訴她：「棒棒又長大一個月了，祝你生日快樂！」之所以如此，是因為女兒每個月都會發生突飛猛進的變化，這樣的變化讓我充滿了新鮮感和成就感。珍視每個月的19日就像珍視她的每一個腳印，她的腳印不是踩在地上，而是踩在我的心上。

　　2003年12月19日，女兒迎來了周歲生日。眼看著這個日子一天天走來，我忽然間發現自己感慨萬千卻想不出更好的慶祝辦法。事實上，我簡直不知道該慶祝什麼。孩子的誕生日就是母親的受難日，在這個日子裏為孩子的健康成長乾杯，無異於為自己的含辛茹苦痛飲。這三百六十五個日日夜夜是如何度過的？上天那一雙無處不在的眼睛全看見了。當然，周歲生日意義非凡。不管怎樣，我都必須為女兒也為自己留下必要的記憶。左思右想，除了必不可少的親人聚餐，我決定給她留一套寫真集、辦一個抓周會。

　　拍照就不必說了，且說抓周。抓周一直是我非常喜歡的民俗之一，雖然自己不曾親身經歷，但傳統小說對它的描述已足夠讓我心馳神往的了。孩子滿周歲時，擺出但凡想得到的日用品任他挑選，

他抓住了什麼就暗示他將來可能從事這一職業，或者預言他的性格、人生。比如抓住筆，這孩子以後大概就是個能寫會畫的筆桿子了；抓住算盤，這孩子以後沒准是個精明能幹的帳房先生。抓住書最好，這孩子嗜書如命，將來一定是能夠金榜題名、光宗耀祖的；抓住印更佳，這孩子官印在握，豈有不升官發財、雞犬升天的道理？……也有不好的口彩，窮命、苦命固然不好，平平庸庸、碌碌無為也會讓人臉上無光。如果男孩子一把抓住胭脂不放，那做父親的一準會臉色陰暗拂袖而去：好男兒志在四方，混跡脂粉堆有什麼出息！——其實，中國的抓周是寄託了父母無限期望的。孩子的命運未必能反映得出，但什麼的家庭養育什麼樣的孩子，打這孩子周歲起就已經註定了。

我對女兒沒有特別的期望。21世紀了，沒有哪個父母還會要求孩子承擔家族興盛的使命，甚至連養兒防老的觀念也淡薄了：就那麼一個孩子，誰知道自己彌留時他（她）在北歐還是在南美？就算同城相守，他（她）還得工作、教子，病榻前能伴上一兩宿就該知足了。我不在乎女兒日後會從事什麼職業、會選擇什麼樣的人生，她只要平平安安、快快樂樂就行了。

所以，抓周那天我心態非常好。我把書、筆、印、計算器、光碟、採訪本、話筒等雜七雜八的東西全堆在地板的一側，為了考驗女兒是否貪財，她爸爸還特意掏出一張百元鈔票。女兒當時還不敢自己走路，我們把她抱出來，放在地板的另一側。然後我們全跑到那堆東西旁，鼓勵她自己往這邊爬。「棒棒，快過來！」「到這邊來，看看這兒有什麼好玩的！」「自己爬過來，快！」

我們左呼右喚，棒棒卻好長時間置之不理，因為她對爬一向沒有什麼好感，讓她費那麼大勁爬那麼遠距離，非需要相當大的誘惑不可（媽媽設計獨白：「幹嗎不把我抱到你們身邊去？非要我自己爬，沒勁！」）。我舉起一張光碟衝她直搖：「棒棒，你看看這是什麼？」她望瞭望，似乎有些動心了（「咦，那圓東西亮閃閃的，好像蠻好玩的。」）。大姑再衝她張開懷抱，她更加坐不住了（「姑姑在那邊等我呢，要不要過去呢？」），想想自己一個人待在一邊實在沒趣，她終於決定向親人靠攏。於是，她翻身開始歷史性的爬行（「吃過飯總得運動運動，過去看看吧！」）。

天，她那爬行的樣子可真是搞笑！兩手用力地向前伸著，兩腳用力地往前蹬著，膝蓋壓根不離地，胸脯也整個貼在地上。說實在的，她這樣子實在不能算爬，而只能算是匍匐。好在匍匐也是能夠前進的，雖然吃力了一點，棒棒畢竟沒有半途而廢，而是在眾人的鼓勵下，哼哼唧唧靠近了目的地。

好不容易，她到達了。面對這一堆東西她有些奇怪，趴在那兒左看看右看看，她拿不定主意先向什麼伸手。終於，她一把抓住了話筒（「這玩意還從來沒見過，它是什麼？」）。話筒一到手，她當即一使勁坐了起來，下意識地就將話筒往嘴邊送（「這玩意能吃嗎？我先嚐嚐！」）。她爸爸趕緊現場解說：「歡迎棒棒小姐為我們送歌！到底是大歌星，她唱得多優美！」也許是因為話筒沒什麼味道吧，也許百元鈔票的色彩比較鮮豔，棒棒一會兒又扔下話筒抓住了鈔票。她雙手握住鈔票，還舉起來對著燈光仔細辨認。她爸爸又解說道：「棒棒小姐唱完歌領到了出場費，她正在檢查是否有

假鈔！」這時候，棒棒左手沒鬆開鈔票，右手又抓住了光碟。「棒棒小姐的新專輯已經問世，她正在給歌迷們簽名售碟！」玩了一會兒，棒棒又扔下了鈔票和光碟，她看上了毛筆。「有許多歌迷圍住了棒棒小姐，她不得不滿足大家的要求，給他們簽名！」棒棒又抓住了採訪本。「面對不肯散去的記者，棒棒小姐懇切地表示，自己的成長離不開眾多親友的幫助……」話音未落，棒棒已打開了手機。「總算擺脫了眾人的騷擾，棒棒第一個電話打給了媽媽，告訴她演出非常成功！」

　　這哪裡是抓周？這簡直就是小熊掰玉米的現場演出嘛。眼看著棒棒見一個愛一個，見一個丟一個，真讓人哭不得笑不得！當天，我只是充當了攝影師，無聲地記錄了那令人噴飯的場面以及活靈活現的同期解說。萬一棒棒日後果真成了歌星，這張碟片的價值可超過白金光碟哪！

　　抓周結束，我忽然意識到自己對女兒還是充滿期待的。儘管我從未有過女兒將來必須成名成星的念頭，可是當她爸爸把她解釋成歌星時，我發現自己當時在心裏只是稍微驚訝了一下，然後竟十分的歡喜。當棒棒抓緊百元鈔票不鬆手，我心裏無疑是高興的。當她爸爸反覆演繹她的「星光燦爛」時，我發現自己內心一點也沒有排斥演藝圈的感覺，因為我是那麼希望女兒今生能夠多富足一點、多安康一點。為什麼會這樣呢？我自己從小到大，從來也不聽流行歌曲、從來也不盲目追星啊，我們家族從來循規蹈矩，從來只認同讀書明理這條正途正道，難道我會支持女兒另闢蹊徑嗎？「不義而富且貴，於我如浮雲」，我以前對一夜成名不是不屑一顧的嗎？我不

是一直相信「君子固窮」的嗎？難道我現在變了？難道我已經在不知不覺間放棄了理想，開始聽任自己隨同這浮躁、墮落的社會一起流向那無所有之鄉了嗎？……

　　想到這些問題，我心頭不由得一凜，發熱的頭腦隨即漸漸感覺到了一絲寒意。後來我告訴自己：演藝圈也好，工薪族也罷，不管女兒選擇什麼樣的道路，只要她認定了，我一定尊重她。但無論選擇哪條道路，人都不能迷離自我。幫助女兒領悟、把握人生的真諦，是我這個母親當仁不讓的職責。今生今世，就這麼定了。

　　想到這裏，我越發意識到周歲的女兒還遠遠沒有長大，今後的路還長著呢。

你是我的天堂
——給女兒的一封信

親愛的棒棒：

　　對於媽媽來說，給你寫信是非常幸福的一件事。媽媽不知道你什麼時候才能讀這封信，但媽媽可以想像，當你讀得懂這封信時，你一定已經是個大姑娘了。媽媽可以想像你披著長髮、穿著白裙、嘴角含笑的樣子。當你得知有這封信存在，你一定迫不及待地想看它，你一定非常焦急地想：「媽媽給我寫了些什麼呢？我小時候在媽媽筆下是什麼樣子呢？……」別急，親愛的，讓媽媽把你抱在懷裏，讓媽媽像小時候講故事一樣給你讀這封信，行嗎？

　　這是媽媽給你的第一封信，親愛的女兒。以後媽媽肯定還會給你寫許許多多別的信，在以後的那些信裏，肯定會有許許多多別的情感、別的主題、別的故事，但在這第一封信裏，媽媽只想表達一個意思：感謝！

　　聽了這話，媽媽知道你會驚訝，知道你會非常忐忑地反問：「媽媽給了我生命，媽媽撫育我成長，我應該感謝媽媽才對啊？」親愛的，媽媽為了你的確付出了很多很多，但該不該感謝媽媽，那是你的事，媽媽不強求也不在乎。而該不該感謝孩子那是媽媽的

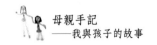

事，有女如你，媽媽三生有幸，為此媽媽必須感謝上天，感謝命運，感謝棒棒！

媽媽首先要感謝你來人間陪我伴我。

該怎麼向你描述我們所在的這個人世間呢？這是一個永遠不可能圓滿的時間與空間的接合，充斥著欲望和種種為欲望而存在的手段。古往今來，向善的真理就像空氣和陽光一樣無處不在，但芸芸眾生總是義無反顧地棄之若履，甚至連理由也不想尋找，便一個賽一個地向墮落狂奔。

我們的這個時代更是癌症暴發的時代，欺騙的病毒無可救藥地四處擴散，幾乎沒有什麼可信：歷史不可信，現實不可信，宣傳不可信；承諾不可信，合同不可信，法律不可信；友誼不可信，愛情不可信，善良不可信；食品不可信，空氣不可信，甚至連毒藥也不可信……四面楚歌，我絕望得差點不能自拔。

就在這個時候，你來了！

親愛的女兒，你知道嗎？你小小的身體讓我獲得從未有過的真實！懷抱著你，我內心無比地寧靜而滿足。因為有你，現在我總算可以向這個虛假的社會反戈了，我要向那些早已習慣於欺騙、習慣於背叛的人們宣告：這個世界上畢竟還存在著真實，哪怕是碩果僅存的唯一真實！有臍帶為證，女兒對我的依戀是真實的，我對女兒的摯愛是真實的！有真實的女兒為伴，從此我不再孤獨！所以，親愛的女兒，你是媽媽在苦海掙扎時遭遇的方舟啊，媽媽怎能不謝你？更何況你本是天上一匹來無蹤去無影的白馬啊，你捨棄了天堂的自在來人間陪我，媽媽實在欠你太多太多，怎能不謝你一聲呢？

其次，媽媽得感謝你讓我變得堅強、寬厚和豁達。

媽媽是個什麼樣的人呢？媽媽是外公、外婆最小的孩子，從小雖談不上養尊處優，但也著實備受寵愛。再加上媽媽天性敏感而內斂，為人拘謹而認真，所以太容易像林黛玉一樣草木驚心，傷痕累累在所難免。三十歲以前，媽媽就像一條剛剛走出大山的小溪，清則清矣，卻太容易感受傷害。

有你之後，媽媽時常會想到長江黃河。媽媽想，如果長江不是接納百川能成其大嗎？如果黃河不是泥沙俱下能成其偉嗎？堅守固然可貴，包容更加難得。一條小溪能堅守其清純已經相當不易了，但再清純的小溪仍然是小溪，小溪對生態、對環境的影響豈可與長江、黃河相提並論？我為什麼不能成為長江黃河呢？為什麼總以為世界上只有黑白兩種顏色呢？為什麼不能走出自我的大觀園，勇敢地在風雨雷電中搏擊呢？有你之後，媽媽忽然明白我們只把長江黃河稱做「母親河」的原因了，因為只有它們才配！風平浪靜時脈脈含情，波濤洶湧時摧枯拉朽。縱橫馳騁，一瀉千里，大江大河嚮往的除了大海還是大海！——只有這樣豐富博大的河流才配孕育五千年輝煌燦爛的華夏文明啊！

有你之後，媽媽注意到自己慢慢發生了很多變化：媽媽不太會為一點小事生氣了，媽媽開始主動與別人交流了，媽媽臉上時常掛著輕鬆的微笑了，媽媽懂得接受現實並學著積極尋找辦法解決問題了，媽媽提倡換位思考並能夠做到退一步海闊天空了，媽媽遇到困難不再動輒回避、抱怨了……是的親愛的，這些變化全是你帶來的。雖然你誕生一年來從沒說過一句完整的話，但你的確沒有一天

不催促著媽媽迅速成長。你讓媽媽懂得了「母親」這個稱謂的分量，這個稱謂激勵著媽媽必須像大樹一樣挺直腰桿。「一條大河，波浪寬，風吹稻花香兩岸。我家就在岸上住，聽慣了艄公的號子，看慣了船上的白帆……」一年來，媽媽喜歡唱著這首歌哄你入睡。在那寂靜黑暗的夜色裏，在那舒緩甜美的旋律裏，媽媽覺得自己流淌成了一條河流……

親愛的女兒，媽媽還要感謝你給全家帶來了無限的歡樂！你讓矛盾重重的父親母親不再計較得失，你讓風燭殘年的外公外婆不再暗自嗟歎。儘管你出生以來的每一天我們都過得無比地忙碌和辛苦，但同我們收穫的快樂相比，這些忙碌和辛苦又算得了什麼呢？我們願意為你付出，因為你讓我們對未來還充滿希望。事實上，你存在就意味著可能存在，你成長就意味著希望成長。當我們的生活已行走成一部不能變化的地鐵時，還有什麼比一個嶄新的生命更能讓我們驚喜呢？

感謝你為媽媽揭示了許多生命的奧秘。你讓媽媽體會到生命是如此珍貴，我必須用十倍百倍的努力來呵護它、讚美它、豐富它。有你之前，媽媽經常會因為地球上人滿為患而輕視生命。媽媽甚至還以為，生命完全是個體的，自己想怎麼著就怎麼著。現在媽媽再也不會這麼無知、這麼自私了！十月懷胎，你讓媽媽懂得生命是上天最大的恩賜，孩子是上天送給女人最大的寶貝。成為母親，是一個女人自我完善的最好方式，上天通過你成全了媽媽的心願，媽媽不能不珍惜！媽媽還懂得，每一個生命都凝聚著太多太多人的心血，沒有任何人有任何權利可以傷害自己，因為任何的自我傷

害都會讓親人痛入骨髓。「身體髮膚受之父母」，「養兒方知報母恩」。有你之後，媽媽時不時會想起這些遠古的教誨。只有這個時候，媽媽才會真正理解什麼叫做「可憐天下父母心」，什麼叫做「平安是福」！有你之後，媽媽意識到只有認真過好每一天，才對得起父母的養育之恩，才不至於白走世間這一遭。活著，比什麼都好！

　　親愛的女兒，今生今世你我相遇是天大的福分。你的健康、可愛、美麗、聰明每每讓我自以為是天下最幸福、最榮耀的母親！有你之前，我曾一度相信名利雖不至於拯救靈魂，但終究還是讓人生滿足、愉快的重要途徑。有你之後，我發現自己總算找到了屬於自己的天堂。媽媽的天堂就是你，親愛的女兒！謝謝你，親愛的女兒！

　　做好你的母親，照顧你，愛護你，尊重你，讓我成為你永遠的港灣和依靠，讓我成為你值得驕傲的母親和朋友——這是媽媽向天堂鄭重許下的神聖諾言！

　　親你到地老天荒！

　　　　　　　　　　　　　　　　　　　　　　愛你的媽媽

讓我們像雲朵一樣自由
——給孩子父親的一封信

棒棒爸爸：

　　你好！首先感謝你為了照顧我寫作，把棒棒接到了你那邊。棒棒一走，偌大的家頓時顯得冷冷清清。我從這個房間走到那個房間，一路收拾著她遺棄的戰場：一會兒是一隻小鞋，一會兒是一輛汽車，一會兒是倒在地上的娃娃，一會兒是扔在床上的衣架⋯⋯沒多大工夫，所有東西都回到了它們該在的位置，房間清爽了，地板乾淨了，家裏安靜了，我的心也慢慢沉寂了下來。放上一曲久違的《昔日重來》，我試圖在卡倫・卡朋特娓娓道來的歌聲裏梳理近年來積累的情緒。

　　說也奇怪，棒棒在家的時候總是抱怨無處不亂、無時不鬧，然而一旦棒棒離開了、秩序恢復了，我又莫名其妙地牽掛起來、焦慮起來，彷彿心裏面忽然有了一個洞，空空落落的，總也填不滿。打量著寬敞舒適的房間，感受著沁人心脾的空調，我忽然問自己：如果沒有棒棒、沒有牽掛，所有這些物質、這些舒適又有什麼意義呢？可是沒有辦法，我知道孤獨是人類永遠無法回避的本質和必然，我們與其被動而痛苦地忍耐孤獨，不如主動而平靜地接受孤

獨、享受孤獨甚至創造孤獨。可惜，這個道理是和你分手以後才懂的。如果早五年開悟，也許我們早五年就獲得了真正的解脫？

唉，這兩年過得可真是匆忙。生養孩子、應付工作，單這兩件事就把每一天排擠得滿滿當當，常常累得連覺也睡不夠，哪裡還能靜下來思考？再加上剛分手時心裏太疼，後來心不疼了腦子又亂，所以雖然早就想為我們的分手寫點什麼，卻始終一個字也沒寫。直到現在，風漸漸輕了，雲漸漸淡了，棒棒漸漸大了，離婚漸漸遠成一個似曾相識的背影了，我才終於打開電腦寫下你的名字。

對不起，曉鐘，原諒我到現在還沒有將你徹底遺忘、完全割捨，原諒我事隔一年又重新拾起了過去，原諒我的固執和愚鈍：眼看夏天即將過去，秋天即將來臨，眼看我們的離婚周年紀念日一天天走近，我不能不為我們曾經相信過的愛情準備一篇祭文——黛玉葬花人笑癡，我寫祭文你會笑傻嗎？唉，傻就傻吧，一生一世總得傻一回不是嗎？誰讓你是我的初戀呢？誰讓你是棒棒的父親呢？誰讓棒棒像愛我一樣地愛你呢？

昨天晚上臨睡前，我躺在床上想事。當想起棒棒、想起你時，我忽然發現一個不容忽視的事實，我發現你過去對我挺好，現在對我挺好，沒準將來還會對我挺好。你對我的好不是人之常情的好，而是不落俗套的好。比如你把所有財產全留給了我，理由是生活穩定的女人不容易嫁錯人。說實話，當你赤手空拳離開這個家時，我心裏真是軟弱得要命。我知道一個如此大度的男人絕不是一個壞男人，一個分手時還為你著想的男人肯定是負責的男人。那段時間，我多麼希望你會為了物質回轉頭來，哪怕就為了貪圖家的安逸呢？

沒想到，你就是那麼一副硬到底的臭脾氣，哪怕撞得頭破血流了，也絕不向誰認個輸、道個歉，寧願一條道走到黑。唉，你這脾氣真讓人受不了！

除了讓我們母女衣食無憂，你還給了我不少意外的幫助：教我學駕駛，帶我看荷花，陪我去遠郊採訪……特別是那年夏天，你風塵僕僕驅車數百公里，了卻了我神遊書鄉常熟的夙願。常熟之行讓我寫出了兩篇迄今最滿意的文章，如果沒有你，我會不會永遠寫不出它們？

——想來想去，我不得不承認你真的對我很好。這世上對我好的人不少，可真正給過我這許多具體幫助的人卻不多。對於身邊人給予的溫暖，我們往往會覺得有些理所當然。可事實上這世界從來不存在什麼「應該」，就連陽光之照耀、雨水之滋潤都值得我們感恩戴德，更何況人與人之間真誠的溫暖呢？如果說血緣之親尚屬人之天性的話，那麼，偶然邂逅的你我兩個原本就沒有什麼應該堅守的理由，更不用說勞燕紛飛之後了。所以，我必須時刻提醒自己要對你說聲謝謝。

不少朋友常常為我們的分手惋惜，我也常常對他們說：「萬一哪天我們中的一個遇到了難處，比如說生病住院吧，我相信我會毫不猶豫地去照顧他，他也許也會毫不猶豫地來照顧我。」他們聽了十分奇怪：「既然這樣，那你們為什麼不能白頭偕老呢？」我就對他們說：「所謂性格即命運吧，兩人都特別要強、特別自我、特別敏感，所以也就特別容易犯沖。」也有一些朋友會指責我說：「你不應該輕而易舉地退出家庭！要知道婚姻是需要女人用生命捍衛

的，假如你拿把大刀站在門前，你看大鬼小鬼哪個敢進來！」我回答他們：「我不願意充當這樣的門神。我覺得感情應該像小河一樣自然流淌，我不願意挖溝修渠，刻意改變河水的走向。」還有一些朋友會教導我說：「女人應該儘量地寬容和忍耐。男人如同風箏，稍有點風就恨不得飛得越遠越好、越高越好，這時候女人就該鬆線鬆線再鬆線。等風停了、風箏累了，他自然還會回到你身邊。」我回答他們：「男人和女人不應該是束縛被束縛的關係，他們應該是兩棵並肩而立的樹。如果丈夫是橡樹，我就是他近旁的一株木棉。」

道理總是這樣，說服別人容易，說服自己很難。別看我向朋友們解釋得清清楚楚，可實際上我仍然在相當長的時間裏無法理解和接受這樣的現實：為什麼你可以給我房子、給我財產、給我幫助、給我善意，卻就是不能給我持久的愛情？為什麼你可以陪我看花、陪我採訪、陪我遊覽、陪我寫作，卻就是不能陪我走完漫漫人生路？為什麼你認同我的認真、執著、坦誠、剛毅，卻就是不能認同我的表裏如一？

我知道人生如白雲蒼狗，變幻莫測；世事如滄海桑田，無常不定。既然太陽尚且有黑子，月亮尚且有圓缺，我們又有什麼理由要求凡夫俗子堅守唯一？只是，我們至少可以真誠一點、坦蕩一點、尊重一點、謙讓一點不是嗎？你的懷疑、彷徨、後悔甚至放棄，我都可以理解、都可以接受，卻就是不能理解和接受你令人窒息的冷漠、令人害怕的隱瞞、令人絕望的欺騙！知道嗎，最殘酷的刑罰不是肉體的流血和死亡，而是精神的恐懼和絕望。當一個人失去希

望、失去安全感地在一個不確定的環境裏苟延殘喘時，他簡直生不如死。

　　「望天上雲捲雲舒去留無意，看庭前花開花落寵辱不驚。」這兩句大學時常念的古詩想必你還記得？一直喜歡白雲的瀟灑自如，合則翻雲覆雨，不合則化霧為氣──我十幾年前就欣賞無牽無掛、當下自在的禪如境界。人活世上苦多於樂，實在沒有必要人為製造事端、白白增加煩惱。像雲朵一樣任意舒卷、像鮮花一樣率性開落多好！生命本來就該像雲一樣自由、像花一樣鮮豔，能相伴時親親熱熱相伴，想分手時開開心心分手。不要委屈，不要勉強，不要難過。讓我們每親吻一次都十分陶醉，每擁抱一次都不想分離，每說一次「我愛你」都發自肺腑，而一旦需要揮手再見了，就坦坦蕩蕩地互道一聲「珍重」吧──為什麼不可以這樣簡單呢？為什麼不可以這樣直白呢？假如你真的不願意繼續牽手了，望著我的眼睛對我說「不」可以嗎？其實，我很清楚朋友們的觀點差不多都是對的，我很明白橡樹和木棉的愛情只能維持在舒婷的浪漫詩歌裏。只是，既然生就了大樹的基因，又怎麼能長出藤蘿的葉片呢？既然養成了直立挺拔的習性，又怎麼能改換為纏繞依附的特點呢？相識相知了這十幾年，你不應該不知道我。

　　對不起，曉鐘，如果我又一次不小心流露出了幽怨、激憤、傷感等等諸如此類的不良情緒，請你務必原諒。我不想傷人，從來不想。世界萬物都是上天的恩賜，每一塊石頭、每一株野草、每一顆露珠都有它們生存的尊嚴和權利，我渴望與所有的存在和平相處。可我也許就是不會恰如其分地表達，我總以為你懂，你應該懂，能

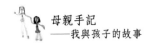
夠懂，必須懂，不用我說你就懂，不用我說明白你就懂……為什麼
會這樣？因為我總以為你比我年長，比我成熟，比我豁達，比我通
透，更何況你的確曾經那麼地懂我、護我、幫我……

　　唉，曉鐘，也許我們當時畢竟還過於年輕，畢竟還不夠智慧，
以至無論如何也做不到現在的從容。好在錯也罷，對也罷，一切都
已成為不必討論的過去。當帶著你精血的棒棒從我體內誕生時，我
們的恩怨已經一筆勾消。對於這個不期而至的孩子我一度非常惶
惑，我不知道她為什麼要在我們分道揚鑣的時候從天而降？莫非她
真的肩負著什麼特殊的使命？現在，我總算明白了上天的良苦用
心。這孩子是一個句號，一個座標，她完美地終結了我們長達十年
的琴瑟合奏，她清晰地照亮了我們未來晦黯的人生旅程。上天用這
個嶄新的生命昭示我們：沒有一個人可以剝奪另一個人的自由，沒
有一個理由可以干涉另一個人的選擇，這世上沒有什麼不可以，只
要我們互相尊重。

　　曉鐘，曾經我很愚蠢、很幼稚，以為離婚是傷疤、是恥辱、是
難以忘懷的噩夢。現在我才懂得，離婚是一場增強體質的感冒，是
一次磨練意志的格鬥，是一筆不可預期的財富。我想我現在已經真
正長成了一棵樹，一棵遠離了園圃、紮根於森林的樹。雖然閃電擊
斷了我的枝椏，雷雨灼傷了我的樹皮，但我仍然要挺起傷痕累累的
胸膛向世界大聲宣佈：我驕傲我是一棵樹！一棵獨立的樹！

　　不能不感謝你，曉鐘！感謝你在我純真的年代給了我純真的愛
情，感謝你風風雨雨陪我走過了這十幾年，尤其感謝你讓年過三十
卻一直沒有真正長大的我成為了幸福的母親！當這個孩子用稚嫩的

聲音喊你「爸爸」、喊我「媽媽」時，我知道，我們這輩子永遠都是精神上的親人⋯⋯

　　祝你一生幸福平安！

棒棒媽媽

2004年8月14日 星期六

下輯　耳邊風

第一封信：讓媽媽一次嘮叨個夠

親愛的孩子：

2009年9月1日與眾不同。從這天起，你不再是個動輒要媽媽抱在懷裏哄逗的嬰幼兒：呵，真值得驕傲，你——是——小——學——生——了！

8月31日那天，媽媽大老遠趕到學校給你鋪床。一進宿舍樓，就見到處都是忙忙碌碌的家長，他們有的在撐蚊帳，有的在鋪席子，有的在跟生活指導老師交流……一種不安定的氣息四處彌漫，讓人心裏有種說不出的滋味。走進你房間，坐在你的空床上等你。與你相鄰的是一個胖乎乎的小姑娘，得知你也正常寄宿，孩子媽很高興：「總算有人作伴了！這個房間走讀的多，只是中午睡個午覺，晚上都回家了。人太少，孩子不敢睡覺，害怕！」我笑笑說，我們晚上也住。

不一會兒，你跟在你爸身後，心不在焉地來了。沒有興奮，沒有好奇，沒有一絲積極的表現，有的只是毫不掩飾的無奈。你不喜歡寄宿，從來沒喜歡過。可是這個問題我們已經無法討論，因為將你送進一所優秀的寄宿學校，是我們目前所能做出的最好選擇。無

論父母如何捨不得，孩子終將一天天走向獨立，這是此世界不可更改的自然法則。況且從你一貫的聰明伶俐來看，我們相信你一定能從寄宿生活中得到有益的鍛練，走好人生至關重要的一步。

將床單包住床墊，將被子塞進被套，將蚊帳掛好，將換洗衣物、日常用品放進抽屜，我不停地對你說：「嗨，看一看，襪子和短褲在這個粉紅色的收納盒裏，別忘了一天一換。洗手液在這兒，看好了！抽紙也放這兒了，嗨，你看一看嘛……」你不耐煩地抬抬眉毛回答：「知道了，你都說過多少遍了！你現在怎麼這麼嘮叨？」這已經不是你第一次嫌媽媽嘮叨了。記得不久前第一次聽你這麼抱怨時，我忽然心裏一緊，忍不住認真看了你一眼。你的小臉肥嘟嘟的，心愛的長髮從來不肯紮，只是那麼隨意披散著，活脫脫一個可愛天使。你專心給芭比換著衣服，對我的話充耳不聞。當時我心想：呵，她可真的長大了，居然已經懂得頂嘴，懂得抱怨，懂得嫌媽媽嘮叨了。怎麼，歲月輪迴了嗎？這話若干年前我不是經常拋給我媽媽嗎？現在居然輪到我女兒拋給我了！當時我心動了一下，一句話也說不出來。從那以後，我努力不重複說話，可你仍然時不時會嫌媽媽嘮叨——唉，嘮叨就嘮叨吧，哪一個媽媽不嘮叨呢？不嘮叨還叫媽媽嗎？

將你送進教室，將你的文具盒、書本、水彩筆、油畫棒等放進桌肚，將你的公主書包掛在椅背上。你拉著我不讓走，非讓我坐在旁邊陪著。我剛開始陪，竟忍不住又一次嘮叨起來：「別忘了，渴了自己拿杯子打水。飲水機會用吧？藍色開關是涼水，紅色是熱水。不管什麼季節，千萬記住：先打涼水，再加熱水！還有，想上

廁所就跟老師說，不要忍著，不要害怕！不管什麼時候，都要勇敢地舉手報告：老師，我想上廁所！」

　　儘管這也是老生常談了，這次你卻沒有嫌我囉嗦，反而一本正經附和道：「是啊，老師也不能不讓人上廁所啊，不然拉到身上臭死了！」

　　我點點頭：「是啊，老師不會的。桌肚裏放了什麼東西，記住了吧？你老是不長腦子，自己的東西要自己記得，該用的時候拿出來，用完了及時收好。第一周，咱們各自約定一個目標好嗎？你的目標是：不哭。行嗎？不管什麼時候都不要哭。你爸爸在學校，會幫助你的。咱們慢慢適應，不急。至於媽媽的目標嘛，是要抓緊寫作了！知道嗎，媽媽要給你再寫一本書，一本書信集，把媽媽想對你說的話，媽媽的生活感受和經驗全寫在信裏。等你長大了、認字了，你可以自己看這本書。以後媽媽不能永遠陪著你、時刻陪著你，但媽媽的書可以。媽媽抓緊寫這樣一本書好嗎？等你週末回家，咱們互相檢查：你完成目標沒有？媽媽完成目標沒有？」

　　一聽這話你猶豫了，沒敢輕易答應，而是不好意思地笑道：「萬一我哭了怎麼辦？」

　　我摟你在懷疼愛道：「不會的。媽媽相信你，你很勇敢很能幹，不會輕易哭鼻子。要知道，你屬馬的，比大多數屬羊的同學年長。要是人家小不點兒不哭，你這麼大個子還哭，丟人不丟人？」

　　你的眼睛撲閃了一下，差點濺出淚花。

　　還好，沒出事故。

　　我吻了你一下，故意大大咧咧地說：「我也未必能完成任務，寫東西不容易，很累人的，不下決心不行！咱們共同努力，看誰做得好，到時候貼顆五角星！」

　　你忽然望著我的眼睛嚴肅地說：「有件事你千萬要記住！千萬要注意休息，不要一寫起來就覺也不睡了，飯也不吃了。你要知道，你這麼寫一兩天沒關係，但長期下去，肯定要生病的！結果，書沒寫出來，人又生病了，怎麼辦呢？」

　　我目瞪口呆。

　　我啞口無言。

　　我無法想像這話是你說的。可的的確確，它們從你的小嘴裏冒出來。你一邊說一邊還煞有介事地指指點點，以示強調。

　　我又驚又喜地道：「是啊，你說的很有道理。你怎麼這麼有道理呢？謝謝啊！你放心，我會安排好時間的，我努力每天寫，但不會拖得太晚，保證睡眠——不管怎樣，咱們都要努力啊！」

　　正說著，老師要求家長清場了。你依依不捨地看我離開，囑咐我在窗外再站一會兒。隔著紗窗，我看到你們一班孩子在小老師的帶領下坐直了身子。小老師很有辦法，她指揮著你們一起有節奏地拍掌，掌聲如同鼓聲，很快集中了你們的注意力，喧鬧的教室一下子有了秩序。起初，你還側頭向我張望。不一會兒，你開始被老師吸引。媽媽不敢繼續干擾你們，當你又一次轉臉時，我給了你一個飛吻，然後揮手表示告別——媽媽終於走了，帶著你新發的一包校服，帶著對你的深深牽掛，帶著對你健康成長的自豪和快樂，腳步輕盈地回家了。

　　這兩天你不在身邊，媽媽卻仍然為你忙碌著：頭天晚上到家即洗晾厚的薄的校服，第二天晚上忙著給每件衣服縫繡你的名字。媽媽不擅女紅，笨手笨腳拿著針線，上下15件衣服，嘿哧嘿哧繡到半夜12點！第三天晚上無甚雜事。雖然工作一天身心皆疲，但終於還是說服自己坐在電腦前，開始承諾已久的寫作。昨天與你通電話，聽說你以為爸爸答應了卻不來看你，忍不住哭了。我對你說：「是啊，媽媽也沒寫作。咱們定的目標都沒實現，加油啊！週末見面時咱們再互相檢查噢！」今天沒給你打電話，我想還是抓緊寫作為好，畢竟咱們承諾過，要各自努力的！

　　是啊孩子，這本書是媽媽答應要給你寫的。當你還是繈褓中的小寶寶時，媽媽就算抱在懷裏也放不下心來：你是不是餓了？是不是渴了？是不是尿濕了？是不是不舒服？……後來你走路了，出門了，上幼稚園了，媽媽操的心就更多了：衣服穿得合適嗎？走在路上安全嗎？老師對你照顧周到嗎？你與小朋友相處開心嗎？……有一天，操心得自己也吃不消了，媽媽自我解嘲道：「啊呀何必呢，莫非你不在了孩子還不活了不成？」這個念頭一冒，立刻把媽媽嚇壞了：噢天哪，人生在世不容易，如果沒有父母庇護，孩子當真能平安長大嗎？給你留財富、買保險當然有用，可它們至多保障你衣食無憂，卻不能保障你精神富足。曾經，我們遭遇過這樣那樣的困惑。在我們的成長歷程中，因為心結無法解開，因為迷茫矛盾太多，我們曾經傷痕累累。我們為什麼不能把自己的生命體驗化為琥珀，與孩子們一起分享，讓他們活得輕鬆些、明白些、方便些？

　　就在那個時候，我決定再給你寫一本書。這個世界有太多太多的書，但哪一本屬於我和你呢？哪一本能陪伴你成長，給予你切實貼心的幫助呢？你需要一本竊竊私語的書，你需要一本嘮嘮叨叨的書，你需要一本全面、真誠、坦率、直接的書，它就像媽媽的耳提面命、苦口婆心一樣，雖然常常被你視為「耳邊風」，卻是可以將你慢慢「吹」大的。是啊孩子，母親給孩子吹「耳邊風」，這是身為母親的宿命。也許你今天不當回事，明天不當回事，但終有一天，你會忽然想起某一句話、某一個場景：咦，這話好像媽媽嘮叨過，現在想來好像還蠻有道理的哈。呵呵，信不信由你，這事終有一天會發生，畢竟媽媽也是這麼過來的。這本書將涉及對世界的認知、對人生的理解、對性格的培養、對方法的訓練等多方面，我希望它能成為你的終身伴侶，因為它試圖探討的都是一些人生基本問題，8歲和80歲讀來感受不一樣，但都可以讀。最起碼，有一本媽媽的書陪伴你寄宿，你會覺得溫暖些、安全些。

　　好了，知道我為什麼要給你寫這本書了。下面，讓媽媽一次嘮叨個夠。我繼續寫了哈。

　　遙吻熟睡中的你！

媽媽

第二封信：聽說你只哭了一次

親愛的孩子：

今天通電話，得知你果然有進步：昨天沒哭。聽說第一天有三位小朋友哭了很久，包括你臨床的小姑娘，但今天這位小姑娘也忍住了眼淚。「大概她覺得哭也沒用吧。」你這樣為她解釋。不管怎樣，真為你們高興，孩子！要知道，哭雖然能發洩委屈和煩惱，讓自己的情緒暫時舒緩一下，但的確解決不了真正問題。

就拿這寄宿來說。父母安排你們住校，難道是嫌你們煩，成心把你們往家外趕嗎？

當然不是！

要知道，你們都是獨生子女，個個是家裏的小太陽。可你也該知道，咱們國家人口眾多，教育資源並不充分，如何讓孩子接受更好的教育，永遠是折磨家長的一個重要問題。況且大多數父母和我們一樣，要工作，要謀生，沒有足夠的時間和精力照顧你們。能把你們送進這所著名的寄宿學校，既要靠父母的努力，更要靠你們的優秀。因為你們是通過考試，從上千名孩子中選拔出來的，這本身已值得驕傲，高興還來不及，還哭什麼哭呢？

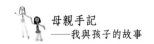

再說了，你們孩子有問題、有委屈了，向大人一哭了事，大人又該怎麼辦呢？大人陪你們一起哭如何？

你也許會說：「哭是孩子的特權嘛。大人是大人了，不能哭。」這話我可不同意。大人之所以不輕易落淚，不是大人不會哭、不能哭，而是他們懂得必須控制自己的情感，懂得單純哭泣無濟於事，懂得與其哭得天昏地暗、頭暈腦脹，不如冷靜客觀地面對現實，耐心認真地尋求解決問題的辦法。你可千萬別以為自己是孩子，就可以不對自己提要求。別忘了，這個世界上既有通情達理、人見人愛的孩子，也有胡攪蠻纏、人見人怕的大人。之所以產生這樣的區別，只在於他們有無對自己過於放縱。如果你總是覺得自己小，可以想怎麼樣就怎麼樣，以為大人永遠也必須對你的缺點錯誤包容原諒，那麼，你真可憐！你將註定為自己的狹隘和偏執所局限！你將很難體會到超越自我、戰勝自我的快樂！

你鄰床那位小姑娘真了不起，她雖然頭一天哭得厲害，卻能夠在第二天迅速恢復平靜，並很快就以樂觀積極的態度投入全新的生活。為什麼說她了不起呢？因為她做到了：1、自我克制，不放任隨性；2、面對現實，冷靜客觀；3、有勇氣，有能力。首先，她一定早已明白自己為什麼必須上學，為什麼要上寄宿學校；然後，當她意識到「哭也沒有用」時，她開始說服自己不再哭；接著，她嘗試換一種眼光重新打量身邊的一切，於是她發現：老師其實很親切，同學其實很可愛，校園其實很漂亮，宿舍其實很溫馨……真的，這一切其實並沒有那麼糟糕。將抵觸的心情換成平靜的心情，將反感的目光換成客觀的目光，一切全變了！小姑娘就這麼一夜之

間長大了很多！不知道你們這兩天交流了沒有，媽媽希望你們能儘快成為朋友，共同安慰著、幫助著度過這珍貴的6年小學時光。

　　說到這裏，媽媽不禁想延伸一下，和你聊聊朋友的話題。

　　媽媽知道，你到哪兒都大方自然，能很快與很多人成為朋友。這真是一個大大的優點！比媽媽當年不知道強多少倍！媽媽小時候十分內向，幾乎不敢與人說話，也因此長期以來習慣於獨來獨往，難得與人交朋友。後來多虧工作和生活的鍛練，媽媽才逐漸克服說話動輒臉紅、為人過於拘謹的毛病，敢於也善於和多種人打交道、交朋友了。也許是深受其苦吧，媽媽打你出世，就帶你先走出家門，再走出小區，然後一步步走出南京，走出江蘇……只要能夠，媽媽無論是逛商場還是進超市，無論是會朋友還是談工作，無論是在南京還是去外地，都千方百計帶著你，讓你儘量感受豐富多彩的世界，儘量見識形形色色的人群，儘量接觸多種多樣的差異。起初你也不敢與陌生人說話，總是躲在媽媽身後，凡事都推媽媽出頭。但現在，你見到大人能主動問候，見到孩子能熱情玩耍，各方面都表現得比媽媽想像的還要好！難怪在幼稚園你就深受大家歡迎，男孩女孩都願意與你為伴。是啊，只有內心充滿陽光的人才會有朋友。在這方面，你相當優秀！你是個不僅自己會發光，還能給別人帶來光明的超級寶貝，媽媽相信你這輩子都不會缺朋友！

　　不過，儘管如此，媽媽心裏也不是沒有擔心。也許是因為你年紀還小的緣故吧，到目前為止，媽媽發現你與小朋友建立的都只是「玩伴」關係，你還沒有真正的朋友。上幼稚園時，有幾個女孩與你走得很近，比如露露、唱唱和小雨。那時候，你們放學經常會一

起在操場上玩遊戲，你們也會今天到這家、明天到那家串門，你們還會求著媽媽一起帶你們到月牙湖划船、到情侶園燒烤。甚至幼稚園畢業的這個暑假，你還時不時電話諮詢露露電子小魔仙的問題。可是，當我偶爾建議你從玩具堆中選一樣送給朋友時，你總是捨不得；當我鼓勵你和朋友各自到對方家裏住一夜時，你總是不願意；當我希望你禮貌周到地招待好前來做客的朋友，你總是振振有辭地反駁：「他們到我家來，難道不應該聽我的嗎？」

孩子，你過去一直像小鳥一樣，生活在媽媽的羽翼之下。與其他孩子玩得開心了，天黑得再厲害你都不肯回家；玩得不開心了，便一頭紮進媽媽懷裏，一把鼻涕一把淚地指責其他孩子的不是。是啊，你們在家都是唯我獨尊慣了，而且向來要風是風、要雨是雨，誰會明白缺憾、分享的涵義？那個時候向你們強調友誼的珍貴、朋友的難得，是否是對牛彈琴，相當地不合時宜？但是此時此刻，我的孩子，當你走進學校，尤其當你走進寄宿學校，有一個擺在眼前的事實媽媽必須向你說明，那就是：從今往後，媽媽陪伴你的時間和空間將大大壓縮，你的生活內容和生活重點將發生變化，你要學會與老師、同學成為真正的朋友，讓他們走進你敞開的心扉，讓他們感受你的喜怒哀樂，讓他們分享你成長的經歷，讓他們成為你幸福童年的當然組成！

是的孩子，朋友是我們最重要的財富。在這個世界上，你可以是孤兒，你可以是殘疾，你可以耳不聰目不明，但你一定不可以沒有朋友。這是條「放之四海而皆準」的永恆定律，任何人概莫能外。一般的朋友，將是我們親切的夥伴、可愛的幫手：通過他們獨

特的性格和方式，我們沒准會發現一個全新的世界。是的，一個人往往只能擁有一個世界，只有他人才能帶給我們更多的可能。擁有更多的朋友，便是擁有更多的可能。偉大的朋友，將是我們生命的完善和補充：當我們得意時，他們祝福；當我們失意時，他們安慰；當我們痛苦時，他們傾聽；當我們迷茫時，他們攙扶……這樣的朋友可遇不可求，而一旦擁有，我們終生有福！

朋友是我們的鏡子。中國有句古話說：「物以類聚，人以群分。」意思是：物是根據其用途、類別等來劃分歸屬的，人卻是根據其性情、品德等來區分群體的。西方也有句諺語說：「認識瞭解一個人，只要看他的朋友就知道了。」如果朋友心胸狹隘，動不動就會生氣，那你一定要想想：自己是否不夠豁達？如果朋友吝嗇小氣，什麼都不願別人分享，那你一定要想想：自己是否過於自私？如果朋友膽小怕事，永遠不敢當眾表達，那你一定要想想：自己是否缺乏勇氣？如果朋友懶散懈怠，大大咧咧沒個正型，那你一定要想想：自己是否不求上進？……剛剛走進學校，媽媽首先希望你和所有同學都成為朋友，學習他們的優點，發現自己的不足。然後，經過一段或長或短的時間，媽媽希望你能找到真正的好朋友。如果真有這樣的機緣，讓你與他（她）成為兄弟姐妹，你可以想想：當你們20歲、40歲、60歲、80歲時，你與你的朋友會以什麼方式相遇？到那時你就會知道：你們在這所學校成為同學，是多麼值得收進記憶的一件事！

噢，媽媽還想提醒你：除了同學，還有很多人可能成為你的朋友，比如你的老師，她們已經承諾要做你們每一個的朋友。還比如

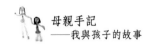
食堂的阿姨、苗圃的園丁、門口的保安等等等等。還有還有，千萬千萬別忘了！我，你的媽媽，永遠是你忠誠的朋友！我知道媽媽在你心目中的地位現在還無人能撼，但將來總有一天，會有一位、兩位、三位甚至更多朋友與媽媽爭搶你心中的那點地盤。呵呵，到那時，媽媽也許會隱身到一個你看不見的角落。當你不需要時，媽媽的圖示就本本份份地一動不動。不過你放心，媽媽永遠線上。只要你需要，只要你點擊，媽媽便會立刻閃現笑臉。

那麼，先與你鄰床的小姑娘成為朋友吧。她很勇敢，媽媽好欣賞她。願你們早日攜手，早日學會享受小學生的光榮和驕傲！

等你週末回家！

媽媽

第三封信：
對不起，媽媽沒看好蝴蝶

親愛的孩子：

告訴你一個好消息：咱們的蝴蝶羽化出殼了。是一隻漂亮的玉帶鳳蝶。

告訴你一個壞消息：咱們的蝴蝶翅膀破了，傷勢很重。是臭咪幹的。

臭咪沒把蝴蝶當成餐後點心，卻當成了一個活玩具。這怪不得臭咪，畢竟它只是一隻貓，要怪也只能怪媽媽沒把蝶蛹照顧好。對不起，媽媽太粗心大意了！不知道蝴蝶和你會不會原諒我呢？

一星期前，當李群阿姨把綠瑩瑩的蝶蛹送給我們時，你和我是多麼驚喜啊！李群阿姨說了，這是王醫生特意送給你的禮物。因為你暑假攀登齊雲山表現出色，王醫生不僅獎給你一張卡片，還獎給你這只即將羽化的蝶蛹。王醫生說，只要把它放在家裏乾燥通風的地方，一隻新蝴蝶不久就會破繭而出。在自己家裏迎接蝴蝶寶寶出生，這對我們是激動人心的體驗，為此你興奮得不知所措。小蝶蛹

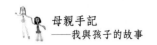
兩三釐米長，和你的小拇指差不多大，看上其貌不揚，實在無法想像它會變成美麗的蝴蝶！

記得當天把蝶蛹帶回家，你守著它開心了半天，恨不得向所有人展示這個寶貝。考慮到羽化時間還早，當時我只是把它隨手放在臥室的安全角落，並沒有多想。不久，你離家上學去了，蝶蛹在家平靜如舊。又過了大概三四天，一天早上，我忽然發現蝶蛹變成了枯葉色，皺巴巴的，有點微微透明。王醫生說蝶蛹一般會在清晨羽化，新蝴蝶大約需要一兩個小時晾乾翅膀，這段時間我們可以盡情觀察它的羽化過程。等它翅膀硬了，可以飛了，就應該開窗放它自由。然後，它會自己尋找花園、苗圃，自己尋找合口味的餐飲食物。現在蝶蛹已經枯黃變色，我想也許明天睜開眼睛，就能看到精彩的羽化吧！

可是第二天，什麼都沒發生。

第三天仍然什麼都沒發生。

第四天，我一早離家上班時，蝶蛹依然死氣沈沈的，看不出一點生命的跡象。我一大意，就關門走人了，完全沒想到家裏還有一隻專愛「幹壞事」的臭咪。

你知道的，每次我們回家，臭咪都會守在門口。我們剛把門打開一條縫，它就迫不及待地擠出來。隨即「喵喵」叫兩聲，算打招呼。接著再跳上千瘡百孔的餐椅，在椅面上「喀喀喀喀」地練它的爪子功。昨晚下班回家，我意外地發現臭咪沒來迎接。詫異間打開燈，看見它就在我不遠處，正全神貫注地盯著什麼。開始它壓根沒理我。聽見我喚它，才抬起雪亮的眼睛回望我一下，然後又迅速回

到它自己的世界中，小爪子還不時伸兩下，似乎在撥弄著什麼。我越發奇怪了，不禁對它關注的那團黑東西打量了一眼。

天哪！蝴蝶！

這個念頭一閃進我腦子，我立馬知道闖下了大禍！

天哪，我怎麼沒想到蝴蝶會在家裏沒人時羽化呢？我怎麼沒想到貓是蝴蝶可怕的敵人呢？我為什麼離家時沒把臥室的門關上，或者把可憐的蝶蛹帶到辦公室呢？……我真是追悔莫及！不過當時我並沒有時間想這許多。當時我連鞋子也來不及換，立刻一個健步衝上去，一巴掌把臭咪打到一邊。臭咪敏捷地一閃，它顯然心有不甘，仍側身虎視眈眈地一眼不放。這時我清清楚楚地看到了：天哪，果然是蝴蝶！一隻黑底暗花的玉帶鳳蝶，一隻振翅難飛、奄奄一息的蝴碟寶寶啊！

我心痛地彎下腰，小心翼翼地將它捧在手裏。噢，它美麗的翅膀有好多洞，看上去幾乎像一張魚網了！它已經死了嗎？我大氣也不敢出，認真地觀察它的動靜。噢不，它沒死，它的觸角還在抖動，它的身體並沒有傷痕。這說明臭咪欺侮它的時間並不長嗎？它是剛剛出殼還是才被臭咪捕獲？或者是我回家還算及時，終於從臭咪的利爪下挽救了它的生命？最後一個想法給了我很大安慰，但毫無疑問，這個想法不可能驅散我心中的愧疚之雲。

我展開手掌托著它，試圖看到它忽然間振翅高飛。噢，它的確在努力！它艱難地挪動身軀，艱難地撲閃著破爛不堪的翅膀。它的翅膀扇起一點風，一點幾乎讓人覺察不到的風。這點風實在太微乎其微，完全不值一提。但這的確是它扇起的風啊，是它用自己可憐的、

破爛的、魚網般的翅膀扇起的風啊！這點風不足以幫助它飛翔，卻可以讓它也讓我燃起希望！是啊，也許再努力一下它就可以飛了！它還有生機，它還有力量，它還對未來充滿夢想……托著這隻傷痕累累的蝴蝶，我忽然想起你剛剛出生時的模樣。那時你是那麼孱弱嬌小，媽媽托抱你總是不踏實，唯恐勒斷你的胳膊、碰傷你的皮膚。噢，要是你現在就在媽媽身邊該多好！至少你能看到咱們的蝴蝶是什麼樣子。哪怕它的翅膀是破的，畢竟它還是美麗的蝴蝶啊！

想到你，媽媽不得不想到一個重要問題：該不該把蝴蝶放出去？

放當然有放的理由：這隻蝴蝶雖然受傷，但還是有成活的可能。只有放它自由才能給它一線生機。上天有厚生之德，這是上善之選。

不放也有不放的原因：這隻蝴蝶已經日薄西山，放它出去只會是凶多吉少。與其讓它帶著傷痕在外面苦苦掙扎，不如讓它早點「安樂死」。這樣等你週末回家，至少還有殘留的繭子和標本可看。

但這樣子是否太自私了？咱們已經愧對蝶蛹，難道還能再愧對蝴蝶嗎？猶豫半天，左右為難。最後我決定讓蝴蝶自己選擇。我把蝴蝶放到窗臺上，任它在那裏喘息著、休整著。我想如果它最終能夠飛走，那是它的福大命大，咱們該為它高興才是。如果它力不從心，最後僵死在窗臺上，那也是它命運不濟，咱們就留它在家作一個紀念吧。

這樣一想，頓時輕鬆很多。媽媽相信如果你在家，你一定也會同意這樣的安排。「小蝴蝶，請你原諒我照顧不周！祝你好運！願

上天保佑你！」媽媽對它呢喃了幾句，關上紗窗由它去了。結果怎麼著，你猜得出嗎？結果啊，過了個把小時，當我再去窗邊探望時，我驚訝地發現窗臺上空空如也，小蝴蝶不在了！你說它當真飛走了嗎？它的翅膀當真能飛嗎？它找到花園苗圃了嗎？它吃到爽口的食物了嗎？它補充了營養恢復了精力了嗎？……我不知道，真的不知道。於是，小蝴蝶從此成了媽媽的一個牽掛，一個永恆的牽掛。

　　親愛的孩子，週末你回家來，我第一件事就是把蝴蝶的故事告訴你。你很不解：「蝴蝶不是會飛嗎？臭咪又沒翅膀，怎麼抓得到它呢？」我說大概是蝴蝶太小還不會飛，或者翅膀沒幹飛不高吧。你很不高興：「我什麼都沒看到！幹嗎不把它留到我回家呢？」我說就算它沒受傷它也要吃飯，等你回家非餓死它不可。你生氣道：「李群阿姨不是說可以找植物餵它嗎？她好像說是一種桔葉，你去找來不就行了？」我說不，親愛的，蝴蝶是不可以當寵物養的。王醫生和李群阿姨的確餵養過蝴蝶幼蟲，他們是將產在樹葉上的蝴蝶卵帶回家，當它自然孵化出來以後，再像養蠶一樣用適當的樹葉餵它。一般來說，不一樣的蝴蝶需要不一樣的植物，比如虎鳳蝶愛吃杜衡，玉帶鳳蝶愛吃桔葉等等。然後蝴蝶幼蟲會慢慢長大，像蠶一樣織繭，自己將自己包裹起來——我們當初拿到的就是一隻那樣的繭。

　　你聽了這話，茫然若失。我說我本來想拍幾張照片給你看，但蝴蝶翅膀破了那麼多洞，看上去真的很可憐，我簡直不忍心拍。我說臭咪真是太可惡了，我氣得後來狠狠打了它。你歎口氣道：「唉，也不能怪它哎。一隻貓，它懂什麼！」我說你說的真對，這

231

事全是我的錯，推也推不掉。我說簡直不敢讓王醫生和李群阿姨知道，他們肯定會罵我的。我說請你原諒媽媽，但願以後咱們還能再有一隻蝶蛹。你無奈而寬厚地拍拍我的腦袋說：「真是不能跟你急了，老忘事情！不過，也不能全怪你哎，你也不知道它會在你上班時羽化。你天天那麼忙，腦子裏要裝那麼多事，還要操心我，哪能什麼事都記得清呢？」我感激地抱住你：你總是那麼體諒我、包容我，謝謝你孩子，有你這個女兒真好！

對了，孩子，後來我終於找機會把這事向王醫生說了。感謝上帝，王醫生也沒批評我，他說：「第一次，沒有經驗也難免。下次再給你們一隻，讓你們好好見識羽化的神奇和美麗！」我知道你最喜歡蝴蝶，你總幻想自己也有一雙蝴蝶一樣的美麗翅膀，你經常想像自己像夢幻仙境中的蝴蝶仙子般飛舞花叢中、棲息花苞裏。噢，媽媽和你一樣也喜歡蝴蝶，媽媽希望每天都有蝴蝶在我們身邊翩飛！蝴蝶和螢火蟲都是生態平衡的標誌。這就是說：蝴蝶越多，環境越好——誰不願意生活在花團錦簇之中呢？

寫到這裏，不禁又想起咱們那只下落不明的蝴蝶。你說它仍然活著嗎？它會適應翅膀破殘的生活嗎？它結婚生子了嗎？噢，但願咱們能再養一隻蝴蝶，但願下一隻就是它的孩子！

讓咱們一同許願吧！

媽媽

第四封信：你讓我別提上學的事

親愛的孩子：

　　今天是週末，是你住校三天回家的日子。下午，因為「一線通」未順利開通，收不到老師發的短信，我給你們班主任周老師打了電話。周老師嗓音有些沙啞，可能是開學第一周過於辛苦吧。周老師剛剛畢業，跟你的表哥表姐差不多年紀吧。讓她這個大孩子管你們這班小孩子，也著實夠難為她的。

　　周老師嗓音溫柔甜美，她說：「趙澈表現不錯！她性格挺好的，我們都很喜歡她。就是她的拼音寫不滿格子，縮手縮腳的，拉不開。這個問題，我已經向她指出了，週末在家可以多練練。」

　　聽了周老師的話，我不禁想起你暑假在家皺著眉頭被迫描紅的情景。每次描紅，你都老大不高興，坐在那兒一會兒玩鉛筆、一會兒玩橡皮，一會兒再擺弄擺弄本子、發發呆。每次看到你「磨洋工」我都氣急敗壞，恨不得把那些分散你注意力的東西扔到窗外！終於，你磨磨唧唧地動筆了。終於，你磨磨唧唧地完成了。看到你歪歪扭扭的「傑作」，每次我都矛盾重重：批評太狠吧，生怕挫傷你的自尊心；積極鼓勵吧，又唯恐你不懂得是非好歹。而你呢，卻從不會顧及那麼多。只要我稍微松鬆口，你立馬就會歡呼雀躍：

「噢耶！自由羅！」然後頭也不回地奔出屋外——天哪孩子，難道學習真的這麼令你討厭嗎？

當天晚上，我接你去看德國男孩合唱團的演出。

原以為你會喜歡這樣的安排，沒想到見面時你卻沒有笑容。

我抱了抱你，問：「好嗎？」

你深深歎口氣道：「唉，總算回來了。我跟你講，你這兩天別提上學的事，連『上學』這兩個字都不要提，好嗎？」

我愣了：「有這麼嚴重嗎？那麼，『老師』、『同學』、『學校』，可以提嗎？」

你認真道：「不要提！你讓我好好過個週末吧！」

聽了這話我很難過，但為了不讓你壓力更大，我只得故作輕鬆地摟住你親了一口，道：「好好好，不提不提！你要是能跟著媽媽認真學習，現在哪還用得著上一年級？直接跳級二年級差不多！你說說，一年級的課程難不難？」

你不屑一顧地嘟囔道：「幼稚！現在還學a、u、e，1、2、3，中班小朋友都會了！」

敢情並不是課程太難你無法適應。聞聽此言，我稍放一點心。當天晚上，音樂會讓我們舒緩了心情。等我們乘著歌聲的翅膀回到家中時，我發現你已經恢復了往日的頑皮和神氣。第二天醒來，你更加輕鬆愉快，看碟片、玩芭比、逗貓咪，儼然把學校忘到了九霄雲外。可是你知道媽媽心裏有多著急嗎？媽媽多想知道你在學校的一切！如果沒有細節，媽媽怎能判斷寄宿生活對你到底合不合適呢？

尤其讓我心煩的是，你並非僅僅反感寄宿，你反感的是整個上學這件事！

是啊是啊，你不准我提這兩個字。可我不提人家會提啊，左鄰右舍一見你，都不約而同地問：「喲，上學了？新學校怎麼樣啊？喜歡什麼課啊？喜歡哪個老師同學啊？」

你呢，總是氣鼓鼓地回答：「沒什麼喜歡的。」

樓下的奶奶聽了哈哈大笑：「不會吧，那麼多小朋友住在一起不好玩嗎？你肯定過兩天就會喜歡的！」

隔壁的阿姨聽了擠擠眼睛：「你這麼伶牙俐齒，會不喜歡語文嗎？聽說你會背那麼多唐詩，英語也棒棒的！」

你搖搖頭：「反正我不喜歡上學，在家什麼都不學最好！」

於是大家一致大驚失色：「那怎麼行呢，誰都要上學啊！你媽媽要是不讓你上學，你知道嗎，她就違法了！要被抓起來做牢！國家有《未成年人保護法》，規定小孩子到了年齡就必須上學！再說，你不上學，什麼都不會，以後不成傻瓜了嗎！」

你沒想到不上學的「後果」如此嚴重，當即沉默不語。

大家與你玩笑一番各自散去。除了我這個媽媽，沒人會為你的話憂慮重重。為什麼會這樣呢，孩子，為什麼你總是抗拒成長？為什麼你總是不願意接受變化？為什麼你總是恨不得像嬰兒似的隨心所欲？記得3歲上幼稚園時你也這樣。明明幼稚園設施優良、教育規範，明明老師耐心周到、無可挑剔，你卻一個勁地抱怨：「最討厭上幼稚園了！要是換個幼稚園就好了！」後來我當真以為這個幼稚園不合適你，當真與你商量起轉學的事。記得當時你高興得點頭

連連：「好！轉學好！轉學我一定天天開心！」結果呢？結果轉學不過一個月，你就哭成了世界末日，每天抱著我的腿不讓我上班。直到最後，你又轉回原來的幼稚園、原來的班級，直到那時你才明白：其實原來的老師和同學就相當好，只是自己當初不懂得珍惜。

知道嗎孩子，你不喜歡住校、不喜歡吃學校的飯、不喜歡天天上那麼多課……這些媽媽都不是特別在意，畢竟這需要一個過程，媽媽可以陪你一起慢慢適應。但你有強烈的畏難心理，好奇探索心不足，滿足於簡單膚淺，習慣於退縮逃避，這些才著實讓媽媽心煩意亂！而當這些問題與幼小銜接、寄宿管理糾結到一起，便越發顯得剪不斷、理還亂。知道嗎孩子，你不能這樣由著自己的性子，你得學會就事論事，一件一件解決具體問題。在你的人生中，無論父母、老師還是其他什麼人，大家都不過是輔助你成長的一種力量、一個媒介。我們可以順水推舟，我們可以扶上馬送你一程，但我們代替不了你，你必須做自己的主人，你必須自己對自己負責。如果你只是一味地抱怨連天，那麼你很可能會把簡單的事情弄得複雜，而且還根本解決不了原來的問題。

的確有一些孩子與眾不同，他們無法適應常規的環境，在一般老師的眼裏永遠是個「另類」。據說物理學家愛因斯坦兒時被老師罵作「笨蛋」，發明家愛迪生小時候常把老師氣得絕望。媽媽最喜歡的《窗邊的小豆豆》也敘述了一個類似的故事：小豆豆開始入學時，一聽到教堂外有動靜就好奇地跑到窗邊，完全不懂得遵守課堂紀律。在一般學校，小豆豆完全是個讓人頭疼的、不可理喻的差生，可轉到崇尚自然、富於創造的巴學校後，小豆豆健康成長，最

後成為美麗聰慧的作家、主持人──黑柳徹子。可你的情況與小豆豆一樣嗎？是你自己沒盡心，沒把該做的事情做好呢，還是外界環境真有對不住你的地方？

　　記得開學前的8月25日，媽媽第一次去學校參加家長會，教務處彭主任的一席話讓媽媽至今難忘。彭主任說：學校近年來一直在進行「生命化教育」的研究與實踐，學校重視每一個學生的發展，關注每一個學生的生命狀態，張揚每一個學生的個性風采。強調「等距離」教育，尊重學生個體差異，要求老師「對孩子微笑，與孩子交談，讓孩子自主，給孩子機會，替家長分憂」……圍繞這一人文化的教育理念，學校進行了許多機制方面的改革，如：只評優秀不評「三好」，摒棄分數至上的功利化評價標準，引入多元化評價體系，注重生命化教育細節，引導學生獨立思考、自我管理等等。孩子，這些概念也許你現在還不是太懂，但至少有一點你應該明白：這是一所願意充分尊重孩子的學校。如果老師和學校已經在努力理解孩子、關心孩子，那麼孩子是不是也應該努力理解老師和學校呢？關於上學，你是否已經竭盡全力？

　　說到「學習」二字，我更是百思不得其解了。孩子，你為什麼如此厭惡「學習」？在你心目中，學習永遠是嚴肅認真、繁瑣累人的事是吧？你理解的學習，無非就是學拼音、認漢字、做算術和說英語對不對？你有沒有想過，小鴨下水游泳是學習，雛鷹展翅飛翔是學習，幼豹捕獲獵物是學習，蒲公英撐著小傘浪跡天涯也是學習……至於你自己，剛從媽媽腹中誕生，就被護士倒提雙腿硬逼著學習啼哭。然後，你又被放到媽媽胸前學習吃奶。不要不相信，當

時我和你一個不知道如何當媽媽，一個不懂得如何做寶寶，從摟抱到餵養到交流，竟全要靠護士手把手地教。你看看，生兒育女說起來似乎是再本能、再自然不過的事，但就連這也需要學習，而且需要用心學習。

呵呵，小時候你學習可沒費那麼大功夫啊。記得你6個月學坐，8個月學爬，將滿周歲時開始學習行走。為了鼓勵你大膽嘗試，有一次我讓你自己坐在小椅子上，希望你獨自站起身，走兩步。你嚇壞了，僵直著身子不敢動，一邊向我伸著手，一邊咿咿啊啊地叫喚著。當你終於抓住我的手，你立馬神氣地站了起來，並不由分說地走了兩路。從那以後，你熱情高漲地學習走路。咱家的客廳過於寬闊，起先你不敢逕自南北穿越，每次總是走到一半，便自作主張折到一邊，就近扶靠住隨便某一樣東西。

2004年1月5日，那是我終生難忘的一個日子！那天下班回家，開門看見你正在客廳裏玩耍。當你發現我時，你猶豫了一下，隨即跌跌撞撞向我走來！「小心！小心！」我嚇得叫出聲。你笑盈盈的，張著雙臂保持平衡，小鞋子「唧唧唧」響個不停。終於，你撲到了我懷裏！我驚喜得緊緊抱住你！——噢孩子，邁出人生的堅實步伐，這對嬰兒來說是多麼了不起的學習成果啊！那時你是多麼熱衷於學習，天天不亦樂乎地跟著我團團轉。家裏玩膩了，還強烈要求下樓轉轉。而一到花園廣場，你那個興奮勁啊，恨不得像大人一樣又跑又跳。一不留神摔個大跟頭，你也從來不哭，總是毫不氣餒地爬起來再跑！

　　孩子，真正的學習就應該是這樣的啊！為什麼你學走路時不覺得辛苦、不覺得厭煩呢？因為自己走路可以獲得更多的自由和快樂，這是不言自明的道理，沒有誰能抗拒得了自由和快樂的誘惑。其實，任何學習又何嘗不是為了自由和快樂呢？即便拼音、漢字、算術、英語等等現在讓你學得十分無趣，你也應該往深裏想一想：這就如同你嬰兒時期的學習，是必不可少的手段和基礎。先坐，後爬，再走、跑、跳。只有當你掌握了人生的多種技能，只有當你突破了語言的、行為的、思維的、交際的等等這樣那樣的障礙，你才能真正感受到世界的豐富和美好，你才能真正體會到生命的價值和意義。

　　好了，如果就此展開學習的話題，我們恐怕再講三天三夜也說不完。古人好學的故事很多，比如孔子「韋編三絕」、李白「鐵杵磨針」，以及囊螢映雪、鑿壁偷光等等等等。但願你有一天能發現學習的樂趣，但願你有一天能主動與我探討上學的事情。別的就不多說了，媽媽最後再提醒你一句：咱只為自己活著，學習也是為了咱自己。

　　有空再琢磨！

媽媽

第五封信：好習慣讓人受益終身

親愛的孩子：

　　對不起，媽媽忍不住又要批評你了。昨天請你練習描紅，老師說你拼音總是寫得不夠滿格，希望你抽空再練練。我拿出描紅本對你說：「咱們就寫這一頁，你只要一次到位，下面就可以不用反覆練習了。」媽媽知道，重複是非常枯燥無味的事，是對人的最大折磨。所以媽媽一開始就與你約定，咱們儘量不重複，一次完成就好。

　　然後呢？然後就見你坐在那兒又犯老毛病了：一會兒摸摸鼻子，一會兒撓撓腦袋，一會兒玩玩筆套，一會兒看看窗外……孩子，咱們從小就聽過《小貓釣魚》的故事。小貓之所以釣不到魚，是因為它靜不下心來，不能專心致志做一件事情。咱們還聽過《狗熊掰玉米》的故事，狗熊最終為什麼一無所有？因為它見異思遷，看到前面的玉米比手裏的更大，就立馬扔下手中的玉米去撿另一個。這些故事你講起來頭頭是道，可為什麼自己做起來就跟小貓、狗熊一個樣呢？

　　中國有句古話，叫做「三歲看老」。是說一個人能不能成才，他這輩子到底能成就什麼樣的人生，在他3歲的時候差不多已經看

出端倪。為什麼？因為人在幼兒時期，差不多已經養成初步的性格和習慣。好性格、好習慣會讓人終身受益，而壞性格、壞習慣一旦養成，這個人今生將註定磕磕絆絆極不順利。更為可怕的是，人遭遇挫折、身處逆境，往往會從自我保護的本能出發怨天尤人，能夠自我反省的鳳毛麟角。事實上，讓我們不快樂、不順利、不成功的根本原因，很可能就是我們已經見怪不怪的壞習慣。

孩子，媽媽每次糾正你的不良習慣，說你坐姿不端正啦、握筆不正確啦、筆劃有錯誤啦，你都會極不耐煩地說：「我已經這樣了，改不掉了。」每次聽到這話，媽媽都氣不打一處來。天哪孩子，你當真決定自我放棄不管不顧了嗎？你才幾歲啊，才剛剛開始人生，怎麼能就說「改不掉」呢？說到這話，媽媽不禁又想起你聽小丸子歌的事。你喜歡動畫片《櫻桃小丸子》的主題曲，本來你不知道日文歌詞是什麼意思，後來當你聽到中文歌詞有「下定決心，把缺點打倒」時，你忽然拿下耳機笑著說：「不聽了不聽了，我不行的，我不可能把缺點打倒！」從那以後，你雖然還是喜歡這首歌，但只肯聽日文版的，因為中文歌詞讓你太為難了，你怕聽。啊呀孩子，我真服了你了！我是多麼無語啊！

你知道嗎，其實在我們大人眼裏，你們孩子就像一張白紙，那麼潔白，那麼乾淨，完全不存在什麼「缺點」、「錯誤」的問題。你們沒有什麼是不可以原諒的，哪怕你們達不到大人的要求，哪怕你們經常出一些差錯，哪怕你們沉浸在自己的小小世界裏……是的孩子，這些都不算什麼，犯錯誤是你們的特權，你們沒什麼可擔心的，因為你們是全新的生命，一切都才剛剛開始。但媽媽同時

也覺得，你們應該明白每個孩子都要長大，前面還有好多未知在等著你們。一天天告別簡單幼稚，一天天擺脫局限束縛，一天天走向廣闊豐富，你們會體驗到越來越多的人生樂趣。從呱呱墜地到18歲成人，這個過程說起來漫長，可真正感受起來又如同白駒過隙。與其自己盲人摸象、四處碰壁，不如相信自己的親人，接受大人的幫助，讓自己成長得更健康些、更順利些，不好嗎？沒有什麼是不可以改變的，只要你決定去做！

媽媽可以肯定地告訴你：大人傳授給你的經驗教訓，一般都是大人親身體驗過的。媽媽走過的彎路，你沒有必要再走；媽媽發現的捷徑，你不妨借鑒。磨刀不誤砍柴工，你現在如果多花一點功夫培養更多的好習慣，你會很快體會到更多的便捷，何樂而不為呢？屈原詠歎：「路漫漫而修遠兮，吾將上下而求索。」人生到底有多少溝壑需要大人提醒？孩子到底有多少習慣值得長輩糾正？真是一言難盡！但萬變不離其宗，媽媽覺得你只要把握幾個要點，完全可以觸類旁通。過去人們常說性格是天生的，像長相、血型一樣不可更改，但媽媽卻相信好性格與好習慣密不可分、相輔相承，而且媽媽堅信不疑：不管有多大困難，不管有多少痛苦，努力總比不努力更有用！只要你不放棄，一切皆有可能！

下面這幾個好習慣是重中之重，媽媽只說這麼一次，請你耐心聽仔細了，媽媽以後不想重複：

首先是堅持不懈。《愚公移山》的故事你知道，《鐵杵磨針》的故事你知道，《龜兔賽跑》的故事你更知道，這些故事說的都是堅持不懈的重要。這些故事都極誇張，現實中根本不可能存在。為

什麼這麼誇張？我想是為了強調和突出主題吧。為什麼要這麼強調？我想堅持不懈作為一個品質，實在已重要到人們不知該如何強調的地步。

堅持不懈很難嗎？如果絲毫沒有興趣，硬著頭皮去堅持，那自然是難上加難。但如果做的是自己喜歡之事，你會覺得樂在其中，甚至任憑別人如何勸說，你也絕不會放棄。比如我們讀的《希臘三部曲》中的達雷爾，他從小癡迷動物，把家里弄成了動物園。因為熱愛，他長大後選擇與動物為伍，後來成為舉世聞名的動物學家、作家和主持人。媽媽讀書寫作也是如此，一天不讀不寫可以，一年不讀不寫，媽媽非瘋了不可！為什麼？因為熱愛。媽媽十幾歲就愛上讀書寫作，夢想成為作家。從那時起，媽媽放棄了很多休閒娛樂，把自己關在屋裏寫啊寫啊，浪費了很多筆墨，寫出了很多廢品。直到現在，媽媽的業餘時間也大多投放在讀書寫作上。即將到來的國慶長假，媽媽拒絕了回鄉探望外公外婆，拒絕了與王醫生他們外出旅遊，就準備閉門謝客專心寫書了。為什麼？因為熱愛！媽媽好希望你也能找到你真心熱愛、值得堅持不懈的事情，這是人生最大的幸福！

也有非堅持不可的時候，比如汶川大地震。身埋廢墟，你一旦意志薄弱，很可能就會輕而易舉地死去。生的希望只屬於那些堅持不懈的人，他們有的喝墨水解渴，有的咬破腮幫用自己的血補充能量，有的不停地向外界發出求救的呼喚……這樣的事例數不勝數，讓我們一次又一次為生命的頑強扼腕。還有其他例子，比如疾病纏身，比如意外傷害。假如你在車禍中斷了腿，假如你不堅持鍛練肌

肉就會萎縮，這時候你可以說「我寧願終身臥床不起」嗎？不，你不能，你只能咬牙挺住，一遍遍堅持不懈地走路、治療。

　　媽媽認識一位盲女叫吳晶。她出生蘇北鄉村，家境貧寒，生活中沒有任何值得誇耀的優勢或條件。如果聽任命運的擺弄，吳晶這輩子一定永遠走不出她的鄉村，一定就會在寂寞貧寒中長大，最後再在寂寞貧寒中打發自己的人生，但事實不是這樣：吳晶上了盲校學了外語，吳晶參加了殘疾人奧運會，吳晶走進了南京外國語學校，吳晶贏得了海外留學的寶貴機會，吳晶與一位健康帥氣的瑞典男孩幸福戀愛……等吳晶下一次回南京時，媽媽一定要帶你認識這位偉大的盲女。吳晶的每個成功都是她頑強拼搏的結果，見到她你就會明白：堅持不懈會讓人變得多麼美好！

　　再說說認真負責。媽媽覺得不管做什麼事，都應該一件件把它做好。自己的事情自己做，不要指望別人幫你忙前忙後。上學了，你開始有自己的書包和課本。那麼每次回家，你應該自己把需要帶的東西帶上，不要媽媽說了N遍，叮囑你把不穿的鞋子、衣服帶回來，你依然轉臉就忘，好像一切與你無關似的。回校上課，你更不關心了，沒有一次主動整理過書包，沒有一次關心是否完成了老師佈置的作業。認真負責是什麼？是知道自己該做什麼，是從頭到尾把這件事做好，是不要別人為你操心，是自己能把自己管理好。養成認真負責的習慣，你會做一件事像一件事，你會贏得別人的認可和尊敬。

　　還有專心致志、有條不紊。專心致志最大的好處，就是可以在最短時間內完成任務。既然有些事情是我們必須要做的，不可能推

卸的，那為什麼不集中精力盡快了結它們呢？就說做作業吧，原本半小時就OK了，你呆坐兩個小時還起不了身，這不是自己累自己嗎？何苦呢？你不認真去做就容易出錯，出錯了你還得修改，你不及時修改會被老師批評，你不僅得不到高分還會信心大減，從此你會覺得自己不是個好孩子，你比不上別人，老師不喜歡你，從此你可能就會自卑自怯惡性循環……看看，不認真完成作業會產生怎樣的惡果！這正如同多米諾骨牌，一環扣著一環，一步逼著一步，一招不慎滿盤皆輸。

讓我們換一個思路，假如你專心致志僅用20分鐘就完成了作業：因為你全身心投入，你的作業完成得又快又好，然後媽媽開心你也放鬆，然後你可以玩你的夢幻小廚房、看你的海綿寶寶，然後老師會表揚你，然後你學習勁頭十足，然後你功課優秀發展平衡，然後你童年過得分外充實快樂……不要以為這一切僅僅只是假設。生活往往就是這樣，一個原因帶來一個結果，若干個原因糾葛到一起，再帶來若干個糾葛到一起的結果。一團亂麻我們無法解開，我們也無法找到亂麻的源頭，最終只得聽任亂麻將我們糾纏起來，這就是混亂和絕望的由來——你願意這樣嗎？一件一件，把事情按輕重緩急安排好，把物品按先後順序放置好，讓自己的生活井井有條，該做什麼就認真去做，不要鬍子眉毛一把抓。說來說去，其實就這麼簡單！

還有積極上向、冷靜清晰。這兩個是可以培養的習慣嗎？我覺得是。記得上幼稚園時，老師讓你們帶一件玩具大家分享，你回家告訴我：「媽媽，你猜我們班有小朋友帶了什麼玩具？麻將！他

們家肯定經常打麻將，居然還給孩子帶麻將到幼稚園！」這事讓我印象太深了，我很慶幸你當時已經懂得麻將是什麼、打牌為什麼不好。你們班那位小朋友，也許從小就在麻將聲中長大，父母從小就抱著他上麻將桌，他認識世界也許就是從麻將桌開始的。如果這樣，他會覺得打麻將是理所當然的事，生活的內容也無非就是吃喝玩樂。長此以往，他自然不可能養成積極上進的習慣。愛讀書愛思考，不為娛樂所誘，拒絕淺薄，追求深沉，願意走出狹隘、走出自我、走向更廣闊的世界。「欲窮千里目，更上一層樓」──說的可不就是這個意思嗎？

至於冷靜清晰，也決不是我們天生具備的能力，非得長期努力不可。不管遇到什麼天大的事，請你一定先讓自己鎮定下來，判斷一下這事的來龍去脈，分析一下這事的前因後果。然後想想有幾個辦法可以處理這件事，一二三四五六七八，然後一個一個地去安排落實。當你養成了這個習慣，你會發現凡事皆有它的規律，我們只要順其自然就好。

生活的習慣、思維的習慣、辦事的習慣、心理的習慣……噢，說多了，大概你又要煩了。以後你會有體會的，媽媽先就此打住吧！

放鬆下，來個KISS！

媽媽

【成長點滴】

第一張獎狀

2006年「六一」兒童節晚上下班回家，得知3歲半的女兒得了一張獎狀。這可是她人生的第一張獎狀啊！我又驚又喜，迫不及待地找來細看：原來她的版畫入選幼稚園六一版畫展了。

「你真了不起耶！」拿著獎狀，我找到正在玩耍的女兒狠狠親了一口。上小托班不過3月就取得這樣的成績，真沒想到啊！據說全班30多個孩子只有4個獲此殊榮呢。心潮澎湃地瞅著女兒，我恨不得手上能長出個擴音喇叭，以便立馬把這個消息宣佈給全世界！

女兒顯然根本沒把這事放在心上，她回親了我一口，就又跑開去了。我卻意猶未盡，狗仔隊似的千方百計想打聽背後的新聞，於是跟在她屁股後面不停地追問：「你什麼時候會畫畫啦？媽媽怎麼不知道？能不能再畫給媽媽看看？……」女兒一邊玩一邊回答說：「是用土豆和手畫的，是版畫。要是一般的畫，我就不會畫了。」

我知道瑞金路幼稚園的版畫教育全國聞名，他們出版過漂亮的畫冊，那些色彩繽紛、造型奇特的幼兒版畫曾讓我歎為觀止。但女兒能在如此短的時間裏創作版畫並參加畫展，還是大大超出了我的想像！記得女兒第一天上幼稚園，放學回家時，大腦門上多了只紅

五星。「今天上學沒哭，老師表揚的！」她指著大腦門向我彙報。我讓她把紅五星貼到門口的鞋櫃上，攢著。從那以後，她差不多每天都會得紅五星，回家後自己歪歪斜斜地貼到鞋櫃上，慢慢竟貼成個長長的「L」型。有一次神氣活現頂了兩顆星回來，問她為什麼，她說是因為「睡覺好！吃飯好！」我像所有的媽媽一樣，希望自己的孩子有榮譽感和上進心，我用紅五星鼓勵她天天向上。每次說這話時，小傢伙總是心不在焉，我哪裡想到她會忽然帶回一張獎狀來！我纏著女兒，試圖啟發她多介紹一些創作和參展的經過，可女兒對我愛理不理的，我還真拿她這明星派頭沒有辦法！

　　第二天一早，我迫不及待地要求女兒帶我去看她的作品。「在瑞金路的櫥窗裏！」在她的指引下，我們來到熱鬧的瑞金路，臨街的櫥窗裏張貼著瑞金路幼稚園的系列畫展。「喏，就是那個，小雞！」女兒一下子就找到了《群雞啄春圖》，「紅色的小雞和黃色的小雞都是我畫的！小小的那些小雞是豆豆畫的！」看了說明，才知道這張畫是女兒與三位夥伴共同創作的，女兒排名第二。我要女兒站在畫前照張相，小傢伙勉強擺了個她自創的經典造型：兩手作V狀豎在腦袋邊，成兔子樣。剛一拍完，她就嚷嚷著：「走吧，走吧，到其他地方玩吧！」

　　自始至終，女兒一直對這張獎狀缺乏熱情。看著她那一副無所謂的樣子，我忽然為自己的虛榮不好意思起來，我想她今生如果能夠保持著這顆平常心，倒也彌足珍貴了！發短信把獎狀的事順口告訴外公外婆，外公的反應讓我大笑不已：「趕快把作品的照片電子郵件過來！」——老爺子比我還虛榮呢。

第六封信：讓你做一天媽媽如何

親愛的孩子：

　　這段時間老是跟你婆婆媽媽、絮絮叨叨，我真是累壞了。要知道媽媽從來不是一個多話的人，更不喜歡把自己的觀點強加給別人。現在考慮到為人之母責任如山，不得不耐著性子與你說這說那，真是勉為其難啊！尤其讓我沮喪的是，你可能對媽媽的苦心根本不屑一顧。當我吭哧吭哧點燈熬油把這本書折騰出來，當我面帶討好的微笑小心翼翼把這本書送到你面前，你會給我一個什麼樣的表情？你會饋贈我一句什麼樣的話語？我真是不敢想像啊！唉，可憐天下父母心──這句話我媽媽說過，我媽媽的媽媽也說過，相信你以後成為媽媽，也會對你的孩子重複這句話吧！

　　怎麼辦呢？寫到這裏，我忽然有了一個主意：咱們找個機會互換角色如何？讓你當一天媽媽，讓你體會一下當大人的酸甜苦辣。孩子嘛，自然由我來扮演，讓我當一天你，讓我充分感受一下21世紀的孩子有怎樣的幸福和煩惱。這個主意好嗎？咱們來試一試吧。

　　首先，我們要設置一個場景。

　　既然你現在週末才能回家，那麼我們就假定這是一個星期六吧：

　　星期六的上午，自然是睡懶覺的時間，我們都睡到自然醒。現在你是媽媽了，那麼你大概跟我平時一樣，差不多八點來鍾就睡不住了。睜眼躺在床上出了會神，然後起床洗漱。我呢，不用說，還睡得香著呢。這個時候你作為媽媽，是不可能忍心叫醒孩子的。收拾完畢，你來到廚房看看早餐可能吃什麼。看到冰箱有我昨晚吃剩的麵條，你沒有猶豫，立刻把麵條拿出冰箱放進微波爐。我有個壞毛病，吃飯難得吃完，每次或多或少都要剩下來。你呢，捨不得倒剩飯，就只能經常成為我的泔水桶了。

　　就在你吃剩麵條的時候，我醒了。我在床上喊：「大——咪！」「大咪」是我對你的昵稱，我讓你叫我「肥咪」，假扮貓咪是我撒嬌的一個方式。你聞聲立馬放下碗筷來到臥室。你在床頭坐下，撫著我的腦袋親切地問：「肥咪睡醒了？早飯想吃點什麼？是在家吃荷包蛋、麵條？還是下樓吃小籠湯包、酸辣湯、小餛飩？還是大咪下樓買燒賣、油條或者燒餅？」我毫不猶豫地回答：「小餛飩！帶兩個雞蛋！」你點點頭，又問：「是再睡一會兒，還是現在就起？」我回答：「再睡一會兒！」你又點點頭：「那媽媽先去吃飯，一會兒過來。」你回到桌邊，嘩啦嘩啦把剩麵條吃完。再回到臥室，你問：「肥咪今天穿裙吧？在學校天天穿校服，裙子都沒機會穿了。」我興高采烈：「穿——裙！穿——裙！」於是你打開衣櫥，找出可搭配的上衣、短裙和襪子。你試探著問：「肥咪自己穿？」我自然不答應，調皮地伸出肥腿。你微笑著搖搖頭，無奈地在床邊坐下——我的天哪，飯來張口，衣來伸手，做孩子真好哇！

　　穿衣下床，在你的再三催促下，我做了該做的洗漱工作。洗臉毛巾用完還滴滴嗒嗒的，你看不過去，伸手將毛巾拿下來重新絞乾再掛；口杯用完全是泡泡，你忍無可忍，大叫著讓我把牙刷和口杯沖洗乾淨放回原位；忘了擦潤膚霜你又受不了：「拜託把臉擦擦行嗎？天氣涼了，皮膚要保護的！」我覺得你真是煩啊，老是羅裏囉嗦沒完沒了，都好半天，還不能出門嗎？我差點想開門了，你又沈著臉說：「頭髮還沒梳呢是不是？」嗨，老是有事，老是這幾樁破事！不知道我最怕梳頭嗎？每次梳頭都疼得不行，不梳又有什麼要緊呢？多大事啊！按我的意思，不洗臉、不刷牙、不梳頭都沒什麼大不了。小孩子嘛，你看這臉多乾淨，洗不洗有多大區別？不用說，最終還是你勝了，誰讓你是大人呢？我不服從你不行！

　　我皺著眉頭坐下來，聽憑你幫我梳頭髮。沒梳兩下我就大叫特叫：「啊呀呀，人家疼死了還知道啊！算了算了，讓我自己來梳吧！」我從你手中奪下梳子，自己對著鏡子裝模作樣、浮光掠影地梳了兩下。「好了！自己梳就是不疼！」聞聽此言你笑道：「能自己梳最好啊！剪成短髮更好，都用不著天天梳。怎麼樣，咱們一起剪短髮吧？」我堅決不上當：「不！我就是要留長髮，公主們都是長髮，長髮漂亮！」你急了：「可是你要上學，老師不可能經常幫你梳頭髮，老是這麼亂亂的像草一樣，多難看啊！」這話我聽都不要聽：「一點都不難看！披肩髮就是漂亮！好了，咱們不說這個問題了，下樓吧！」走到門口我的問題又來了：「穿什麼鞋子啊？鞋子在哪兒？」你無奈地望著我，默默地搖搖頭——看來當大人也不容易噢，小孩子經常是固執己見，不撞南牆不死心的。

　　一路無話。黎家小餛飩是我從小吃到大的，百吃不厭。你已吃過剩麵條，所以你一碗餛飩沒要，只幫我點了一碗，加兩個自帶的雞蛋。餛飩好了，冒著熱氣。你幫我把餛飩從大碗盛到小碗，囑咐我小心點，別心急燙了嘴。我滿足地「嗯」了一聲，頭也不抬地吃了起來。啊，這是我們最幸福的時刻！你慈祥地看著我狼吞虎嚥，我吃得越開心你越高興。我呢，也感激地望望你，一邊吃小餛飩一邊就想起了一首歌：「世上只有媽媽好，有媽的孩子像塊寶……」呵呵，此言不虛啊！

　　吃完餛飩，我拍拍肚子站起身：「咱們到那邊活動活動吧。」那邊是指瑞金新村小區的中心廣場，安置著一批運動器械，也是小區居民集中活動的地方，小孩子都喜歡在那兒玩。你看了看手錶道：「不行！你看已經快十點半了，咱們去買點菜，然後回家就要做中飯了，你也該抓緊把作業完成一下。」我想方設法堅持：「就玩一小會兒不行嗎？吃過飯活動一下，十分鐘，行嗎？」你看我說的十分認真，不由得又妥協了：「真的十分鐘嗎？好，媽媽聽你的，咱們看好時間，十分鐘就回家。」協定達成，咱們來到小區中心廣場。沒想到，在廣場上竟遇見了久未謀面的幼稚園同學。我很高興，立刻和同學說長道短，並很快玩起了你追我跑的遊戲。我們在操場上笑聲朗朗，那份天真，那份歡樂，那份忘我，連上帝見了都會被感染的。我們的小臉很快變得通紅，汗水小溪一樣流淌下來。十分鐘早就過了，你一遍遍提醒我注意時間。此時此刻，我哪還顧得上什麼承諾呢？天塌下來也不管啊！於是依舊東奔西跑、笑語喧天。

　　終於，我們瘋累了，同學的奶奶也催促他回家了。這時，你唬著臉走到我身邊，舉起胳膊讓我看手錶。我不理，把你胳膊一推。你假裝生氣了，對我發狠道：「自己說十分鐘的，說話不算話，現在已經11點半了！趕緊回家，下午你再也別想下樓了！」我這耳進那耳出，心想：反正我有一肚子辦法對付媽媽。生氣時先別惹她就是，過一會兒她就忘了這事！（我暈，我怎麼跟你學得這樣賴皮了？這就是你一貫的小把戲和小心眼吧。孩子就這樣有恃無恐嗎？因為她確信媽媽愛她沒商量！）

　　買完菜回家已是中午時分。進門你便向我大吼：「做作業去！」唉！做大人嘛，老要生氣，就算心裏不生氣，臉上也要裝出一副生氣的樣子來，以為只有這樣才能嚇住孩子。做孩子呢，無論如何都要被大人管制，哪怕你玩得再開心，大人吼一嗓子也不得不聽從大人的指揮，真是一點都不爽！好了，現在我該做作業，你該去廚房燒中飯了。其實我還不餓，根本不想吃中飯，你對燒飯也從來沒有多一點點的興趣，但現在我們都沒辦法：你是媽媽，你就總想著要為孩子做點好吃的；我是孩子，我就不能不強打精神多吃兩口，因為媽媽辛辛苦苦忙了半天，而且是「專門為你燒的」——真是兩難啊！

　　果然不出所料，我還沒寫完一頁作業，你已經端出香噴噴的飯菜：「肥咪，美味扁魚蒸好了，快來吃吧！還有紅燒排骨、豬肝菠菜湯！」你叫了三遍，我才放下手中的筆磨蹭到桌邊。看到桌上的菜看還算有食欲，可剛拿起筷子你又吆喝開了：「洗手了沒有?!怎麼吃飯前老不記得洗手呢？好像回家到現在一直沒洗手吧！」沒辦

法，只好再去洗手。你幫我盛了一碗湯，又用一隻碗盛了幾塊紅燒排骨，再將清蒸扁魚推到我面前。扁魚不大，我沒費勁就把好肉挑光了，剩了魚頭魚骨由你消滅。豬肝菠菜湯雖說是我親點的，但這時我真沒胃口，喝了兩口放下了。這時就聽你開始嘮叨：「把碗裏的菠菜吃完好嗎？媽媽為你忙了這麼長時間，你總得多吃一點吧！早知道這樣根本不做這麼多，下次再也不聽你的了！」抱怨歸抱怨，我仍然難以下嚥，你總不至於願意我吃撑了吧。抱怨歸抱怨，我知道下次你還會這麼做，類似的對話我們註定還會繼續。

吃完飯。好了，發現我作業進展不大，你又大吼特吼：「怎麼半天才完成這點點？跟你講了多少次不要磨不要磨，你就是聽不進去！馬上再去做，不做完作業別想休息！」這次你是真生氣了，你氣得把我扔在一邊理也不理，自己抱本書躺在床上看了起來。我呢，也真鬱悶啊！心想我的命咋這麼苦呢？到現在還要寫那麼幼稚的數字和拼音，早就會了，還逼著我寫來寫去，真不講理啊！多寫就能寫得好看嗎？哪那麼簡單，我不是已經寫過N遍了嘛！這時候我又後悔成為小孩子了。小孩子老是自己做不了自己的主，有大人逼著，自己再不願意也不行。你呢，估計這時也極其不爽。你會想：怎麼小孩子做事就這麼不靠譜呢？說一千道一萬了，他還是我行我素，根本不把大人的話放在心上。小孩子這麼難帶，做大人真累啊！

奮鬥到下午兩點多鐘，我把鉛筆一扔，長歎一口氣：總算解放了！你狐疑地拿起作業本檢查了起來：「這題，漏掉了，看到了吧？這個『9』，怎麼寫得這麼傾斜？快倒掉似的！還有這題，自

己再仔細看看，做得對不對？」我歎息著，把你指出的錯誤一一改正。全改完了，我如釋重負地把自己扔到床上，誇張地大喊：「累扁掉了！」然後不用你多說，我已經三下兩下爬上床，將自己舒舒服服地安頓好。你無奈地望著我，默默地搖了搖頭。

　　一覺醒來已是傍晚，我向你要求：「看會兒碟片好嗎？」你期待地看著我說：「看《洪恩寶寶學英語》好嗎？」為了不讓你失望，我答應了。當然啦，《洪恩寶寶學英語》不錯，我喜歡它的音樂和畫面，看一看也沒什麼不好。我還想看好笑的《海綿寶寶》，雖然看了多遍，每個細節都已經爛熟於胸了，但還是想看。這個願望先不能提，等看過《洪恩寶寶學英語》，你自然會同意我再看《海綿寶寶》的。朝三暮四和朝四暮三總量一樣，可順序不一樣就是不一樣！接下來皆大歡喜，你沒有為難我，我沒有考驗你，我們一起說英語、學海綿寶寶，度過了一個愉快的晚上。

　　洗完澡上床睡覺，我們的幸福時光又來到了：躺在媽媽身邊，聽媽媽讀心愛的故事，這真是人間天堂啊！最近我們正在讀的是英國「保育頑童」吉羅德・達雷爾的《希臘三部曲》。達雷爾一家從英國遷居希臘，在美妙的科孚島度過了一段世外桃源般的自然生活。第一部《追逐陽光之島》簡直把我們笑瘋了！那天，我心滿意足地聽你開讀第二部《桃金娘森林寶藏》。讀完32頁，你口乾舌燥。「好了，今天就到這裏。睡吧，做個好夢！」你吻吻我，輕聲囑咐我儘快閉上眼睛……

　　——哦，一天就這樣結束了，我們的角色互換到此為止。怎麼樣？當媽媽的感覺好嗎？你一定會說：「當媽媽太麻煩了！要操那

麼多心，要做那麼多事，還要調動那麼多情緒！小孩子一點都不好管，你還不能動不動就發火，要想辦法說服他們、幫助他們。可往往小孩子什麼都聽不進去，他們心裏只有他們自己！」我也會說：「當小孩子也不容易噢，要觀察大人的臉色，要體會大人的心情，還要盡力表現自己，讓大人開心！大人為什麼就不能多理解一點孩子呢？孩子總喜歡玩，總喜歡遊戲，總喜歡看電視。你們大人不能總是從自己的角度考慮問題啊，孩子自有孩子的道理，假如你們是孩子就知道了。不要輕易對孩子說『不』好嗎？」是的，媽媽有媽媽的苦，孩子有孩子的累，咱們現在都體會到各自的不易，從此咱們多體諒一點對方吧。將來哪天咱們生氣的時候，讓我們想一想：假如你是媽媽（孩子）又會如何？也許這麼一想咱們就不會生氣了。或者如果需要，咱們就再來一次角色互換遊戲。請你假裝媽媽，請你告訴我什麼樣的媽媽更讓你滿意。我也會告訴你，如果孩子這樣這樣，我這當媽的睡著了也會笑醒過來。

呵呵，這個辦法靈不靈呢？你還有更好的辦法嗎？請你的小腦瓜抽空時想一想，總之是怎麼有用怎麼好，只要能幫助我們當好媽媽、當好孩子就好。

下次再聊！

媽媽

第七封信：為每一個進步喝彩

親愛的孩子：

　　今晚媽媽一個人在家，忍不住又拿出你的小獎狀看了一遍。媽媽真開心，你上學第一周就取得那麼多榮譽，媽媽真為你驕傲！

　　那天媽媽錯怪你了。那天不記得因為什麼事，我又向你發火了。因為第二天要返校，那天你臨睡前又在那兒嘟囔住校不好啦、不能天天看媽媽啦、想得都要哭啦，我忍不住氣道：「你要天天看我幹什麼？睜眼就想著玩，老是拖拖拉拉，作業也做不好……我看到就生氣。幸虧是住校，要是天天見面，我們每天都要吵架，我非被你氣死不可。」說完這些，我扭頭出了房間。你開始愣了愣，沒有吱聲。過了一會兒，你忽然喊我道：「我還是全班第一批受表揚的呢。你看書包裏，有兩張獎狀，我忘了告訴你了。」

　　翻開書包，我找到兩張小小的獎狀，每張都只有半個巴掌大。一張寫道：「趙澈小朋友在本周表現突出，被評為『堅強女孩』，特發此狀，以資鼓勵。」另一張寫道：「趙澈同學：你的小手勤快又能幹，自己的事自己做，而且總是做得那麼好，榮獲本周生活自理好。繼續保持哦！」你還拿出你的榮譽簿。翻開一看，上面已經有好幾隻小蘋果和笑臉。你說只要得滿10個貼畫，就可以跟老師換

禮物，名字還會榮登班級光榮榜。你還差兩顆，快了！你說那個笑臉貼畫是你的驚喜：「全班只有一個噢！是坐姿最端正獎！絕對沒想到會獎給我！我就這樣一動不動地坐著，老師說趙澈坐姿最端正！哇，這個笑臉是我最得意的！」你一邊說一邊兩臂交疊表情嚴肅地表演著，彷彿帶我走進了課堂，你那樣子可真是個優秀的小學生啊！

你如此認真地向我解釋和展示，真讓媽媽感動不已。媽媽立刻擁抱親吻了你，剛才的不快煙消雲散，咱們又「講和」了。親愛的孩子，你以為媽媽對你失望了嗎？你知道媽媽對你期望很高，總是希望你做得更好、最好，因此你一直在默默努力。媽媽注意到了，你性格隨和，喜歡隨遇而安，不那麼爭強好勝。就算取得了什麼成績，你也只是輕輕一笑，從不認真放在心上讓其成為負擔。原諒媽媽，親愛的孩子，媽媽從來沒有對你失望過，媽媽也從來沒要求你必須NO.1。媽媽有時候太急了，不知道如何才能讓你明白過來，看你依舊半夢半醒沒有長進，就忍不住聲音高了表情壞了。但你知道的，媽媽只是就事論事，從來不會徹底否定你、放棄你，媽媽只是希望你早一點懂更多的道理。謝謝你孩子，你的努力讓媽媽安心，媽媽發現你真的長大了！

媽媽手頭還有一份獎狀，就是王醫生為表揚你順利攀登齊雲山特備的那張。王醫生在獎狀上寫道：「棒棒真棒！這張卡片送給你，也見證你第一次登山，憑自己的力量登到山頂。你是我們大家的驕傲，希望你今後能登上更高的山峰！祝你學習順利，天天進步！」那天在胡杰伯伯家得到這張獎狀時，胡杰伯伯還順手在獎狀

上為你畫了一張長髮飄飄的速寫，廖廖數筆，幾分神似。胡杰伯伯是著名獨立製片人，也是一位功力頗深的畫家。他拍攝過不少震撼人心的紀錄片，包括《沉默的怒江》、《尋找林昭的靈魂》、《我雖死去》、《國營東風農場》等。當你長大可以看他的片子時，你自會明白這張獎狀的獨特價值。

　　孩子，這些獎狀來之不易，是你用汗水和毅力贏得了大家的尊重和肯定。攀登皖南齊雲山正是酷暑8月，事前我再三諮詢你的意見：「齊雲山是一座大山，我們要連夜乘火車到黃山市，凌晨5點多鍾下火車轉汽車，然後王醫生要帶我們走一條一般遊人不走的山間小路，非要爬到山頂才能休息。聽說行程有點艱苦，你仔細考慮清楚，咱們當真要去嗎？」幾次三番，你都堅決表示：「一定要去，我能自己爬山！」原以為8月下旬天氣會轉涼了，沒想到我們出發那兩天卻是分外悶熱。上山的時候豔陽高照，就是坐著不動也是汗如雨下，更不用說在叢林峭壁間攀爬了。

　　你是全隊年齡最小的一個，因為經驗不足，那天你的鞋子也總是不那麼舒服，雖然一路上你不由自主會有些煩躁和抱怨，但最終你還是勇敢戰勝了自己，跟著大部隊平安抵達山頂。呵，山上的風景真宛如人間仙境啊！眺望著山谷，沐浴著山風，你能領略到「會當凌絕頂，一覽眾山小」的詩意嗎？那天我和你都累慘了，午飯後一躺上床便昏昏而睡，直到傍晚才倦倦醒來。

　　第二天下山，王醫生說哪位吃不消，可以跟他走另一條平坦但風景欠佳的路。同行的幾個大孩子都跟著王醫生走了，你卻興致勃勃地鼓勵我：「既然來了，當然不能錯過好風景！」於是我們鑽山

縫、踏小徑，看到了罕見的「一線天」，見識了奇特的丹霞地貌。那天大人孩子，好幾個都出了這樣那樣的症狀，連我也時不時悄悄冒出「悔不當初」的念頭。小小的你雖說走得慢些，總是落在最後，但每一步都自己走過來了，而且每一步都走得踏踏實實，沒出任何意外。呵呵，孩子你真了不起！你別小看了這張獎狀，王醫生難得表揚人，這次旅行他唯一表揚了你！

親愛的孩子，媽媽珍藏著你得到的所有榮譽：你的第一張獎狀，是你參與創作的版畫入選幼稚園畫展得到的，那時你三歲半；上小班時，你差不多每天都會腦門上貼著五角星回家，有時候還不止一顆，咱家鞋櫃上至今還密密麻麻貼滿了這些星星；在中二班，你得到了「新年化裝舞會」優秀表演獎；在大二班，你得到了「環保服飾製作表演大賽」優秀獎……親愛的孩子，你對這些榮譽並不在意，每次得到獎狀你也不會多看一眼。媽媽想告訴你：淡泊名利真是一個極其珍貴的美好品質，但願你今生能永遠保持一顆平常心。別說你現在獲得的只是師友的表揚，就算你將來得到舉世矚目的諾貝爾獎、奧斯卡獎，你也不能跳到天上去，照樣要回歸自己真實的生活。不過咱也不要小看這些成績，不要忽視自己的進步好嗎？因為我們每個人的成長都是具體生動的，都是通過一個個細節積累起來的。媽媽珍藏你的獎狀不是為了炫耀，不是為了比較，更不是為了作為你將來升學的資本。媽媽只是想真實記錄你成長的一串串腳印，為咱們留一份溫暖的記憶。

上次回淮陰老家，外婆拿出一堆亂七八糟的東西讓我過目，說是多年前搬家收拾出來的，都是我兒時收藏的零碎物件。自從媽媽

17歲考上大學，就再也沒有離開過南京，留在老家的東西始終沒有機會認真整理。那天帶著你一起打開那些包包裹裹，一時間我簡直不敢相信自己的眼睛：哇，居然還有媽媽兒時的獎狀，從小學到中學，一張張排列得整整齊齊！還有小學畢業證書，還有童年玩過的小兔、小熊，還有厚厚十幾本日記……天哪，人到這個時候怎能不萌發許多深刻的感慨：感慨時光流逝，感慨歲月蹉跎，感慨情之易老，感慨生之多艱。

手捧小學一年級的「三好生」獎狀，媽媽告訴你：「媽媽小時候也跟你一樣稀裏糊塗，莫名其妙就考了『雙百』，毫不費力就拿了獎狀。後來外公外婆就有了要求，你不繼續得『三好』、拿獎狀似乎就對不起他們了。呵呵，現在想來也虧得他們督促，媽媽一步緊著一步，總算一直沒有掉隊。」媽媽告訴你：「時過境遷，你說這些獎狀對媽媽還有什麼用嗎？從功利的角度看沒有任何用處，它們只是一堆廢紙。但媽媽捨得燒掉它們嗎？當然不捨得啊。這些獎狀曾經鼓舞激勵過媽媽，讓媽媽平添許多自信，有了更多上進的熱情。這些獎狀見證過媽媽的不懈努力，儘管它們微不足道，但媽媽仍要為自己的每一個進步喝彩！因為如果沒有它們，就沒有媽媽的現在，正所謂『不積跬步無以成千里』。今天看到這些獎狀，你也為媽媽自豪是嗎？謝謝你孩子！將來你一定能積攢更多獎狀，讓媽媽好好為你收藏吧。」

孩子，你向來自信不足，對自己的優點視而不見，且習慣於坐井觀天滿足現狀。人家誇你漂亮，你會說：「我們班還有比我更漂亮的呢。」人家誇你能幹，你會說：「我們班某某比我更能幹，老

師都說她是全班第一能幹人。」第一次數學小測驗你才得了91分，媽媽剛表示遺憾，你立刻說：「全班才3個100，比我差的還多著呢！」你被老師表揚了自己卻不敢相信：「我們班最好的同學都沒被表揚，怎麼會表揚到我呢？」得知媽媽小時候常得第一，你趕緊擺手：「我可不行噢，你看我老是粗心大意，能班級前十名就不錯了吧。」怎麼說呢，孩子？排名並不重要，分數也不說明問題，但準確認識、認真把握自己，卻實在是人生大事之一。我們既不能把自己抬得太高，也不必把自己放得太低。不與別人攀比，只與自己較量，盡心盡力每一天，踏踏實實完善自己，這才是題中應有之意。

至於獎狀嘛，自然是多多益善。孩子的進步需要大人的認可，有獎狀作證，你會心中有底做事不慌。你們學校推行多元化評判標準，各種各樣的獎狀、表揚很多。在這樣的良好環境中，媽媽更渴望看到你點點滴滴的優秀。怎麼樣，帶更多的獎狀回家來吧！加油，孩子！

媽媽期待著下一個驚喜！

媽媽

第八封信：就算給個地球也不換

親愛的孩子：

　　昨晚接你回家，看到你白色的校服領子發黑，頭髮亂蓬蓬的，臉色也黑裏泛黃，媽媽真是心疼萬分。問你是否老師規定只能穿校服？你說也有個別同學穿自己衣服。問你是否知道身邊有衣服可以更換？你說沒發現，也沒想起來。問你一周內有沒有換雙鞋穿？你說沒換，帶去的鞋一直躺在抽屜裏睡大覺……說話之間，我的嗓門又高了起來。我一邊上樓一邊跟你嚷嚷，根本沒注意你的眼裏已滿含淚水。進了家門，你好半天沒有聲響。問你怎麼了？你抬起水汪汪的眼睛，哽咽著對我說：「我一周才回來兩天，你就不能少說幾句讓我開心點嗎？」我頓時無語，趕緊擁抱你向你道歉。

　　是啊孩子，這段時間咱們交流得太集中了。由於你上學伊始問題多多，咱們最近的話題往往以我批評你為主。今天媽媽忽然產生一個強烈的顧慮：你會不會以為媽媽批評太多是因為媽媽不愛你了呢？以後這些書信結集成書，會不會給你脆弱的心靈雪上加霜呢？想到這裏，媽媽開始忐忑不安：噢，上帝！如果咱們交流越多你心理負擔越重，那媽媽情願立刻閉上嘴巴，並保證從此不再與你糾纏那些雞毛蒜皮的瑣事。唉，住校的確有住校的煩惱。假如走讀，媽

265

媽可以每天及時瞭解你上學的情況，你的飲食起居也完全可以由媽媽一手包辦。假如走讀，你的情緒不會那麼低落，就算媽媽說你兩句，你也不會往心裏去。現在因為住校，媽媽對你在校的生活一無所知，見面後自然免不了東問西問。身為家長，心裏面本來就不可能放下，發現問題多說兩句本也是人之常情。一切由你，不聞不問，顯然對你有害無益；說多了說重了吧，你又覺得孤苦無助、伶仃可憐——唉，到底怎麼辦才好呢？

　　想起幼稚園時咱們有過一次對話。同學璐璐能歌善舞，上過電視，獲過全國拉丁舞比賽大獎，是大家公認的小明星。那天咱們談起璐璐，你面露佩服、羨慕之色。媽媽很喜歡璐璐，她能熱愛並堅持跳舞真是很了不起！現在她通過跳舞獲得了成功和自信，這實在太值得你學習了。不過媽媽轉而又說：「別看媽媽表揚璐璐，璐璐再好也是人家的孩子，你才是媽媽唯一的寶貝，媽媽永遠最愛你！」這話讓你分外振奮。本來討論璐璐的優秀已頗讓你垂頭喪氣、自慚形穢，現在你眼睛一下子亮了，神氣活現地回答：「是啊！哪個媽媽不愛自己的孩子呢？人家孩子再好也是人家的，璐璐有她媽媽愛就行了！」我介面道：「當然。雖說璐璐好，但要是拿璐璐來跟你換，媽媽才不換呢。別說璐璐或其他孩子，就算給個地球也不換啊！自己的女兒，好壞也是自己的啊！」你頓時勇氣大增：「給個宇宙也不換！」我說：「是的，給個宇宙也不換！」說完咱倆對視了一下，然後摟抱到一起哈哈大笑。此時此刻憶起這事，媽媽是想再一次告訴你：永遠不要懷疑媽媽對你的愛，你是媽媽的唯一和全部，就算給個地球、給個宇宙，媽媽也捨不得換你！

　　親愛的孩子，這個世界上有許許多多的愛：父愛、母愛、男女情愛、世間關愛，以及對祖國的愛、對自然的愛、對動物的愛，乃至對上帝的愛、對佛陀的愛等等不一而足。但人們永遠讚美、亙古難忘的愛只有一種，那就是：母愛。不管什麼民族，不管什麼膚色，不管什麼語言，不管什麼年代，「母親」二字總是讓人熱淚盈眶。我們不憚用最動人的歌聲感謝她，我們不憚用最華美的詩篇歌頌她，我們不憚用最本真的情感依戀她──為什麼？為什麼？為什麼？因為母親是我們的生命之源，她是世界上那個唯一可以為我們獻出全部的人。

　　有一個故事曾讓我淚如雨下。說的是兒子長大成人，與一女子愛得昏得黑地。女子忽然重病，需要人的心臟起死回生。兒子情急之下殺了老母，捧著母親的心向愛人狂奔。不料半路摔了一跤，手中的心跌落地上。當他摸索著找到母親的心，急急忙忙準備繼續趕路時，忽聽那心發出一聲慈祥的問候：「兒啊，摔疼了沒有？」噢，我的孩子！你聽懂這故事了嗎？你懂得什麼是母愛了嗎？別以為這故事過於誇張，是可信可不信的虛構傳說。其實它一語道破母愛之真諦，讓所有為人之母者唏噓不已。是的，母親總是這樣，母愛就是這樣！身為你的母親，我可以毫不猶豫地向世界宣佈：我能夠這樣愛你！

　　汶川大地震中亦有感天動地的母愛故事：地震發生時，母女二人正在家中吃飯。生死關頭，母親下意識地將女兒掩護在身下，聯手中的筷子都沒來得及丟掉。可惜母親的忘我犧牲未能抵禦災難，母女二人殞命一地。當消防官兵把她們從廢墟中刨出來時，母女倆

仍然緊緊相擁。人們對她們實施了分離，但因為她們抱得太緊，分離花了差不多20分鐘。而即便是完成分離後，這位宛若泥塑的母親還是保持著一手握筷、一手護女的姿勢。現場有位記者強忍悲痛拍攝了照片，後來那張照片流傳甚廣，讓所有人的心靈為之震撼。這副新聞攝影的標題就叫作《母愛》。

——噢，從古到今，母愛的故事真是說也說不盡哪！

我的孩子，媽媽曾經發誓：「無論我走到天涯海角，我都不會讓女兒走出我的心靈。我將努力成為女兒人生最好的旅伴，我將不離不棄地守護著她，直到我實在走不動的那一天。我必須要讓女兒明白，在這個需要普及『五講四美』、需要呼喚『誠信良知』的國度裏，至少還有母愛是值得依賴的。但願不會有那麼一天，我們除了母愛一無所有！如果有一天連母愛也失血了，我們必進煉獄！」

那麼，我該如何愛你呢？是要星摘星要月摘月對你惟命是從？是養在溫房裏見不得風淋不得雨？是有錯不糾睜隻眼睛閉只眼睛？是任憑你好吃懶做，把你當寵物一樣驕生慣養？……媽媽經常對你說：「如果你不是我的女兒，我才難得管你呢。」這話既是戲言也是真理。你想啊，我每天跟你說那麼多話累不累？我下班再給你寫信苦不苦？我自己看電影也好、逛商場也好、泡茶館也好、讀閒書也好，都是讓人神往的無上樂事，非得臉紅脖子粗地與你為敵逼著你學習上進幹什麼？《三字經》說：「養不教，父之過；教不嚴，師之惰。」父母對孩子的愛是養育他、幫助他、引導他、支持他，一味溺愛只會讓孩子自毀前程，請你務必明白這話的份量。

　　當然，媽媽也不是萬能的，媽媽也有媽媽的缺點和弱點。比如媽媽的耐心還是不足，經常會控制不住地生氣發火，簡單粗暴地要求你必須聽命，事實上生氣發火往往與事無補，我們的關係只會因此僵化；比如媽媽對你的瞭解還不到位，常會自以為是地用大人的方式與你相處，難怪你常遺憾媽媽不是小孩，媽媽真該多讀讀兒童心理學才是；比如媽媽仍然沒有走出傳統思維模式，表面上口口聲聲尊重你的健康成長、關心你的全面發展，骨子裏還是巴不得你門門功課考第一，不僅是班級第一，甚至是學校第一、南京第一、全國第一、世界第一才好……唉，怎麼辦呢？媽媽不是神仙，媽媽也需要你的理解、幫助和諒解啊。

　　所以，今後當媽媽為你的事生氣發火時，請你先別忙著與媽媽頂嘴鬥氣，拜託你先平心靜氣地想一想：媽媽為什麼會這樣？媽媽有沒有一點道理？媽媽的要求是否對我有利？媽媽的要求是否我能夠達到？如果能達到，我為什麼不願意去做？如果不能達到，原因又在哪裡？然後，再拜託你認真做出選擇：1、坦然承認自己的錯誤，向媽媽道歉，並立刻按媽媽的意思做；2、直接指出媽媽的錯誤，向媽媽解釋自己的理由，請媽媽向你道歉；3、與媽媽一起分析事情的因前後果，共同找出解決問題的辦法，以後大家按約定去做。

　　怎麼樣，你覺得媽媽的建議好嗎？無論如何，請你不要懷疑媽媽的愛。咱們之間只有溝通技術問題，沒有情感原則問題，有事好商量。媽媽希望你以後不要動不動就哭鼻子，你有怨言盡可以向媽媽發洩，你有煩惱盡可以向媽媽傾訴，你有不滿盡可以向媽媽理

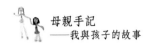
論。媽媽有錯，媽媽會勇敢地向你說聲「對不起」。你有錯，你能不怕別人批評嗎？你能不掉眼淚嗎？你能不躲不藏地正視它們嗎？你能心平氣和地找出糾錯的方法嗎？你能不因為一個錯誤就全盤否定嗎？你能感謝別人對你的幫助嗎？……

孩子，要做到這些，還需要你自己慢慢體會。現在，請你先從相信媽媽的愛，不反感媽媽的批評做起。7歲的你離開媽媽會哭，17歲、27歲、37歲、47歲呢？你曾多次向我表白：「我永遠是你孩子，你永遠是我媽媽。」這話自然沒錯。但血緣並不說明一切，親生母女也有反目為仇的先例，而關係冷漠、情感隔閡者亦代不乏人。我的孩子，良好的人際交流方式值得我們用心研究。不管哪一天，我可不願養了個女兒卻深淺說不得，更嚴重的甚至行同陌路。

還是我先提個醒吧，萬一將來哪天你怨媽媽怨得不行，你能想想媽媽在你四五歲時說過一句特別重要的話嗎？

媽媽說：「自己的女兒，好壞也是自己的，就算給個地球也不換啊！」

是的，媽媽會永遠這樣愛你！

讓我們擁抱在一起！

媽媽

第九封信：你是什麼樣的小公主

親愛的孩子：

明天你帶哪個芭比上學呢？是丹麥公主？貝爾公主？愛麗兒公主？還是愛洛公主、飛馬公主？……咱家真是公主雲集啊，公主大賽也不過如此吧！

呵呵，家裏芭比已經氾濫成災了。專門給你準備了一隻拉杠箱，要求你每次結束遊戲必須把所有芭比裝起來。可你根本做不到，箱子十有八九是肚皮大敞躺在地上，裏面亂七八糟擠著裸體的長髮公主、換裝的仙杜麗娜、無翅的蝴蝶仙子、啞聲的森林公主……可憐哪可憐，一個個如花似玉的美人兒不得不忍受被人冷落的孤獨寂寞，還都是尊貴高雅的公主呢！自從增添了音樂飛馬、甜甜屋、夢幻仙境，拉杠箱早已無法勝任自己的工作。我正琢磨著要不要騰一個衣櫃，好讓你的芭比們有個家？把它們藏進櫃子，至少可以眼不見為淨吧，咱家大廳真是夠亂的！（後來你跟我解釋：把芭比關在箱子裏，箱子太黑太悶，芭比會害怕難受的。讓她們進衣櫃也不行，除非在衣櫃裏裝盞燈。所以，只能讓她們隨意躺著啦。）

　　不過也難得了。你對一般玩具的熱情往往不超過三天，唯獨對芭比情深意長這許多年。說起她們的名字、故事、愛好、穿著、性格、朋友、寵物，你不厭其煩如數家珍。家裏二三十只芭比，數十套衣服，一堆小飾物，難為你總能分毫不差地說出它們的來歷和歸屬，連一隻髮卡、一雙鞋子也沒有錯過。每當我分不出此芭比和彼芭比的區別，你總是既焦急又惋惜地拍拍我的腦袋道：「唉，真是不能跟你急了！」

　　其實，說你只是喜歡芭比並不準確。牛仔、T恤的現代芭比總是提不起你的興趣，雖然她們也很精美時尚，但你癡迷的永遠是頭戴王冠、身穿長裙的公主芭比。除了芭比公主玩偶，你還擁有成套的芭比公主碟片。你的書包、文具盒上有公主造型，你把公主貼畫貼得到處都是，你愛穿層層疊疊的公主裙，你愛看《小公主》雜誌和《100個公主故事》，你愛戴「王冠」裝扮公主和小朋友做遊戲……毫無疑問，你是個十足的「公主迷」。

　　哪個女孩子沒做過公主夢呢？哪個女孩子不幻想自己是世界上最美麗、最可愛的人兒呢？頭戴金色王冠，身穿曳地長裙；唱起歌來沉魚落雁，跳起舞來閉月羞花；王子為你如癡如醉奮勇向前，臣民為你既顛又狂捨生忘死——噢噢，這樣的畫面一定曾被所有溫情浪漫的女孩子嚮往過吧！呵呵，媽媽也是從女孩子長大的，媽媽對你的「公主情結」自然是萬分理解、十分支持。有人說：「每個女孩子都是上天派到人間的精靈和天使。在父母眼中，你就是獨一無二的小公主。也許你並不完美，但你有你的可愛與聰明，你健康快

樂地成長就是對父母最好的回報。」這話媽媽雙手贊成！媽媽從來
寵你如同公主！

　　女孩子天性敏感、柔弱、自尊心強，她們關注情感，追求浪
漫，渴望愛與被愛。「公主夢」大概是每個女孩的成長本能和自然
過程吧！公主是女性終極美好的象徵，她們美麗善良、純潔勇敢、
聰明能幹、高貴優雅……幾乎所有美德集於一身。女孩子羨慕公
主、熱愛公主，她會在有意無意間視公主為榜樣，並通過「公主
夢」塑造自己的人格，尋找自己的方向，確立自己的定位。從這個
角度看，「公主夢」也許是女孩健康成長的必須，對女孩潛移默化
的影響也許遠遠超過我們的想像。與此同時，公主故事也暗中寄託
了女性傳統的終極理想：有人愛，被人愛。差不多每個故事都有一
個帥氣的王子，都有一個相似的結局：「從那以後，公主和王子過
上了幸福的生活。」呵呵，這樣的思維慣性和心理定式，想必也是
大家日積月累形成的吧？

　　這些年和你一起看許多公主動畫片和故事集，我和你一樣也愛
上了她們。白雪公主、愛麗兒、灰姑娘、愛洛、茉莉、花木蘭、貝
兒、寶嘉康蒂……到底哪個最美麗？哪個最迷人？真是說不清道不
明啊。

　　迪士尼公司的《白雪公主》是經典中的經典。沒想到我小時候
看得津津有味，若干年後抱著孩子，仍然看得津津有味。白雪公主
美在哪裡呢？我和你共同討論過這個話題。我以為最打動人的不是
她豔麗的容貌，而是她發自內心的純真善良。沒有一次例外，一看

到她在王宮後院邊唱歌邊勞作，我都會莫名地溫暖和感動。那麼襤褸破爛的衣衫，那麼辛苦卑微的工作，那麼一目了然的欺辱，這一切都沒有讓她或憤怒或痛苦或絕望，她美麗如故，溫婉如故，高雅如故，幸福如故。這樣的雍容大度，世間幾個女子能做得到？逃入森林後，她隨遇而安、熱情善良、勤勞能幹等人格魅力更加鮮明耀眼，難怪七個小矮人以及白馬王子會為她魂牽夢繞！

灰姑娘仙杜麗娜的不幸，比白雪公主有過之而無不及：父母雙雙早亡，家財被後母霸佔，自己從小姐變成僕役，美麗的青春年華只能消耗在灶台爐灰裏。儘管如此，灰姑娘也沒有放棄希望。她果斷爭取機會參加王室舞會，她在達官貴冑面前大膽展示自己，她勇敢而自信地接受了王子的求婚，她對後母的陰險毒辣一笑置之，從來沒想過要去懲罰、報復那些目光短淺、心胸狹隘的可悲小人。你說灰姑娘成為王妃是不是這個國家的幸事？她真是當之無愧啊！

貝兒，一個靚麗如花的姑娘，一個豁達開朗的姑娘，一個勇敢智慧的姑娘。她懂得尊重寬容別人，她能夠體諒關心別人。與她在一起，寒冷會驅散，冰雪會融化，生命會復蘇，枯槁僵硬的心啊，也會一點一點嘗試新的躍動。野獸就是這樣被她征服的。在貝兒的真誠坦率、樂觀透明面前，他無可抗拒，他是多麼心甘情願地成為這個美女的俘虜！問你敢不敢和野獸生活在一起？你腦袋直搖連連擺手。是啊，別說你這個不諳世事的孩子，就是大人又有幾人能做到一諾千金、知恩必報、捨身飼虎、坦蕩無畏呢？貝兒的故事堪稱絕世寓言了。

　　還有調皮活潑的美人魚愛麗兒，純樸自然的睡美人愛洛，敢愛敢恨的女英雄花木蘭，見識不凡的沙漠公主茉莉，屢創奇跡的印第安之花寶嘉康蒂……她們一個個是那麼光彩奪目，以至於我們每次讀完故事，都會久久沉浸在美妙遐思之中。

　　「我的孩子，你是什麼樣的小公主呢？你想成為什麼樣的小公主呢？」我常常會這樣問你。

　　你羞澀地微笑著，一臉的憧憬和嚮往：「我不行的，我成不了她們。」

　　我說：「她們是她們，你是你。你不可能成為她們，你也用不著成為她們。咱們向她們學習，不是要把自己變得和她們一模一樣。除非克隆，誰能複製另一個人呢？再說，複製別人有什麼意思呢？不一樣才豐富多彩啊！」

　　我又說：「仔細想想，這些公主也沒什麼大不了。你看，愛洛一遇到麻煩，三位仙女總在第一時間幫助她。灰姑娘要是沒有仙女教母，她根本不可能遇見王子。茉莉公主和阿拉丁有飛毯有神燈，當然總是心想事成——呵，生活中要真有這麼多神奇就好嘍！還有，千萬別相信白雪公主當真能逃脫王后的魔爪。只要王后下決心害她，她必死無疑。要知道古代有多少公主甚至皇后身首異處呢，比如唐代顯赫一時的太平公主最後就死得很慘，儘管她的父親母親都貴為皇帝。沒辦法，這就是酷烈的現實！」

　　聽了我的話，你半晌無語。告訴你，孩子！媽媽小時候也犯過傻，以為公主都是理所當然地美麗富貴，總有一個誘人的城堡等待著她們，總有一個英俊的王子衛護著她們，總有一個承諾的幸福召

喚著她們。即便她們要忍受眼前的煩惱和痛苦，那也不必著急，不必憂傷，因為只要白馬王子一出現，世界從此就一片太平。一想到自己不是公主，要物質沒物質、要精神沒精神，現實生活宛如一片荒漠，年少無知的我就忍不住一陣悲涼——你瞧，媽媽當年就傻成這樣！現在回想起來，媽媽把這叫做「公主陷阱」。是啊，「公主夢」雖好，也不能當飯吃、當衣穿啊。假如我們真的以為有仙子、有魔法，以為當了公主可以不讀書、不學習、不工作，而且自己想怎樣就怎樣，那我們可真是掉進「公主陷阱」裏出不來了。

非常喜歡《100個公主故事》裏的一句話：SHINE LIKE A STAR, WHEREVER YOU ARE.（無論置身何地，都要像星星一樣閃耀。）這才是真正的公主精神啊！記得有一部美國電影《小公主》，著名童星秀蘭・鄧波兒演的。講的是一個富商的女兒（年紀跟你不相上下），因為父親富有而慷慨，本來備受世人的尊敬和恩寵。後來不斷傳來父親遇難破產的消息，她一夜之間一文不名成為孤兒，再也無權享用原來的華服美屋，很快被勢利之人趕入閣樓，從小公主變成了小傭人。但是，父愛給予小姑娘無窮力量，她始終沒有忘記父親的話：「你永遠是我的小公主，爸爸一定會回來看你的。」她仍然像以前一樣保持尊嚴、富於愛心、獨立堅強，一點沒有自暴自棄。後來你猜怎麼著？呵呵，後來她父親化險為夷終於回來了，父女倆熱烈地擁抱在一起！

親愛的孩子，儘管我們沒有出生在帝王之家，我們沒有所謂的純正血統、世襲封號、獨立領地，但我們照樣可以成為這樣的可愛公主不是嗎？況且，秦朝的陳勝早就說過：「王侯將相寧有種

乎。」出身、地位這些東西，本質上不過是過眼雲煙，根本不值一提！

呵呵，這周你準備選丹麥公主是吧？好，就讓她先陪你一周，下周咱再換別的。

願你成為老師和同學們的小公主！

媽媽

第十封信：生老病死，人之常情

親愛的孩子：

　　上周咱倆過得可真是坎坷，兩個人都感冒發燒，連續幾天奔走醫院。幸虧救治及時，打針、掛水、吃藥三管齊下，咱倆一日好似一日。現在你總算回校上課，我也神清氣爽地坐在電腦面前。這時，我忽然想起一句土掉牙的話：健康真好。不行，我不能這麼著在心裏面嘀嘀咕咕，我得大聲說出來：健康真好！健康真好!!

　　其實你十來天前就咳嗽了。起初只是臨睡前有些咳，白天毫無症狀。讓你帶了維C銀翹片到學校吃，以為很快就可以藥到病除。沒想到週五回家，你竟熱成了小火爐。會不會是甲流呢？我心裏頓時「咯噔」一下。

　　2009年以來，甲型流感一直陰魂不散。春天時還只不過在新聞中聽說它，那時以為它徘徊在遙遠國度，與我們關係甚遠。到了夏天，它迅速跨越國境來到我們身邊，南京傳染病醫院很快人滿為患。從高度戒備、嚴防死守，到見怪不怪、態度曖昧，媒體和有關部門的表現讓人越發心中無底。

　　2003年春天的「非典」你是毫無概念了。那個時候出門要戴口罩，人們不敢聚會，不敢乘公交，不敢擁抱親吻，整個中國草木皆

兵。「非典」真是不堪回首的記憶，至今還讓人談虎色變！這甲流到底厲害到什麼程度？既然防不勝防是否就聽之任之？這些問題，我們大人也懵懵懂懂。

秋天才開學，南京一知名小校傳出甲流爆發消息：一個四年級班級有5名孩子確診，該班被迫停課，該校一時間籠罩著莫名的陰影。聽說發病的孩子全部入住數十公里以外的南山醫院，因為擔心孩子情緒不穩，一些媽媽不得不陪著孩子一起隔離。天哪，你就在這個當口高燒不退，真讓人心驚肉跳。會不會也是甲流？會不會到了醫院就回不來？會不會我和你一起被隔離？然後我的同事、朋友，你的同學、老師；然後街坊鄰居，超市營業員……懷疑的雪球越滾越大。

第二天週六，恰巧我必須參加單位的國慶歌詠比賽。大傢伙厲兵秣馬了個把月，眼看登臺亮相在即，我真不好意思因為你生病就臨陣缺席。不得不把你留在家裏，囑咐你吃藥、喝水、多休息。傍晚回家，你還是熱得嚇人，好像吃下去的藥毫無作用，我又焦慮起來。儘管如此，我還是不想立即去醫院，我準備繼續觀察到明天。每次去醫院都得面對過度的擁擠、等候和繁瑣，實在讓人忍無可忍。而且每每看到醫生們因病患太多勞累不堪，看病像工廠流水線一樣麻木機械，我便格外鬱悶自責，覺得真不該給他們增加這麼多負擔。

當天，老師通知我們下周停課一周。我們這才得知全班38個同學病到了16個，這課的確沒法上了！你歡呼雀躍、大喜過望，我憂心忡忡、輾轉反側。這個消息意味著什麼？孩子們當真只是一般感

冒嗎？萬一哪個查出甲流怎麼辦？唉，寄宿才半個月就因病停課，哪個家長能放得下心？十來天前的小咳嗽活生生拖成了高燒不退，孩子啊孩子，媽媽真是對不住你！……那一夜非常難熬，抱著你滾燙的小身體，媽媽醒一陣睡一陣，迷迷糊糊捱到天明。周日清晨再量體溫，眼看水銀柱直躥39度多，我終於撐不住了！

　　來到兒童醫院，護士聽說你感冒發燒，立刻讓咱們直奔發熱門診。這種情形也只有在2003年「非典」流行時見識過：當時無論你到哪裡，進門必測體溫。所有醫院都為發熱病人開設了「綠色通道」，感冒發燒就像中了超級大獎似的備受關注。現在這甲流也在我們身邊潛伏著，真有點人心惶惶啊！問診、檢查、化驗、胸透……一系列程式走下來，我累得體乏身倦，你卻絲毫不覺得疲憊。「一會兒能幫我買那種小魚嗎？」你指著旁邊孩子手中的寶貝問。那孩子拎著一隻塑膠小瓶，裏面遊著兩條指甲大小的彩色熱帶魚。

　　天哪，我真服了你！燒成這樣，竟還惦記著進門看到的小魚！真想打開你們孩子的小腦瓜看看，不知道你們和大人的區別到底在哪裡？怎麼你們就那麼容易被微不足道的事物吸引呢？所謂的「捨本逐末」就是這個意思吧。還有，生病可以不上學，可以得到媽媽更多關愛，可以提一些平時不便提的要求，這一切都是你求之不得的不是嗎？難怪你半夜高燒還笑得呵呵呵呢。可是，可是……唉，我真不知道說什麼好了！你才不理會我的煩惱，你繼續糾纏不已：「求求你了，給我買小魚吧，不會太貴的！」我煩不勝煩，只好回答：「好吧好吧，我知道了。」

等了個把小時候才輪到給你掛水，其間你早已如願得到了心愛的小魚。似乎禮物可以幫助孩子增加勇氣，哪怕這禮物只是兩條小得不像樣子的熱帶魚。握著小魚瓶，你勇敢地走近護士，可一見針頭立刻哭得失去了控制。你並不特別怕疼，但就是怕醫生、怕護士。這種害怕我完全理解。是啊，哪個病人面對醫生護士不像嬰兒一樣茫然無助？在醫院，醫生護士是無上權威，是主宰我們的絕對力量，不怕他們的確很難。

掛上吊針，再調皮的孩子也立馬成了小可憐，輸液室裏彌漫著祥和動人的氣息。在角落裏安頓下來，我安慰著神情沮喪的你：「既來之，則安之。健康時我們體會不到健康的好處，以為每天能吃能喝是理所當然的事。現在知道了吧，健康就像空氣和陽光一樣，只有當你失去了才會意識到它的珍貴。以前你對自己毫不關心，什麼時候該穿什麼衣你從來不管，好像冷熱都是媽媽的事，與你無關。難道住校還能這樣嗎？全班那麼多孩子，老師不可能面面俱到，你應該學著自己照顧自己。生病很麻煩很痛苦，如果把打針吃藥的錢省下來，咱們至少又能買兩隻芭比！」

然後我又重複起重複過的細節：什麼天氣涼了要穿襪子啦，早晚溫差大要穿外套啦，衣服不夠請老師聯繫媽媽啦⋯⋯說著說著，我看你閉上了眼睛，趕緊剎車住嘴。沒當媽媽之前，我想當然地以為和每一種生物一樣，人有太多的自我本能，用不著過分操心。後來才明白，連吃喝拉撒睡都需要教導再教導，媽媽天生免不了嘮叨。這些話我不知道你聽進去多少，但每個媽媽大概都會這麼著說幾句吧。那天的最大收穫是得到醫生一句話。問診時，醫生簡潔

清晰地表示：「如果沒有明確的傳染接觸物件，我們一般不考慮甲流。」我如釋重負，以為已經撥開雲霧見太陽，明天一定比今天更好。

事實證明，我過於樂觀了。病毒像看不見的殺手，把我們打得落花流水。

阿斯匹林發揮效力，週一早晨，你體溫降下來了，咳嗽依舊。這一周，你停課，我上班，咱倆只能形影不離。你喜歡像小尾巴一樣跟著我，只要媽媽在你的視力範圍內且伸手可即，跟你提什麼條件你都滿口答應。孩子啊孩子，你們真是媽媽甜蜜的累贅！如果沒有你們的依戀，「媽媽」這兩個字將顯得多麼蒼白。噢，幸福不就是被人需要的感覺嗎？人生不就是錯綜複雜的關係嗎？媽媽不會嫌你麻煩，但咱們必須事先約定：媽媽工作時你務必安靜，這是一條鐵的紀律。

想必我對自己的體質過於自信，以為常年累月不生病，一般的感冒病毒簡直是小CASE。週一平安無事。週二嗓子不適。週三起床渾身乏力，到了中午高燒乍起。以前看病從來沒有那麼果斷過，總是想自己能抗就再抗抗，可那天也許是擔心你再受影響無法恢復，處理完手頭的事我趕緊帶著你去看醫生。這一次，我被醫生留下來掛水了，儘管我極不情願。

「針扎得疼嗎？」你小心翼翼撫著我的手背，試探著問。

我微笑著搖搖頭說：「不算太疼。但護士找血管時我也害怕，扭頭不敢看。眼一閉，牙一咬，好了。你看媽媽沒哭吧，哭多難為情啊。」

你說：「我有時候忍不住要哭。心裏難過，哭會舒服一些。小孩子都是這樣的。」

我頻頻點點：「噢，原來哭是小孩發洩情緒的一種方法啊，我才知道。要是這樣有用，以後你想哭就哭吧。不過，哭完就算了，不要往心裏去。」

看著那麼一大瓶藥水，你嘖嘖連聲：「呀，你掛的水可比那天我掛的多多了。這得掛到幾點啊？咱們今晚是不是要住在醫院啊？」

我說大人身體大，當然用藥比小孩多。俗話說「是藥三分毒」，每一種藥物都有它的局限和禁忌，多一分嫌多，少一分不足，這是非常專業的事，千萬不能盲目無知地自作主張。我說掛水是退燒的有效辦法，這水大概要掛兩個半小時，咱們傍晚就可以回家，用不著過夜。我說咱們難得到醫院來，現在有機會瞭解、觀察醫院，倒也不是一件壞事。我建議你四處走走看看，認一認醫院的結構，想一想看病的流程，將來哪天自己看醫生可以應付自如。

我說現代人生老病死都離不開醫院。從孕期檢查到足月分娩，一個人從受精卵開始就與醫院捆綁在一起。然後，我們生病——健康——再生病——再健康，一輩子在醫院間出出進進。然後，我們年老體衰僵臥不起，我們被抬進醫院，我們在搶救機、呼吸器間苟延殘喘。直到吐盡最後一口氣，直到躺進了醫院太平間，我們才得到神秘莫測的永恆寧靜。

我說人吃五穀雜糧沒有不生病的。生老病死乃人之常情，不要因為你我難得邂逅，就天真地以為這些事情不存在。「滴答」每

一秒鐘，地球上都有人生有人死，這事自古以來時刻發生，這就是我們的生活常態。與其逃避，與其悲傷，不如充實快樂地過好每一天。生命短暫，人生無常，我們不能糊裏糊塗地混日子。假如明天就是世界末日，希望你不要今天還為許多未了的心願後悔不已。

我說醫護人員每天面對鮮血、痛苦和死亡非常不易，他們救死扶傷，是世間的「白衣天使」。我說醫院是一個極其獨特的公共場所，留心一下身邊的人們，你會發現很多樂趣。你可以猜測他們的身份，想像他們的故事，聽聽他們的談話，也可以和他們聊聊你自己。一個人就是一個世界，與人交流會讓我們無限豐富我們自己。我說平時我們總是忙得停不下腳步閒不下心，現在何妨借著生病稍息一下，一邊望望窗外，一邊反觀內心。智慧的人會明白，病痛往往是人生的一種奇特暗示。

……

天南地北，拉拉雜雜。掛水兩天，咱們聊了好多生病的話題。和你聊天可真是有趣，咱們不像母女倒像夥伴，有一搭沒一搭，想到哪說到哪。你不覺得話題艱深，我不覺得你表現幼稚。咱們不僅會在基本觀點上達成共識，而且還經常會互相碰撞、旁徵博引。這時候你哪像個不足7歲的孩子嘞，媽媽的朋友也不過如此！

非常驕傲！非常自豪！上周我的工作沒有耽誤，你的學業沒有荒廢，咱們平平安安地通過了病痛的考驗。也不是沒有讓咱自憐自戀的細節，比如媽媽晚上7點半還在掛水，看你餓得直喊，只得提著吊水帶你過街買餅乾充饑；比如咱走到哪兒都帶著作業和課本，你即便在醫院、在辦公室，也要天天進行必要的學習；比如媽媽帶

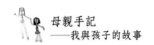
病堅持工作，不管是發稿還是開會，哪怕長達半天，你都一個人乖乖呆在一邊，從不大聲喧嘩、惹事生非……瞧瞧，這樣的困難都挺過來了，咱倆是不是很不簡單？

　　親愛的，新的一周又開始了，媽媽很掛念你。不知道你今天咳了沒有？全班小朋友都返校了嗎？時隔一周再回學校，能適應嗎？

　　為你祈禱健康平安！

　　　　　　　　　　　　　　　　　　　　　　　　　媽媽

【成長點滴】

不一樣的山

是2008年暑假的事。

其時女兒6歲不到，我正督促她學習，要求每天漢字描紅兩頁。

那天我把她的小桌子安放好，自己也拿了書坐在旁邊守著。沒想到人家屁股上像長了針，才一坐下就又跑開了。一會兒去喝水，一會兒要尿尿，一會兒又抱起芭比。眼看我臉色越來越難看，她卻像沒事人似的，居然還湊到我跟前問：這芭比換了那芭比的衣服好不好看？

我幾乎就要發作。但無奈平時總是誘導她要講道理、要善於說服、己所不欲勿施於人、暴力解決不了問題，所以雖然手心癢得恨不得立馬抽她幾巴掌，卻不得不強忍怒火故作威嚴平靜狀。手中的書一個字也看不下去，趁她又一次湊過來時，我不由逮住她正色道：「你剛才不是同意寫字的嗎？」她撲閃著清澈的大眼睛，一臉無辜地點頭道：「是啊。」我言辭懇切：「你答應今天要完成作業的，可現在你看你這麼三心二意！」她不吱聲，也不知道聽沒聽進去，總之一轉身又跑了。

正絕望間，她又回來了，並且在我桌上翻來翻去。我決定冷落她，於是就當沒看見似的，捧著書目不斜視。她卻主動進攻：「媽媽，我給你畫副畫吧！」我沉默。她乾脆把東西舉到我面前。我看到一條半掌寬的殘缺的廢紙，紙條偏左部位，歪歪扭扭用紅綠水彩筆劃了兩個弧形，彷彿兩扇門。「媽媽，你看這是什麼？」她又撲閃著清澈的大眼睛追問。

我不耐煩地回答：「不知道。」

「這是兩座山。」

「噢噢。」我應付道。

「你看這兩座山有什麼不同嗎？」

我不屑地道：「有什麼不同啊？！不就是一個紅，一個綠；一個高一點，一個矮一點。還有什麼不同啊？去去去，一邊玩去！」

她沒被我推走，卻繼續循循善誘道：「是啊！這兩座山就像你和我！它們看起來很像，實際上卻是不一樣的！」

我一怔，當即放下書認真道：「怎麼了呢？」

「你看，你有你的要求，我有我的想法。我答應你今天完成作業的，但我現在的安排是玩，不是寫字，等我玩好了自然會寫字的，你放心好了！」

我好半天無語，呆呆地看著她，彷彿面對的不是一個不足6歲的孩子。

「你覺得我說的有沒有道理呢？」

　　我一把拉過她驚喜道：「很有道理哎！一般小孩肯定講不出這麼有道理的話，你真了不起！好，媽媽被你說服了，我向你道歉！你答應今天一定要完成作業的！」

　　她當即興奮起來：「你覺得有道理就好！這樣吧，我把這張紙畫成一副畫，送給你做書簽吧！」話音未落，她已經搬出一盒油畫棒，在那張殘缺的廢紙上畫了太陽、大樹、群山……那豔麗的色彩，那強勁的筆觸，那樸拙的構圖，到處洋溢著印象派的味道！小小一張廢紙就這樣脫胎換骨，從垃圾變成我最珍貴的收藏！

　　後來，她當真實現諾言，及時完成兩頁描紅。

　　從那天起，我視孩子如同上帝。

第十一封信：
咱們都面臨嚴峻考驗

親愛的孩子：

　　停課一周可真是麻煩。對於住校，你本來就意見多多。好容易因為生病才在媽媽身邊賴了7天，現在又要你回到「最討厭的地方」，哪能那麼容易？這不，離家前一晚，你默默流了半天淚。見我在收拾返校的東西，你忽然提了一個要求：「你幫我找一個玩具代替你吧，到學校我可以抱著它睡覺，就像抱著你一樣。」

　　這話說得我真難過，眼前彷彿出現你臉掛淚花懷抱玩偶沉沉睡去的情形。

　　可怎麼辦呢？

　　半途而廢嗎？

　　為了不助長你的悲傷情緒，我平靜地笑道：「真是個好主意。那把這個米老鼠當媽媽好嗎？你看它紮著粉色頭巾，還挺像個媽媽的。」

　　你望望它，點點頭。

　　於是我把米老鼠塞進你書包。

週一早上6點20分，媽媽做好早飯把你從睡夢中喚醒。第一秒鐘，睜開眼睛；第二秒鐘，泛起淚花；第三秒鐘，碩大的淚珠顆顆滾落，每一顆都結結實實砸在媽媽心上漾起好大漣漪……你默默地流著淚，木頭人般任我幫你穿上校服，引你到衛生間洗漱。然後，默不作聲地吃你吃不厭的雞蛋麵，給你梳頭梳疼了你也不吭氣。

6點50分送你下樓，你爸爸已開車等在小區門口。這時候，你的淚珠又不聽話地滾落下來。你一邊落淚一邊乖巧地鑽進汽車，然後楚楚可憐地隔著車窗望我，淚眼婆娑地抬起小手與我告別。汽車發動，你的淚水流成了小河。最後一眼，我看見你兩眼通紅撇著小嘴，似乎再也控制不住，馬上就要哭出聲來……

噢，我的孩子！別看媽媽面帶微笑鼓勵你勇敢，剛才還沒事人似的向你做鬼臉送飛吻，可實際上媽媽心裏面一直在翻江倒海啊。都說孩子長大需要斷奶，大人又何嘗不需要？只是大人這奶真難斷啊，他們太饑渴了，孩子是他們的情感上帝！信不信由你，孩子對媽媽的依戀是暫時的，媽媽對孩子的依戀卻是永恆的。孩子如同雛鷹，羽翼豐滿終將獨自翱翔。剩下媽媽永遠那麼執著地仰望天空，試圖在藍天白雲間找尋你翅膀的痕跡。明白嗎孩子？儘管捨不得你，永遠也捨不得你，媽媽卻不能把你像寵物一樣豢養在身邊。因為你不是思維簡單的臭咪，你是一個人，一個高貴、獨立的人，媽媽必須對得起你。

沒等你走遠我便趕緊轉身上樓，分別的場面實在太傷感，媽媽受不了。唉，親愛的孩子！假如你大聲哭鬧、撒潑耍賴，媽媽反而要好受些，但你這個小人精只是默默流淚，一聲不吭地攪動著媽媽

的心，媽媽要是軟弱一點可真是撐不住了！

　　工作一天，好歹淡忘了早上的煩惱。晚上回家，在空蕩蕩的房子走來走去，耳邊似乎總迴盪著你銀鈴般的聲音。彷彿心有靈犀，這時候接到你的電話：「媽媽，你什麼時候來學校看我啊？」

　　「怎麼剛去就要媽媽看你啊？」

　　「我想你啊，你就不能來看看我嗎？我一離開你就想你，難道你不想我嗎？」

　　「媽媽當然也想你，只不過媽媽把想藏在心裏了。媽媽不好去看你，因為老師不允許。老師說一個家長會影響全班孩子，我要去，老師肯定批評咱們。」

　　「不會的，你等我下課再來就是了。難得一次，老師不會批評的。再說，我還看到別的家長了。」

　　「是嗎？要是這樣，媽媽明天跟老師商量一下，過兩天去看你？媽媽工作很忙，這周能抽一天去看你就不錯了。星期三怎麼樣？」

　　「就明天不行嗎？」

　　「可是你今天才離家啊！後天不好嗎？」

　　這時你忽然話鋒一轉，說了個我意想不到的事情：「媽媽，你忘了給我帶短褲了。」

　　我愣了：「真的啊！你今天就沒短褲換了嗎？這可怎麼辦呢？……不行，我得明天送短褲給你，明天我下班到學校好嗎？大概六七點鐘的樣子。」

　　「好啊！明天我等你來噢！」

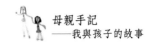
就這樣，我有了第一次探校的經歷。

從城裏乘公交到學校最快也要個把小時，連探望帶返程，來回消耗三四個鐘頭不在話下，這自然讓我視為畏途。原計劃週二下班後從從容容地前往，沒曾想第二天獲悉雜誌晚上要付印，我們必須等著看三校樣。中飯後，我臨時決定打個時間差，利用下午排版的間隙前往學校，然後長話短說提高效率，估計傍晚就可以了卻心事。

下午的公交非常好乘，一路比我預料得順利，一小時不到我已經跨進了學校大門。正是上課時間，校園裏靜悄悄的，秩序井然。小學部的操場上有不少孩子正在進行佇列訓練，我遠遠張望了一下，沒發現你的身影。找到你的教室，意外遇到班主任周老師。我很抱歉中途探校破壞了學校的紀律，周老師親切地回答：「呵呵，沒有關係。小傢伙們上體育課去了，一會兒就會回來。趙澈最近表現不錯，很有禮貌，也很懂道理，你放心好了！」我正準備與周老師多聊兩句，就在這時，小朋友們魚貫而入，我和你忽然間四目相對。

你高興極了，歡天喜地地撲到我懷裏！看著你穿著偏大的校服運動裝，頭髮毛躁蓬鬆，小臉黃巴巴的，媽媽心裏五味混雜。

「媽媽，沒想到你能這麼早來！真是太棒了，今天比過節還開心呢！」你又蹦又跳，拉著我的手不肯鬆開。

「對不起寶貝，媽媽今天特別忙，要不是必須給你送短褲，今天一定不會來。媽媽一會兒就得走，剛才聽周老師說，你們馬上也要上課了。」

　　你立馬從天堂墜入了地獄，臉上的笑容倏忽不見：「不行，你昨天答應陪我時間長一些的。我已經跟老師請假，說今天不上晚自習。」

　　「但是我今天才知道雜誌要付印！我晚上必須回辦公室看校樣，明白嗎？這是工作，必須！」

　　你一下子抱著我大哭起來，全然不顧身邊同學們的圍觀。幾個小男孩同情地看著我們，一個好奇地詢問：「趙澈怎麼哭了？你媽媽來看你，你還哭什麼啊？」另一個聰明地解釋：「她捨不得她媽媽啊，她媽媽馬上就要走了。」然後他們齊聲歎息，一副同病相憐的樣子──這幫孩子們啊！

　　這時候你已經全然失控，只顧一邊哽咽一抱著我的腰央求不已：「就陪一小會兒不行嗎？……就一小會兒！……」

　　我撫著你的頭髮安撫道：「好啦好啦，一小會兒當然行，等你上課媽媽再走好嗎？」

　　「我不想上課，我要跟你多呆一會兒，咱們向老師請假！」

　　「這怎麼行！你去問老師可以嗎？」

　　「我不去，你去！」

　　「我不同意請假，要請你自己請！」

　　咱們僵持了好半天，我從來沒見你這麼拼命，我簡直要崩潰了！周老師幾次過來好言相慰，你根本聽也不聽。周老師說因為上周集體放假，這星期得抓緊補課，一會還是別缺席為好。轉眼間，周老師回了教室，小朋友回了教室，走廊上只剩下我和你還在僵持。好好的孩子怎麼變成這樣？真是不可理喻！忽然，一個念頭襲

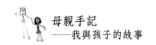

擊了我，讓我如冷水澆頂：莫非寄宿制已經傷害了你？選擇寄宿是不是完全錯誤？

一時間，我心亂如麻。

這時，你還像壁虎般粘在我身上，毫無保留地傾訴著無限相思：

「媽媽，你不知道我多想你！」

「那只米老鼠我睡覺就抱在懷裏，看到它就像看到你。」

「我多麼羨慕走讀生啊，他們天天能看到媽媽！」

「我看到文具也會想到你，因為它們是你買的。」

「學校的飯菜我吃不下去，每頓飯都倒掉，他們一星期也不吃麵條。」

「媽媽你不想我嗎？你既然生了孩子，為什麼不把孩子留在身邊呢？」

……

天哪，天哪，天哪！你的話句句如同針尖刺痛媽媽，你讓媽媽如何聽得下去？媽媽感到內心鮮血淋漓。可是，媽不能在你面前失態不是嗎？誰讓媽媽是大人呢？

我摟著你說：「好啦好啦，先平靜下來，不要哭。咱們認真商量一下好嗎？媽媽肯定過一會兒就得走，因為媽媽還要上班。今天的確怪媽媽，媽媽不該這個時候來學校，影響你們學習。媽媽不能一錯再錯是不是？現在你回班級上課，媽媽答應你過兩天再來好嗎？過兩天媽媽一定把工作安排妥當，在學校陪你一個晚上，好嗎？」

　　不知道中了什麼邪，那天你說什麼也不聽勸。你一口咬定爸爸昨天同意你可以請假不上課。你說老師教的拼音你已經會了，用不著再學。你不再纏著我不給我走，卻非要我送你到爸爸辦公室，你情願自己在無人的辦公室等他回來……我們爭吵了大半個小時，其間你又哭又鬧。最後我實在無能為力了，我恨恨地道：「走，我送你。可你記住，以後我再也不會來學校看你！再也不會！」

　　那天在回城的公交車上，我筋疲力盡。孩子啊孩子，媽媽很惶惑你知道嗎？媽媽本來遵從社會習俗，為你設定了傳統「精英教育」的模式，希望你從優秀小學到優秀中學到優秀大學這麼一路走下去，希望你從小聰明能幹，獨立自主，熟練掌握英語，長大後能順利考取哈佛、牛津，到一流名校留學深造。媽媽身邊有很多家長做著這樣的夢，也有很多孩子通過這條路登上了國際大舞臺，從此人生流光溢彩。這條路的確看上去很美不是嗎？可是，你忽然把我問住了：「你既然生了孩子，為什麼不把孩子留在身邊呢？」

　　是啊，我為什麼不呢？我非得要求孩子出類拔萃嗎？我非得把孩子往國外趕嗎？如果咱母女你疼我愛、唇齒相依，不也其樂融融？如果你今生清白做人、自食其力，不也坦蕩可敬？是啊，學區小學離家僅幾步之遙，你完全可以脖子上掛著鑰匙自己上學、自己回家，媽媽小時候就是這樣一天天長大的啊！為什麼一定要住校呢？為什麼一定要擇校呢？為什麼？為什麼？……

　　孩子，媽媽沒有答案。媽媽和你一樣，不知道該怎麼辦才好。咱們都面臨嚴峻的考驗，這是不可回避的事實。別以為媽媽不在

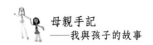

乎,孩子。媽媽捨不得你流淚,捨不得你悲傷,捨不得你憔悴,捨不得你哭訴。這樣吧,咱們以一年為限OK?如果你認真努力堅持一年還仍然不適應寄宿,那我們一定考慮轉學好嗎?

　　不過,請你明白:世界上沒有完美無缺,我們的每一次選擇都意味著另一種放棄。選擇適合自己的,然後義無反顧地堅持下去。這就叫做無怨無悔!

　　祝福你不再憂傷!

　　　　　　　　　　　　　　　　　　　　　　　　　媽媽

第十二封信：誰有道理就聽誰的

親愛的孩子：

　　這兩天我還在為探校的經歷鬱悶著。很鬱悶！非常鬱悶！你的眼淚固然讓我憐惜不已，你的失態卻更讓我難過萬分。孩子啊孩子，媽媽最討厭胡攪蠻纏，從小就要求你遇事好好商量，誰有道理就聽誰的，可那天你的表現是什麼樣子啊？你不僅沒有嘗試用道理說服媽媽，反而任性放縱地在公共場合大聲哭鬧，眼淚瘋狂而恣肆，哭聲野蠻而響亮！你盡情地打擊著媽媽、威逼著媽媽、糾纏著媽媽、黏連著媽媽、折磨著媽媽，讓媽媽時而煩躁、時而氣憤、時而痛苦、時而難堪、時而心酸，媽媽簡直無處可逃、無地自容、無所措手足，恨不得找個地縫鑽進去才好！

　　我承認，那天我是徹底地失敗了。為了趕回去工作，也為了盡快擺脫你，那天我不得不放棄咱們一貫的約定。最終，咱們沒有達成共識，我屈服於你的無理取鬧了。知道嗎，孩子？媽媽這幾天非常非常沮喪，總覺得咱這些年的努力似乎白費了。為什麼通情達理的你忽然間變得面目全非？為什麼咱們良好規範的溝通模式一下子失去了效力？這事僅僅是咱們互相指責、互相懲罰那麼簡單嗎？

不，媽媽不相信看到的是你全部、真實的本質。一定有哪個環節出了問題，否則媽媽不會不認識自己的孩子。

孩子，你我之間不存在強權、暴力以及所謂的「絕對」真理。無論何時何地，誰有道理就該聽誰的。問題到底出在哪裡呢？咱們真有必要靜下心來好好思量一番。那天媽媽一時發狠，懲罰說以後再也不去學校看你了。現在想來，這話非常不理智，完全沒道理，媽媽先向你道歉了！媽媽當然不應該輕易去學校騷擾你，但如果你忘了拿東西，如果你身體不舒服，如果你想媽媽想得特別特別厲害，媽媽憑什麼不去看你呢？為了這句氣頭上的話，媽媽真是該打！不過你也要想想，媽媽說這話也有自己的前因後果，要知道那天媽媽真是被你氣糊塗了！

幾天過去了，咱倆都恢復了平靜。現在，咱們能面帶笑容回顧反思那天的情形嗎？呵呵，讓媽媽帶著你一起試試吧。

記得那天咱們剛見面時很完美。你摟著我，我抱著你，其樂也融融，其情也切切。然後，你就要求我帶你離開教室，你以為接下來都是咱們共處的時間。你希望我當天在學校多陪一會兒，最好一直陪到你上床就寢。這事我前個晚上的確在電話裏答應過你，如果一切如願，那麼也許咱們又會多一個溫馨的回憶。然而，世界總是充滿太多變數，工作讓媽媽不得不臨時更改計畫，這事怪不得我也怪不得你。大人對突如其來的變化可以兵來將擋、水來土堰，小孩子卻只能哇哇大哭、極端發洩是不是？

唉，也難為你了！你沒有手機，媽媽無法把變化及時通知你。說真的，媽媽也完全忽略了及時通知你的重要性，以為只要安排好

自己的時間就行了，孩子遲一點知道早一點知道沒多大關係。是啊，把遺忘的東西帶給你是媽媽探校的主要目的，看你陪你倒是其次。媽媽自作聰明地以為，不助長你寄宿的脆弱，不迎合你戀家的情緒，是助你成長、對你負責的有益克制。媽媽也會有意無意淡化細節，覺得不必事事求全，偶爾讓你傷傷心、受受挫也不是多大事情。

　　後來我才明白，你從前天晚上我們結束通話起，就開始一心一意等待媽媽。對你而言，媽媽探校是節目，是盛典，是你由來已久的渴望，是值得向全班同學展示和炫耀的幸福一刻！你想得很美：媽媽來校後可以好好陪你，咱們一起在學校散步、聊天，盡情傾訴離別的相思，咱們離開教室，離開老師，把「討厭」的晚自習拋在一邊……只要這樣你就滿足了，即便晚上告別時你沒准還要落淚，但你一定能睡個好覺，開開心心地迎接下一天。萬沒想到媽媽雖然來了，卻不能按原計劃陪你，而且還要被趕著上語文課，還要忍耐漫長的晚自習。驚喜！——失望！——絕望！形勢急轉直下，你開始步步緊逼！

　　上面這些心理不知道媽媽分析得對不對呢？當時的情形是不是這樣呢？現在想來，媽媽真是太粗心了！媽媽沒有充分理解探校的意義，媽媽既想當然又大而化之，以為這不過是一件具體的「事情」。對於「事情」背後延伸出來的對孩子情感和人格的尊重呵護，顯然沒那麼考慮周全。這是媽媽今後要引以為戒的！與孩子的約定要慎之又慎，對孩子的承諾要切實可行。言必行，行必果，大人孩子都要一以貫之。

　　但是，換一個角度，媽媽也希望你懂得體諒寬容別人，該見機行事時見機行事，該靈活機智時靈活機智。如何合情合理、積極有效地化解危機，是我們今生需要研習的重要課題。俗話說：「世事無常。」等你積累了一定的人生經驗，你就會體會到「人算不如天算，計畫不如變化」的涵義。如果事已至此無有生機，那麼與其固執己見魚死網破，不如退一步海闊天空，給人臺階與己方便。

　　發生問題後，媽媽試圖與你溝通協商。按照我們多年來的習慣，媽媽主動把客觀情況如實告訴你：「今天情況有變，媽媽非常抱歉！但沒有辦法，現在咱們必須面對兩個事實：1、媽媽必須趕回去工作；2、你必須進教室上課。咱們好好商量一下，該怎麼解決這兩個問題？如果你拿不出更好的辦法，那就聽媽媽的建議：1、你馬上回教室上課；2、媽媽過兩天再來看你。」我認為這是解決該問題的最佳方案，不料你卻堅持蹺課，非要到你爸爸辦公室不可。那天讓我生氣的關鍵就在這裏，因為蹺課是一個學生的大忌，你的要求完全不可理喻！也許你爸爸之前答應過你，但他一定不知道此時此刻你還要補課，他一定不會縱容你違反學校的紀律！

　　是啦，咱們終於說到這個點子上了。這幾天我一直悶悶不樂，就是想把事情的關關節節弄個究竟。我覺得媽媽的問題至少有三：1、沒將行程變化及時通知你；2、沒能認真體會你複雜多變的情感；3、要求你理解服從大人多了一些。你的問題也至少有三：1、不能坦然面對變化；2、對學校和學習提不起興趣；3、不能以理服人。總而言之，咱倆的溝通協商能力令人置疑。這樣的結論不知你接不接受呢？

　　探校一事分析到此。從這件事說開去，媽媽還想與你繼續探討一下人與人之間如何相處的問題。

　　孩子，我們活在世上一輩子，少不得要與各種各樣的人打交道。和獅子老虎不一樣，人類生來習慣群居，永遠離不開錯綜複雜的人際關係。如何在群體中找到自己的位置？如何與他人進行愉快的聯繫？關於這方面的書籍汗牛充棟，等你長大了自會找到適合自己的那一本。考試的能力固然重要，生活的能力亦不可小覷。成績優秀，人們會誇你智商高；生活和諧，人們會誇你情商高。智商和情商如同我們的左右手，兩手分工協作共同努力，我們的幸福才不會像海市蜃樓一樣可望不可及。

　　誰有道理就聽誰的，這話提醒你要保持冷靜、服從理性。如果我們不講道理率性而為，就算我們至親的媽媽，也終有無法忍耐逃之夭夭的一天。這是媽媽想表達的一個方面。另一方面，媽媽想告訴你，除了通情達理，與人相處還有許多技巧問題。你正確並不代表別人一定接受，你友善並不代表別人一定感激。即便親密如咱們母女，也會在探校這件小事上節外生枝，由此可見，「有理、有利、有節」地處理人際關係是多麼值得重視！為此，媽媽總結出幾條原則，供你在學校參考使用：

　　獨立思考原則。不要迷信大人，不要迷信任何人。世界上沒有絕對權威，大人也不是萬事通啊，誰也不可能永遠正確。你們小孩子最容易依賴大人，什麼都是大人說了算，這是非常危險的事情。沒有主見的孩子就如同一隻錄放影機，他總是重複別人的聲音，說不出自己的意見。媽媽希望你能獨立思考，說出與媽媽不同的意

見最好。沒有頭腦會讓人覺得你特別沒勁，誰也不願意與錄放影機做朋友不是嗎？況且，大人在時你不動腦筋，萬一哪天大人不在你可怎麼辦？比如遭遇騙子、身陷險境等等。不要判斷說話人的身份，而要判斷他說的話是否正確，誰有道理就聽誰的，這叫做從善如流。

大膽溝通原則。媽媽至今還記得小學五年級的一件事。那是1982年。那時老師仍是絕對權威，那時我們從不敢質疑老師，更不用說舉手表達自己的意見和要求。有一次，下課鈴已經打了很久，老師還在拖堂講課。這時，一股惡臭慢慢在教室彌漫，弄得大家面面相覷，坐立不安。不一會兒，就聽有人竊竊私語：某某某把大便拉到褲子裏了！直到出現這樣的後果，老師才匆忙宣佈下課，可憐那位濃眉大眼的男孩歪歪扭扭地往廁所趕。時代變了，這種事再也不會發生了。你們學校鼓勵張揚個性，老師不僅是老師更是朋友，在這樣的有利環境下，你能大膽與老師溝通嗎？如果你能，為什麼那天你不敢自己請假呢？呵呵，覺得自己有不上課的理由，不妨大膽爭取老師的支持嘛。你不敢說，可見你心裏還是發虛的。

平等協商原則。這話說起來容易做起來難，媽媽也並不善於協商，否則咱們那天也不會不歡而散了。善於協商是一個重要的能力。當你與別人意見不合時，你願意口是心非無可奈何地順從別人嗎？如果不願意，你如何說服別人聽從你的意見呢？這個問題，一般很難。比較好的辦法是大家各自妥協，互相商量著尋覓第三種途徑。媽媽覺得，良好的協商必須有一個前提，那就是大家都能夠嚴格遵守規則，不允許任何人具有超越規則的私權力。比如咱倆多年

來約定「誰有道理就聽誰的」，在這個框架內，我們若想讓對方聽從自己，就必須使用協商、對話、溝通、說服等多種手段。可一旦你哭鬧耍賴，你就突破了咱們的框架，踐踏了咱們的規則。這時候協商自然無從談起，再「善於」也束手無策了。

　　公平合理原則。在你很小的時候，我們就試行過少數服從多數。比如就一台電視機，你想看少兒頻道，其他人想看別的頻道。怎麼辦？大家舉手表決，少數服從多數。當時你表現非常好，贏了大聲歡呼，輸了也不生氣，乖乖一個人跑到邊上玩別的。後來上幼稚園，你們小夥伴一起做遊戲時也這麼幹過：手心手背，石頭剪刀布，誰贏就聽誰的，非常公平合理。你是否發現這樣子大家都很開心呢？聽說你們班大家輪流當班長，適當的時候還要進行民主競選。優秀學生不是老師說了算，而是由同學們公開投票產生。這真是太好了！這才是正常而美好的人際關係呢，一切都公開在陽光之下，沒有誰是特殊人物，人人機會均等。

　　靈活變通原則。和你說說經典話劇《伽利略》的故事。伽利略是17世紀義大利偉大科學家，他通過長期觀察，發現了地球圍繞太陽轉的事實。而統治一切的教會卻堅持地球才是宇宙的中心，認同「日心說」就是認同魔鬼，這樣的人必須被綁在柱子上活活燒死。伽利略面對生死選擇哈哈一笑，他毫不猶豫地在《悔過書》上簽了名，從此背上「背叛真理」的罵名。許多年後，就連普通老百姓也知道地球是圍繞太陽轉的了。有人問伽利略當初為什麼要背叛真理？伽利略笑道：「不管我堅不堅持，地球總要圍著太陽轉。而我多活幾年，又能發現多少科學奧秘啊！」

　　然而，和伽利略不同，布魯諾卻是為捍衛「日心說」獻出了生命。在媽媽看來，他們兩人各有千秋，很難比較孰優孰劣。媽媽敬佩布魯諾的執著勇敢，也欣賞伽利略的靈活機智。到底何去何從，要取決於每個人當下的價值觀和人生取向。一般來說，我們凡夫俗子幾乎不會面臨非此即彼的兩難選擇。大多數情況下，我們有互相轉化的空間，有你我交融的可能。這樣一來，靈活變通就顯得尤其重要。堅持自我卻不偏執狹隘，靈活變通卻不油滑卑劣，一個人能這樣活著，也算是智慧圓融了。

　　好了，今天說的太多了，媽媽累了。

　　不知道你覺得媽媽有幾分道理？你會聽媽媽的嗎？

　　忐忑等待你的評判！

                                                        媽媽

第十三封信：六十年與五千年

親愛的孩子：

　　盼望了很久，終於盼來了國慶日啦！2009年的國慶日居然有8天長假，這是從來沒有過的美事，簡直讓人喜上眉梢啊！這個長假媽媽不準備出門，就打算在家安安靜靜忙這部書稿了。要知道8天時間能寫好多字呢，實在太珍貴了！難得放假，媽媽卻不能陪你玩個痛快，這真是非常遺憾。不過你也不會太怪媽媽對嗎？只要不用上學，只要有媽媽陪著，你總是十分滿意。況且你現在難得回家，對家越發依戀，放假在家舒舒服服地待著，也正是你求之不得的吧？

　　孩子，不知你注意到沒有，今年的國慶格外熱鬧。無論我們走到哪裡，都能聽到人們談國慶論國慶，都能感受到濃濃的國慶氛圍。南京也是這樣。還沒到10月1日，街頭巷尾已花團錦簇、彩旗飄揚。就連我們小區，也早早掛起了「祝業主們節日快樂」的橫幅。很可惜9月29日下午你在學校，沒能親眼看到難得一見的場面：數十輛靚麗花車從河西到城東一路巡遊過來，成千上萬人夾道觀看，把南京城提前送入了節日狀態。10月1日上午，全中國差不多每個家庭都打開了電視機，14億人口差不多全民觀看了長達5個小時的國慶大典，其中也包括你這個小學一年級學生。10月1日晚

上，南京焰火晚會在幾個地點同時開幕，全城籠罩在一片華彩之中。過節這幾天，五星紅旗隨處可見。且別說那商店前掛的、住宅前插的，單看咱周圍人身上的名堂，那已經是多了去了：孩子們的手上拿著五星紅旗，情侶們的臉上畫著五星紅旗，中年人的陽帽上印著五星紅旗，老人們的胸前別著五星紅旗……

年年國慶年年慶，我們去年的10月1日，前年、大前年乃至好幾年前的10月1日也都放長假了。如果不出很大意外，明年、後年、大後年乃至今後的10月1日，我們應該也能連續休息上七八天。那麼請你告訴我，2009年的國慶到底有何特別之處？為什麼這個國慶吸引了全中國乃至全世界的注意力？

你回答：「老師說今年是建國60周年。」

嗯，沒錯！「60」是中國人重視的吉祥數字，所以今年的國慶特別隆重。

那麼請你再告訴我，咱們這個「建國」是建的什麼國呢？

你眨巴眨巴眼睛：「是中國吧。」

不，不對！是中華人民共和國！

你聽歷史故事，知道咱們都是所謂的「炎黃子孫」，我們華夏56個民族都是中國人。中華文明史源遠流長，若從黃帝時代算起，已有5000年。有學者指出，中華民族有「三十萬年的民族根系、一萬年的文明史、五千年的國家史」。舉世公認，中國是歷史最悠久的文明古國之一。而早在周代，《詩經》中已出現「中國」一詞。戰國諸子百家的著作中，以「中國」指代國家屢見不鮮。由此可見，「中國」與「中華人民共和國」不完全是一回事。

那麼，我們可以把10月1日當成祖國的生日嗎？

你搖搖頭道：「這個老師沒說。」

是啊，這個問題有點複雜。別說你們老師跟小學生解釋不清，就算大學教授對大學生也未必說得透徹。這個問題可怎麼說呢？簡單地說，10月1日是中國共產黨戰敗中國國民黨，將中華民國改為中華人民共和國，並在北京舉行開國大典的日子。毋庸置疑，這一天是中華人民共和國的生日，但若將其等同於中國的生日，似乎就有些牽強了。不是嗎？我們的祖國已經有數千歲了！

記得媽媽小時候，接受的都是「革命教育」，我們從小就被告知：國民黨反動派統治的舊社會暗無天日，「周扒皮」、「黃世仁」、「劉文彩」這樣的惡霸四處橫行。多虧共產黨讓老百姓翻身做了主人！沒有共產黨就沒有新中國！我們這一代是生在紅旗下、長在甜水裏，我們的幸福生活來之不易，是無數革命先烈拋頭顱灑熱血換來的。紅領巾是紅旗的一角，少先隊員是共產主義的接班人。我們從小要樹雄心、立大志，要準備著並且時刻準備著，為共產主義事業而奮鬥！我們小時候，每年國慶都是神聖莊嚴的日子，上上下下都要舉行很多慶祝儀式。一直到今年，我們國慶還要唱很多「紅色歌曲」，比如：「五星紅旗迎風飄揚，勝利歌聲多麼響亮，歌唱我們親愛的祖國，從此走向繁榮富強」；比如：「今天是你的生日，我的中國，清晨我們放飛一群白鴿」。那天你發燒媽媽卻無法陪你，不就是因為媽媽要參加單位組織的國慶歌詠比賽嘛。

什麼是國慶？什麼是國家？什麼是政體？什麼國體？什麼是政黨？什麼是政權？什麼是中國？什麼是祖國？以前媽媽對這些問題

並沒有認真想過，總是人云亦云地以為這些概念大概差不多：反正黨就是國，國就是黨；「中華人民共和國」簡稱「中國」，也是中國唯一的合法政權代表；10月1日既是國慶日，當然也就等同於祖國的生日……

後來讀書多了，忽然有一天產生了很大的疑問：古代土地和人口都是帝王的私財，所謂「普天之下莫非王土，率土之濱莫非王臣」。秦漢也好，明清也罷，只要是專制獨裁統治，那麼上至宰相首輔，下至販夫走卒，大家就都是帝王的僕役臣屬，根本不存在討論民權的可能。所以古代精忠與報國二而為一，蘇武牧羊和岳飛抗金都是愛國主義的典型範例。但21世紀的今天，我們還能把常識性的政治學概念混為一談嗎？

一個人哪怕他加入了美國籍、英國籍，他仍然可以說：「我是中國人（I'm a Chinese），我的祖國是中國（My mortherland is China）。」這個中國，顯然是泛指以中華文明為代表、以長江黃河為核心的那一片東方沃土，而並不獨指大唐帝國或大清帝國。因為王朝和政權終將成為歷史，惟有中國永恆。至於「祖國」，那更是情感上的依託，就如同孩子親昵、呼喚自己的媽媽一樣。孫中山是滿清帝國的掘墓人，但他不是照樣被世人尊為偉大的愛國者嗎？

為了更好地理解「國慶日（National Day）」，媽媽特意上網進行了搜索，結果眼界大開。原來，「國慶」一詞本指國家喜慶之事，最早見於西晉。西晉文學家陸機在《五等諸侯論》一文中曾有「國慶獨饗其利，主憂莫與其害」的記載。我國古代以帝王的

登基、誕辰為頭等大事，所以一般把皇帝的即位、誕辰稱為「國慶」，比如清朝稱皇帝的生日為「萬歲節」。

近代以來，國慶紀念日成為民族國家的一種特徵，成為一個獨立國家的標誌。據統計，全世界以國家建立的時間為國慶日的國家有35個。許多國家叫「國慶日」或「國慶日」，還有一些國家叫「獨立日」或「獨立節」，也有的叫「共和日」、「共和國日」、「革命日」、「解放日」、「國家復興節」、「憲法日」等，還有直接以國名加上「日」的，如「澳大利亞日」、「巴基斯坦日」。但也有國家如中國古代一樣，以國王的生日或登基日為國慶日，如遇國王更替，國慶的具體日期也隨之更換，如尼泊爾、泰國、瑞典、荷蘭、丹麥、比利時等國家。

慶祝國慶的方式也千差萬別：7月4日是美國的國慶日，大部分美國人歡度國慶的方式是在後院烤肉、喝啤酒，晚上在院子裏抬頭看焰火，政府一般不會有慶祝活動；日本沒有國慶日的說法，在日文字典裏查「國慶日」一詞，也只能看到對中國國慶日的解釋，12月23日是現任明仁天皇的生日，也是全國法定休息日；俄羅斯從2002年起將每年的6月12日作為國家節日慶祝，但超過四分之三的民眾對此一無所知；德國於1990年規定10月3日「統一日」為法定節日，每年的慶祝活動由各個州首府輪流舉辦；5月17日是挪威國慶日（又叫憲法日），成千上萬人當天會穿著民族服裝走上街頭，彷彿參加一場化裝舞會，國王和王后也不會錯過參與這「嘉年華」的好機會。

唯有中國的國慶大型慶典密集：從1949年至1959年，每年國慶都舉行大型慶典和閱兵活動，每次參與人數都在二三十萬以上。

1960年9月改革國慶制度後，十年間只在天安門廣場舉行盛大集會和遊行，不再閱兵。1971年至1983年，北京以大型聯歡活動等慶祝國慶，未進行群眾遊行。1984年國慶35周年和1999年國慶50周年，均舉行了人數眾多的國慶閱兵和群眾遊行。2009年的國慶大典人山人海、歌舞昇平，據說是創造了好幾個世界「第一」。不過自從實行國慶長假以來，休閒娛樂也成為中國人歡度國慶的首選。就算全民觀看60年國慶大典，也是全民輕鬆、全民愉快的，曾經讓人高度緊張的政治氛圍一去不復返了。

有三個國家的國慶值得我們瞭解和研究：

先說法國國慶。日期為7月14日。1789年7月14日，巴黎人攻佔了象徵專制王朝統治的巴士底獄，法國大革命爆發。8月26日制憲會議通過《人權宣言》，宣佈自由平等是天賦人權，財產權神聖不可侵犯。大革命最終廢除了君主制，法國於1792年9月22日建立了法蘭西共和國，史稱第一共和國。1789年7月14日有多重要？這麼說吧，咱們若要分析當今世界的格局，若要釐清現代社會的思潮，就不能不上溯到這一天。法國大革命不僅是法國的革命，更是歐洲的革命、世界的革命。因此，法國國慶堪稱窺探近代世界史的一個重要視窗，是人類追求民主自由的深刻腳印。

再說美國國慶。日期為7月4日。1775年4月19日清晨，波士頓的萊剋星頓響起了槍聲，美國獨立戰爭由此拉開了序幕。1776年7月4日，大陸會議通過了由湯瑪斯・傑弗遜起草的《獨立宣言》，它莊嚴宣佈：「我們認為下面這些真理是不言而喻的：造物者創造了平等的個人，並賦予他們若干不可剝奪的權利，其中包括生命

權、自由權和追求幸福的權利。為了保障這些權利，人們才在他們之間建立政府，而政府之正當權力，則來自被統治者的同意。任何形式的政府，只要破壞上述目的，人民就有權利改變或廢除它，並建立新政府；新政府賴以奠基的原則，得以組織權力的方式，都要最大可能地增進民眾的安全和幸福。」從1776年7月4日起，地球上誕生了一個全新的國家，這一天也同時成為美國的國慶日。時至今日重讀《獨立宣言》，我們仍然會覺得振聾發聵，因為《獨立宣言》的光輝並沒有照亮世界的每一個角度，還有太多的人類沒有人權。

再說英國國慶。英國是一個有840年歷史的聯合王國，它沒有明確統一的建國日，但組成國有各自的守護神紀念日，如：英格蘭的「聖喬治日」，蘇格蘭的「聖安德魯日」，威爾士的「聖大衛日」，愛爾蘭的「聖派翠克日」。四位都是基督教歷史上的聖人，後被四國奉為自己的守護神，他們的祭日在當地均受到不同程度的重視。英國首相梅傑和布朗等曾努力設立共同的國慶日，培植大家作為英國人，而非蘇格蘭人或英格蘭人的國民認同，結果卻不了了之。現在，英國人已習慣了今天過這個文化的節，明天過那個文化的節。反正今天以你為中心，明天就以他為中心，誰也不搶誰的風頭。

拉拉雜雜搜集了這麼多資料，媽媽是想向你說明一個事實：世界上有形形色色的國家、五花八門的國慶，沒准哪一天你會邂逅另一種文化、另一種制度、另一種政體，但無論你走到哪裡，無論你進行怎樣的選擇，甚至哪怕你定居月球、火星，你都將永遠是一個

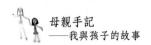

中國人，是黑眼睛、黑頭髮、黃皮膚的「炎黃子孫」。說它是基因也好，說它是文化也好，這些都無關緊要，重要的是人生來就有一些東西無法更改，這恐怕也算得上是天賦人權吧。你說是不是？

　　願國慶長假休息得開心！

　　　　　　　　　　　　　　　　　　　　　　　媽媽

第十四封信：月到中秋分外明

親愛的孩子：

　　過完國慶又到中秋，節日連著節日，開心吧？中秋是講究闔家團圓的日子，然而這個中秋真是遺憾，咱們不能回老家與外公外婆團聚了。「獨在異鄉為異客，每逢佳節倍思親。」屈指一算，呀，媽媽背井離鄉居然已經快20年了！從一個天真無邪的小姑娘，到一個天真無邪的小姑娘的媽媽，這20年簡直彈指一揮間！記得當年「舉頭望明月，低頭思故鄉」的情形，那份孤獨，那份惆悵，實在是才下眉頭又上心頭。現在則不然，現在媽媽在異鄉有了自己的家，這個家裏有個小小的你。只要咱們倆在一起，這個家就是完整的，大可不必對著月亮互相惦記。況且你生在南京長在南京，南京對於你想必就是故鄉了吧？

　　說起來，咱中國的傳統節日可真是不少，春節、清明、端午、中秋堪稱一年四季中最重要的。春節標誌著一年之始，從正月初一到正月十五，是中國人最隆重、最熱鬧的半個月。陽春三月清明來到，人們郊遊踏青、祭祖上墳，閒散的日子彌漫著春的氣息。五月初五是端午，家家戶戶點香、焚艾、吃粽子，擊鼓呼號龍舟競發，

一為紀念屈原憂國憂民，二為安度酷暑打掃門庭。熬過炎夏方入涼秋，八月十五中秋節，真是欲說還休的一個日子啊！

據說「中秋」一詞最早見於《周禮》。關於中秋節的起源，有說源於古人對月之崇拜的，有說源於月下歌舞覓偶之習俗的，還有說源於拜土地神之遺俗的。這些說法也許各有各的道理，但實際上世人對此也未必深究。大家只道八月十五這天氣候宜人，男女老少消耗了一夏，現在總算可以對著明月舉酒歡歌，盡情享受一番瓜果魚蟹的肥美了。人生若此，還復何求？據說魏晉時，有「諭尚書鎮牛淆，中秋夕與左右微服泛江」的記載。唐朝初年，中秋節成為固定的節日。宋朝時，中秋節開始盛行。明清時，中秋已與元旦齊名，漸漸成為僅次於春節的中國第二大節日。

記得媽媽小時候，一到中秋，外婆總要忙上一桌子菜。像過年一樣，中秋的晚上全家人團團圍坐，好酒好菜吃個肚兒圓。酒足飯飽之後，再把月餅啊、菱角啊、香瓜啊、葡萄啊什麼的擺上桌，我們小孩子一邊吃一邊吵吵嚷嚷地跑到外面看月亮。上個世紀七八十年代，傳統習俗已經很淡了。除了吃喝，媽媽幾乎說不上中秋還有別的內容。但聽外婆說，她們小時候女孩子過中秋要拜月的，跟在長輩後面對著月亮上香、跪拜，求月宮裏的嫦娥娘娘把賢良、美貌和聰慧賜給自己。外公則說，他們小時候過中秋常常賽詩。小孩子比賽背誦歌詠中秋的詩詞童謠，什麼「床前明月光，疑是地上霜」了，什麼「舉杯邀明月，對影成三人」了，什麼「小時不識月，呼作白玉盤」了。大人們則要各人拿出看家本事，吟詩填詞，丹青作畫，比比誰的才藝更出眾了。文人雅集，有時還免不了吹簫彈琴，

來一段京昆曲賦什麼的。呵呵，中國傳統節日從來就是這麼詩情畫意！可現在咱們過節還有什麼呢？難怪不少年輕人熱衷過萬聖、聖誕這些「洋節」了，以為「洋節」比咱們的「土節」更好玩些。只是，不信基督不懂上帝，以為過節就是狂歡、就是消費，這樣的「洋節」咱不過也罷。

啊！咱中國人與傳統隔膜甚至決絕，至少已經三代以上了！從1919年「五四」運動「打倒孔家店」起，我們就鐵了心要與五千年文化分道揚鑣。到了十年「文化大革命」，更是洗心革面重新做人，恨不得把所有中國人都脫胎換骨了才好。隨後，經濟發展、物質繁榮，中國人荷包越來越滿，腦袋越來越空。以前逢年過節才能享用的美食，現在想什麼時候吃就什麼吃；以前大年初一才能穿的新衣，現在想什麼時候穿就什麼時候穿；以前求爺爺告奶奶才能買的玩具，現在送到面前也不會多看一眼。而且除了吃喝玩樂，再沒有一點新鮮內容，大人孩子對過節連好奇心都沒有了，哪像我們小時候，早早就開始盼節、迎節、慶節呢！

這不，中秋節清晨你還沒起身，我便興致勃勃地俯在床頭逗你：「今天是中秋節哎，咱們一起去買月餅好嗎？晚上想吃什麼？趕緊起床準備嘍！」你半夢半醒地睜開眼睛，無趣地搖搖頭：「月餅太甜太膩，不想吃。你自己看著準備吧，反正我無所謂，什麼都不想吃。」媽媽熱臉碰了個冷屁股，當即無語。坐在一邊悶悶地呆了半晌，媽媽不禁一聲歎息。這也怪不得你不是嗎？除了吃就是吃，小孩子哪有在乎吃的呢，還不如由著你玩芭比來得痛快。可惜媽媽不會做月餅，要不然咱們自己動手和麵粉、玩模具，倒不失為

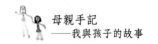
一個好的創意。聽說老北京過中秋要買兔兒爺，現在誰還知道兔兒
爺長啥樣呢？

後來，你總算陪媽媽下樓了。咱們在超市選購了四塊月餅，在
菜場選購了一些菜蔬——不管喜歡不喜歡，飯總要吃的。還好，抹
茶月餅似乎是新品種，得到了你的「大拇指」。有了這塊月餅，這
個中秋似乎有了交待。但也就這樣了。這一天，咱們的中餐平平淡
淡，咱們的晚餐平平淡淡。華燈初上的時候，我說：「咱們下樓走
走，看看月亮啊！」你搖搖頭：「不去不去，累死了，就在家呆著
吧。」這時候，我真有說不出來的失落。難道這個節日就這樣消無
聲息地打發了嗎？

給外公外婆打完問候電話，忽然發現明晃晃的月亮從雲層裏鑽
了出來。

「嘿，月亮出來了！月亮出來了！」我把你抱到窗臺看個究竟。

當月光水一樣灑落你身上時，你似乎忽然間感受到了造化的神
奇：「哇！好美的月亮啊！」

我索性拉開窗紗，擁著你一齊坐到窗臺邊上。我說：「讓你下
樓邊散步邊賞月你偏不肯，中秋節的月亮最明最亮，傻瓜今天才不
看月亮呢！」

望著浩瀚的蒼穹你說不出話。

我看在眼裏，忽然靈機一動：「乾脆拿來枕頭、軟被，讓你躺
在窗臺上看月亮怎麼樣？」

你熱烈響應：「好哎好哎！」

窗臺離桌面尚有一二十釐米的距離，桌面也不過半米寬的樣

子，就算鋪上厚枕薄被，躺起來也著實勉為其難。然而這點困難對你算得了什麼？你迫不及待地試躺下來，興奮得大呼小叫：「太舒服了！媽媽，你快來和我一起躺吧！咱們一起看月亮！你會大吃一驚，真是太美妙了！」

「不！」我條件反射地蹦出一句。

可轉念一想，為什麼一定說「不」呢？放下大人的架子，和孩子一起瘋一回又有何妨？

這時候，你已經動手拖我：「媽媽快上來吧！咱們擠一擠，更有意思！」

這回我二話不說，爬上書桌與你相擁而臥。

哇！真沒想到，換個角度，世界竟會如此不同！

不知道為什麼，人一躺下來仰望天空，就彷彿與天空的距離更近了，甚至有被天空抱在懷裏的感覺。清清爽爽地躺在明月之下，我似乎一下子成了孩子，無牽無掛，心如赤子。我的身邊，躺著另一個孩子，你。因為怕掉下去，我們緊緊相擁。你笑得咯咯咯咯，興奮得不知道怎麼辦才好。天花板被月光反射得一片雪白，我一伸手，發現做手影戲正好。於是，我們的燕子、小狗、鴿子、貓咪們紛紛出場，大手和小手演出了好一出精彩的節目。玩累了，我們又唱起歌。王菲的《明月幾時有》此時此刻最合時宜，你和我一起輕聲吟唱：「明月幾時有？把酒問青天。不知天上宮闕，今夕是何年？我欲乘風歸去，又恐瓊樓玉宇，高處不勝寒！起舞弄清影，何似在人間！轉朱閣，低綺戶，照無眠。不應有恨，何事長向別時圓？人有悲歡離合，月有陰晴圓缺，此事古難全。但願人長久，千里共嬋娟。」

　　我說：「媽媽最喜歡這首蘇東坡的《水調歌頭》了。人生不如意事常七八，秋天草木凋零，寒氣漸重，人往往會觸景生情、感慨萬千。尤其是月圓月缺無常無定，更讓感情豐富、心思綿密的詩人難以為繼。蘇東坡和他的弟弟分別時間已經很長了，古人沒有飛機、沒有手機，一封信可能要寄上好幾個月。他們互相思念卻無能為力，只能利用中秋之夜，對著同一輪月亮各自表達情感、聊以自慰了。不過，蘇東坡很豁達、很智慧，他很明瞭『人有悲歡離合，月有陰晴圓缺，此事古難全』。月圓也好，月虧也好，有月也好，無月也好，只要我們有一顆感恩惜福的心，就不會悲悲戚戚、孤獨寂寞了。『但願人長久，千里共嬋娟』，明月是上天送給我們的最好的中秋節禮物！」

　　「媽媽，媽媽，我看到嫦娥了！」你指著月亮大叫。

　　「噢，是嗎？看到砍桂花樹的吳剛了嗎，還有搗藥的玉兔？」

　　「吳剛？哪個是吳剛？他是幹什麼的？還有玉兔，是怎麼回事呢？它是可憐嫦娥孤單特意到月宮裏陪她的嗎？」

　　呵呵，我依稀記得吳剛是傳說中唐代西河的一名樵夫，他醉心仙道，但始終不肯專心學習。天帝震怒，罰他在月宮砍桂，並說：「如果你砍倒桂樹，就可獲仙術。」但吳剛每砍一斧，斧起則樹傷馬上癒合。日復一日，吳剛永遠砍不倒桂樹，他也永遠離不開月宮。至於玉兔，的確有一種傳說與嫦娥有關，說它是為了陪嫦娥才上天的。玉兔很忙，天天在搗長生不死藥。你覺得做一隻天上的神兔好嗎？住在月宮裏長生不老好嗎？「不行，要你陪！」當即你把我抱緊了。呵呵，我就猜你會這麼說。嫦娥奔月後，人們常常揣測

她寂寞無助、後悔不已，像唐代詩人李商隱所說的：「雲母屏風燭影深，長河漸落曉星沉。嫦娥應悔偷靈藥，碧海青天夜夜心。」其實我覺得也未必的，神仙的想法與凡人不一樣，想像我們站在月球上回望地球，那心情會與現在一樣嗎？所謂此一時也，彼一時也。

說著說著，覺得身上越發涼了，而且莫名其妙地，裸露的皮膚也一陣陣癢了起來。「不對，好像有蚊子哎！」等我意識到這個問題，胳膊上已悄悄鼓起一個小包，你也一樣搔個不停。「不行，咱們賞月晚會得結束了！」我支撐著從窗臺上直起身，感覺腰幾乎斷了。你依依不捨。我說十五的月亮十六圓，明天還有機會，明天咱們在陽臺上打地鋪，肯定比今晚更痛快。你這才說：「好吧！」

當天夜裏，我被蚊子叮醒。打開燈四下尋找，居然發現一隻肥蚊正伏在你的腿上，喝足了血，你卻睡得正酣！最後，清理了三隻黑蚊，而且盤香、電熱蚊香片一齊用上，中秋夜才昏昏沉沉地度過。八月十六的月亮果然比八月十五毫不遜色，我如約在陽臺上佈置了地鋪，讓你開開心心地躺著看月。只是迫於蚊子的威力，咱們再也不敢打開紗窗零距離賞月。好在八月十五咱們已經過足了癮，真是難忘的一個中秋不是嗎？

願我們每天都有新鮮感受！

媽媽

第十五封信：讀萬卷書行萬里路

親愛的孩子：

　　這兩天，王醫生他們想必已經深入安徽大山了吧。背著行囊在青山綠水間徜徉，一邊呼吸著沁人心脾的空氣，一邊熱汗淋漓氣喘吁吁。晌間，在樹蔭下席地而坐，聽小鳥嘰啾，山泉叮咚，看風景如畫，如入仙境。傍晚，找一戶農家落腳，燒幾盤山珍野味，熬一鍋土雞濃湯，喝幾盅自釀的陳年臘酒，那種痛快酣暢真是只可意會不可言傳啊！聽王醫生說，他們這次去安徽涇縣，還準備點篝火、搭帳篷呢。不知道他們的帳篷裏會不會飛進螢火蟲？他們半夜會不會被蛙鳴從夢中驚醒呢？

　　記得暑假我們在齊雲山時，正吃著晚飯，屋外忽然狂風大作雷雨交加。一道道閃電在漆黑的天幕映襯下，顯得格外地純淨飽滿，虎虎有生氣。山雷炸在耳畔，我絲毫不覺得恐怖，反而特意跑到大門前迎風而立。山風夾雜著雨絲慌不擇路地迎門而入，就像撒嬌的孩子一個勁地要往媽媽懷裏撲，真爽啊！你卻嚇壞了，抱著我不肯撒手。我說這樣的雷電不看可惜了，瞧，那麼多攝影發燒友情願在雨中淋著也捨不得放棄，咱躲在屋裏看看還有什麼不敢？聽了這話，你大著膽子往外望了一眼。這時，正好一個驚雷驀然響起，你

「啊」地一聲大叫，又把眼睛蒙上了。不過，那天你可是非常開心的。在大自然的懷抱中，咱們都體會到了物我兩忘！

放假前，王醫生曾約我們同行。我雖滿心嚮往卻不敢分心，只得一咬牙、一跺腳婉言謝絕。是啊，難得國慶長假8天，身邊沒有幾個人不外出旅遊，南京的旅遊景點、商場餐廳也是人滿為患。本來以為不能帶你出去玩，你會很生氣，鬧情緒，結果你非常善解人意地說：「在家休息也蠻好的，咱們好好安排一下，把這幾天過得開心一點吧！」謝謝你，孩子，謝謝你理解媽媽的苦衷。咱們的生活應該有咱們自己的內容和節奏，在家也好，出門也好，充實滿意就好。

話說回來，誰不喜歡旅遊呢？很多年前，當媽媽還是十五六歲的少女時，媽媽特別崇拜臺灣女作家三毛。三毛特立獨行，非常有個性。她很早就告別父母，一個人在歐洲、非洲、美洲闖蕩，還曾經與丈夫荷西在撒哈拉大沙漠過了一段土著人般的生活。三毛留下十幾部如詩美文，她的文字如同一雙翅膀載著我飛翔。那時候我就想，以後要是能像三毛一樣浪跡天涯該多好啊！後來漸漸明白，熱衷頻繁的旅遊，沉迷「在路上」的不確定感，可能是逃避自我、逃避真實的一種特殊心理表現，未必算得上健康。再加上如今的旅遊問題多多，走到哪裡都是人，行到何處都要錢，越發讓人興味索然。但俗話說「見多識廣」，旅遊確是幫助人開闊視野、豐富感受、陶冶性情、增長能力的重要手段。像三毛那樣行走天下，媽媽這輩子顯然是力不從心了，但願你將來可以行者無疆，做一個瀟瀟灑灑的「地球人」，讓你的生命精彩紛呈！

其實打你出生起，媽媽就有意識地帶你旅遊了。你最初的旅遊範圍是咱們家，媽媽抱著你從這個房間到那個房間，邊走邊嘮叨：「這是門，這是窗，這是大廳，這是鏡子……」那時候你看什麼都一片茫然，黑葡萄似的眼睛眨也不眨，似乎對我的話充耳不聞。幾個月後，你腰板硬了，寒冷的冬天也餘威散盡，咱們開始下樓轉悠，附近的小花園是你第二個旅遊點。一出家門，世界立馬豐富很多，外面有樹，有花，有草，有小鳥，有生意人，還有各色各樣的人和事。春看新綠，夏聽鳴蟬，秋拾落葉，冬曬斜陽。小花園成了你兒時的一方樂土。

頭一年抱著下樓，大人帶你到哪就到哪；第二年自己走路，你跑遍了花園的角角落落，玩遍了周圍的搖搖車、蹺蹺板。那時候每到週末，總有一個小販會在花園裏支起充氣城堡、鋪起電動小火車，我們在他那兒消磨了多少愉快的時光啊！記得那時候你最愛問：「這是什麼啊？」別看你每次問的漫不經心，對媽媽的回答似乎也沒什麼特別的反應。可事實證明，媽媽講的每一句話都深深印到了你心裏。好的影響很多，壞的口頭禪也被你學會了。這樣的例子舉不勝舉，而且屢試不爽。所以媽媽經常提醒自己，和你講話必須十分認真，要「知無不言，言無不盡」，「知之為知之，不知為不知」。

3歲以後，咱們開始認識南京。生長在歷史文化名城是你的福氣，南京的每條街道都有故事，每幢建築都有來歷。一個2500歲的老城，值得我們一輩子用心去理解、去感悟。不遊遍南京，你怎知做一個南京人是何等幸福？夫子廟觀燈，玄武湖泛舟，雞鳴寺拜

佛，閱江樓看江，棲霞山賞秋，中華門懷舊……還有那個南京人玩不夠、愛不夠的紫金山，也是四季有風景季季各不同。南京還有很多有意思的場館呢，像南京博物院啦、朝天宮博物館啦、古生物研究所啦、明城牆博物館啦，算得上是要歷史有歷史，要人文有人文，要科學有科學，要自然有自然。嘿嘿，要想把南京玩出味道來，還真不是三年兩載就能解決的。

四五歲後，你個頭更高、體力更強，總想嘗試更多的新鮮事物。於是，我們漸漸走出南京，去見識「山外有山，人外有人」。在金湖，一望無際的荷花蕩讓人目眩神迷。頭頂大荷葉乘著快艇駛過白馬湖，咱們在湖中孤島上體驗漁家生活。那天的龍蝦個大肉多鮮美無比，讓人想起來至今還垂涎三尺。不過你當時的興奮點是螞蝗，大概對龍蝦已全然沒有記憶。漁民逮到螞蝗，捆成一串掛在船頭曬乾，說是可以作藥材賣換點零花錢。曬乾的螞蝗當然沒什麼恐怖的，但你還是一邊嚇得大呼小叫，一邊欲罷不能地看了還想看，呵呵。此外，還有鳳陽、屯溪、績溪、南潯、上海、北京、青島、休寧……瞧瞧，這些年你還真跑了不少地方。小小年紀火車乘過了，飛機飛過了，山上過了，海下過了！媽媽有一個習慣，只要你願意，媽媽到哪裡都儘量帶著你。於是你成了媽媽的小尾巴，經常跟著媽媽一起工作，一起採訪，一起拜會朋友，一起參加多種多樣的活動。這些年你能夠處驚不亂、大大方方，想必與跟著媽媽見識過很多場面有關，這就是旅遊的好處啊！

我們老祖宗智慧一流，關於旅遊的重要性，他們留下了八個字：「讀萬卷書，行萬里路。」古人認為，一個人只要愛讀書愛旅

遊，就不愁不成為一個優秀的人。正面的例子太多了：孔夫子、司馬遷、蘇武、班超、李白、杜甫、蘇軾、王守仁、曾國藩……古往今來的名儒大賢，差不多都是既博覽群書又行走天下的呢。人不讀書則語言乏味、舉止粗俗，人不旅行則目光短淺、頭腦頑愚。現代社會真是不可思議的時代，因為交通便捷、資訊氾濫，一個像你這樣的六七歲兒童，居然已經走南闖北經驗豐富。且不說古人，就是媽媽當年和你現在也沒有可比性：媽媽16歲才第一次看到大海，20歲第一次乘地鐵，30歲第一次體驗飛機。即便現在，好多時髦熱鬧的地方也只是耳聞呢。

然而，凡事過猶不及，刺激太早、感受太多會不會讓人麻木不仁呢？記得媽媽第一次面對大海時，心裏面翻騰得比大海還要厲害；第一次坐地鐵，緊張得居然錯過了站；第一次坐飛機，盯著窗外的浮雲不捨得閉眼……你呢，你現在出門顯然已十分老練，一般的景致吸引不了你的注意力，稍不滿意還意見一串一串的。媽媽當然不會因噎廢食，就此停下旅遊的腳步。不，媽媽還會帶你走更多的路，直到你能獨行天涯的那一天。但媽媽不由得也憂心忡忡：長此以往，你還會有旅遊的熱情嗎？長此以往，地球上還有多少事物能讓你保持三天的好奇心呢？

孩子，別以為旅遊就是背包出門那麼簡單。在每一次旅遊之前，我們有必要搞清楚這次旅遊的行程，有必要上網瞭解天氣情況和景點口碑，然後有針對性地進行票務、裝備和食品等的準備。除了常規的技術性操作，更多的是精神和情感上的呼應。比如王醫生，他喜歡親近大自然，十天半個月不上山走走，整個人就像沒魂

了似的。王醫生常去安徽，齊雲山最多的一年去了七趟，和山裏的一草一木都成了朋友。我問過王醫生：為什麼不換個地方玩呢？故地重遊不覺得膩味嗎？他說：「大自然每時每刻都不一樣。同樣一座齊雲山，春天、夏天、雨天、雪天變化萬千，哪一次我也沒覺得膩味啊！」我經常聽王醫生提起齊雲山的老陳。每回王醫生上山，他們倆都會邊喝邊聊，盡興一個晚上。像老陳這樣的哥們，王醫生在安徽還有好幾個，這都是他旅遊積攢下來的無價之寶啊。

知道什麼叫「驢友」嗎？驢友是旅遊的「旅」的諧音，泛指參加旅遊、自助游的朋友，也包括那種背著背包，帶著帳篷、睡袋宿營的戶外愛好者。王醫生是南京老牌「驢友」，他有非常專業的戶外裝備，非常豐富的戶外經驗。每每看著他迷彩服、大行囊、黑墨鏡裝扮起來，我都不由地一聲喝彩：與大自然親密無間，這樣的旅遊才夠勁啊！當然，不可能所有人都成為「驢友」，大多數人還得跟著旅行團走馬觀花。現在私家車多了，喜歡自駕遊的人也多了。自駕游比跟團游自由度高得多，但如果不領會旅遊的真諦，我覺得也無非是「某某到此一遊」而已。你喜歡那種乘車大半天、拍照五分鐘的旅遊嗎？你喜歡那種跟著導遊在人潮中擠來擠去的旅遊嗎？你喜歡那種一到某地就瘋狂購物的旅遊嗎？你喜歡那種把自己關在賓館裏打牌到凌晨的旅遊嗎？你喜歡那種泡千篇一律的卡拉OK和酒吧的旅遊嗎？你喜歡那種一停下來就胡吃海喝，吃完離身留下一片垃圾的旅遊嗎？……噢，太可怕了！

孩子，你以後可以不成為「驢友」，但不可以不成為一個懂得旅遊的人。因為日常生活讓我們麻木，所以我們旅遊；因為城市環

境讓我們疲憊，所以我們旅遊；因為未知行程讓我們新鮮，所以我們旅遊。但如果僅僅是從一種麻木到另一種麻木，從一種疲憊到另一種疲憊，從一種單調到另一種單調，那還不如回家睡覺算了。你說呢？

　　願我們每一次都玩得盡情盡興！

　　　　　　　　　　　　　　　　　　　　　　　　　　媽媽

【成長點滴】

童話三則

1、害羞的小蝸牛

小蝸牛溪溪住在清亮亮的小河邊，她又會唱歌又會跳舞，大家都很喜歡她。可是她十分害羞，人一多就馬上紅著臉縮進殼裏，不管誰叫也不出來。

夏天到了，小夥伴們商量著要辦一個納涼晚會。小青蛙撐著荷葉傘來請溪溪：「大家都想聽你唱歌呢，來給我們表演一個節目吧！」溪溪搖著頭說：「不行不行，大家都看著我，我會緊張得唱不出來的……」小青蛙只好失望地走了。小蜻蜓穿著白紗裙來請溪溪：「你的瑜珈舞跳得真好，我們一起到晚會上表演吧！」溪溪搖著頭說：「不行不行，一上舞臺，我就會嚇得動不了身的……」小蜻蜓只好失望地走了。

蝸牛媽媽對溪溪說：「你這麼害羞，以後可怎麼交朋友啊？大家都不想和你玩了。」媽媽給溪溪出了個主意，她讓溪溪找一個沒人的地方，自己練習大聲唱歌、大膽跳舞。媽媽說時間長了，溪溪一定能改掉害羞的毛病。

　　溪溪聽從了媽媽的勸告。當天晚上，溪溪一個人來到蘆葦蕩邊。此時此刻，小夥伴們都正在荷葉蕩那邊準備晚會呢。溪溪把茂密的蘆葦當成了觀眾，鼓足勇氣閉著眼睛唱起了第一首歌。小魚兒聽到了歌聲，悄悄地游到了過來；小夜鶯聽到了歌聲，悄悄地飛了過來；小蟋蟀聽到了歌聲，悄悄地跳了過來……不一會兒，小青蛙、小蜻蜓他們也聽見了。小夥伴們在螢火蟲的帶領下，趁著月亮躲進雲彩的間隙，很快全都聚集到蘆葦蕩，大家在小蝸牛美妙的歌聲裏陶醉了。

　　月亮再一次照亮了蘆葦蕩，小蝸牛一曲唱畢睜開眼睛，她驚訝地聽到一陣熱烈的掌聲：啊，原來是親愛的小夥伴們啊……

2、青蛙長翅膀

　　小青蛙跳跳不喜歡自己的長相，他特別羨慕小蝴蝶，他總是想：要是我有一對大大的翅膀，要是我也能飛到天上多好啊！

　　跳跳過生日的這天，他許了個願望：「我希望長出一對最漂亮的翅膀，讓我能在天空中飛翔！」森林女神聽到了跳跳的心願，她在夢裏對跳跳說：「擁有翅膀是要付出代價的，你捨得嗎？」跳跳直點頭：「捨得！我什麼都捨得！哪怕就讓我飛一天也行啊！」森林女神笑了，她說：「你不要後悔啊，不要後悔啊……」第二天醒來，跳跳發現自己真的有了一對大大的、透明的、比蝴蝶還漂亮的翅膀。跳跳高興極了！他一邊用勁扇動著翅膀，一邊大聲喊道：「我能飛了！我能飛了！」媽媽嚇壞了，急急忙忙想攔他，可跳跳已經飛出很遠了。

　　跳跳飛到池塘上，他發現小池塘原來並不大，而且是不規則的橢圓形的。啊，以前跳跳還一直以為這池塘大得不得了呢！跳跳飛到大樹邊，他發現大樹雖然又粗又壯，但離大樹不遠，還有很多大樹比自己熟悉的這棵還粗還壯。跳跳飛到了草地上，他發現蝴蝶、蜜蜂、小鳥都在這裏玩耍，大家看見跳跳都驚叫不已：「啊！長翅膀的青蛙！長翅膀的青蛙！」跳跳真是開心極了，他想：「如果沒有翅膀，我這輩子都不會知道小池塘外還有這麼一片美麗天地啊！」

　　傍晚，跳跳正自在地飛來飛去，忽然，一隻老鷹箭一般從遠方射來。還沒等跳跳反應過來，老鷹已一口叼住了跳跳的脖子。跳跳這時候才明白，他得為這對翅膀付出生命的代價。不過，就在老鷹叼著他飛往高空的時候，跳跳仍然滿意地對自己說：「只要能飛，付什麼代價都是值得的！」

3、小花和小草

　　春天到了，綠油油的小草和五顏六色的小花一個個從土裏鑽出頭來。微風吹過，小花擺弄著鮮豔的裙子，神氣活現地對小草說：「瞧我多美麗！人人都會喜歡我！可你們呢，那麼平凡，那麼樸素，那麼其貌不揚，活著有什麼勁呢？」小草聽了只是笑笑，並不回答。

　　一隻小鳥飛了過來。看到美麗的小花，小鳥又驚又喜：「哇，這麼多漂亮的花啊！」話沒說完，小鳥就從天空飛撲下來。它一會兒在這朵花上啄一口，一會兒在那朵花上吻一下。不一會兒，五六朵小花都閃斷了腰。

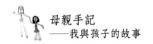
　　一條小狗跳了過來。看到美麗的小花，小狗汪汪直叫：「哇，這麼多漂亮的花啊！」話沒說完，小狗就快樂地躺倒在地。它一會兒前翻，一會兒後滾，一會兒又來個靈活的鯉魚打挺。不一會兒，一大片小花都折斷了根。

　　一個孩子跑了過來。看到美麗的小花，孩子拍掌大笑：「哇，這麼多漂亮的花啊！」話沒說完，孩子就迫不及待地伸出小手。她一會兒摘朵紅的，一會兒摘朵粉的，一會兒又來一朵紫的。不一會兒，草地上的小花都沒了蹤影。

　　……

　　打雷了，下雨了。雨過天晴，綠油油的小草更加茁壯了。小草一邊吮吸著大地母親的營養，一邊自在地唱著自己的歌：「我們是平凡樸素的小草，我們是大千世界的主人……」

第十六封信：僅僅快樂是不夠的

親愛的孩子：

又要上學了。頭天晚上你就開始歎氣：「唉！我總算知道為什麼要上寄宿學校了，上寄宿學校就是為了哭、為了想媽媽的！有些孩子平時並不太喜歡媽媽，因為他媽媽管得嚴，可現在也是動不動就『哇哇』，天天盼著見媽媽一面。」

然後，你抱著臭咪開始憧憬：「要是能做一隻貓該多好啊！臭咪，你又不用上學，整天什麼事都沒有，想吃就吃，想睡就睡，想玩就玩，真羨慕你啊！下輩子你來做人我來做貓吧！」

這時候，臭咪在你懷裏乖巧地蜷成一團，幸福地眯著眼睛打著呼嚕，顯然成了你的活證。

我說：「這下完了，下輩子我可不想做貓，咱們鐵定成不了一家人了！」

你說：「不行，你做貓媽，我做貓寶，咱們還是要成一家人！或者，你做我主人算了，當寵物也要選個好主人才行！」

我故意直搖頭：「你瞧瞧，咱家的貓啊、魚啊、烏龜啊、兔子啊，都是為你養的。要不是你喜歡，我才不要養寵物呢，多麻煩啊！」

你急了：「不行，下輩子咱們還得在一起。你要是做天鵝，我就做你的鵝寶；你要是做北極熊，我就做你的熊寶；你要是做人，我還做你的寶，或者就做你的貓……反正跟定你了！」

說完，你抱著我熱烈親吻，簡直要讓我窒息了。

呵呵，親愛的孩子，謝謝你愛我，謝謝你下輩子仍然願意和我相守。不過，你我這輩子成為母女已經是天大的緣分，我們的美好生活才剛剛開了個頭，且不說未來還有多少夢想值得我們期待和盼望，單是放著眼前的時光不珍惜、不享受，卻又憑白無故地幻想說不清道不明的「下輩子」那又何必。現在不想上學就恨不得投胎當貓，那萬一做貓之後你被主人責罵懲罰，再投胎做什麼好呢？加菲貓電影我也喜歡，咱們倆曾一起看得目不轉睛、有滋有味。誰不羨慕養尊處優、隨心所欲的加菲啊，更不用說那個繼承了英國城堡的「王子」貓了，可電影怎麼當得了真呢？有多少貓流浪街頭饑腸轆轆！又有多少貓被生吞活剝成為桌上佳餚！即便和咱家臭咪一樣有主人豢養，也無非是吃飽喝足了玩玩球、看看鳥、曬曬太陽，有事沒事往主人身上蹭蹭，或撒嬌或發嗲或逗趣。主人心情好有空閒時，也許會抱它入懷給予一點愛撫。萬一主人生氣發怒舉起巴掌，那它只能夾著尾巴四處藏身，心驚膽戰不知何時方能重見天日——這樣的日子當真是你嚮往的嗎？的確有些貓狗被主人寵得不像樣子，可我仍然覺得它們的思維、能力和空間過於局限，真的十分可憐！不管是加菲貓電影還是《湯姆和傑瑞》動畫片，咱們看得哈哈大笑，它們卻無動於衷。它們不能登山看海品美食，不能彈琴寫詩侃大山，不能感春傷秋泡溫泉——不做人做貓？換我才不幹呢！

　　當然，讀書的辛勞我們每一個過來人都深有體會，否則也不會有「十年寒窗苦」這句古話代代流傳了。尤其可怕的是，當今世界人口膨脹、競爭激烈，我們的教育又始終走不出考試第一、分數至上的怪圈，導致你們很多孩子小小年紀就壓力重重，整天在這個培訓班、那個輔導課間忙碌奔波，天真無邪、自由自在的童年越來越短暫。報紙上常會出現中小學生苦悶自殺的新聞，身邊也時有憂鬱症爆發的慘痛案例，面對如此酷烈的現實，越來越多明智的家長開始由衷地表示：「咱不逼孩子，怎麼活不是一輩子，辛辛苦苦折騰來折騰去又圖個什麼呢！只要孩子健康快樂就好！」這話聽起來真是美妙極了，似乎一句話說到了根本上，再也用不著心有旁鶩了。是啊，誰能說健康快樂不好呢？誰敢說一輩子辛苦就一定有意義呢？但是，但是，我怎麼總覺得這句話暗藏漏洞，甚至有可能讓人誤入歧途呢？你知道，媽媽從來不贊成苦讀書、讀苦書，但當真「只要」健康快樂就「好」嗎？也未必吧！

　　嗯，我們且把問題放這兒，插一個故事吧。話說福特紀元632年，即未來的西元2532年，那時人類文明高度發達，科技主宰一切。「家庭」、「愛情」、「宗教」等都成為歷史名詞，人們差不多都住在城市裏。嬰兒完全由試管培養，從實驗室中傾倒出來。人在出生前就已被劃分為「阿爾法」、「貝塔」、「伽瑪」、「德爾塔」、「愛普西隆」五種階級，分別從事勞心、勞力、創造、統治等不同性質的社會活動。管理員用試管培植、條件制約、催眠等科學方法，嚴格控制各階層人類的喜好，讓他們用最快樂的心情，去執行自己被命定一生的消費模式、社會階層和崗位。人們完全不需

要書籍和語言，大家習慣於自己從事的任何工作，視惡劣的生活和工作環境與極高的工作強度為幸福，社會的箴言是「共有／統一／安定」。因此，這是一個快樂的社會。這種快樂還有別的措施保障，比如睡眠教學，國家還發放精神藥物「索麻」，讓人忘掉不愉快的事情。

有一天，「野蠻人」約翰和母親意外進入這個世界。當地人非常驚訝，因為「野蠻人」有太多使他們不解的地方。而「野蠻人」也發現，在這個「美麗新世界」裏，人類已失去了個人情感，失去了思考權利，失去了創造力。一句話：他們人性消泯，已淪為嚴密科學控制下，一群被註定身份、註定命運的活機器！約翰為了人生的自由、為了解放城市人努力過一會兒，最後卻受盡城市人的白眼、取笑，陷入絕望，直至最後他自殺而死。

孩子，你想必明白，「野蠻人」約翰無非是一個和我們差不多的普通人，他之所以在那個世界成為怪物，完全是因為那個「美麗新世界」太匪夷所思了。呵呵，不用說，這個故事是虛構的，它的作者是英國偉大作家奧爾德斯·赫胥黎。這個名叫《美麗新世界》的長篇小說與喬治·奧威爾的《1984》、紮米亞京的《我們》並稱「反烏托邦」三書，在國內外思想界影響深遠。

1932年，當赫胥黎發表《美麗新世界》時，世人僅僅是一笑置之。然而半個世紀後，美國著名批評家尼爾·波茲曼卻又再次發出震聾發聵的警告：赫胥黎的預言完全可能成為現實，我們將因享樂失去自由，我們將毀於我們熱愛的東西！又過了十幾二十年，當21

世紀的我們重溫赫胥黎、波茲曼的著作時，我們將不得不悲哀地承認：一切果然如先賢所料，現在願意讀書的人的確已經越來越少，社會再也不需要任何禁書的理由；在浩如煙海的資訊中，人們的確日益變得被動和自私，卻還常常自以為是地築牆構籬；真理的確已經被無聊煩瑣的世事淹沒，沒有人相信真理存在，探究真理問題甚至是滑稽可笑的事情；我們的文化的確已經非常庸俗功利、充滿感官刺激，作家渴望變身明星，教授唯恐不成優伶，網路博客更讓每個會碼字的人都產生了「我在影響地球」的幻覺……

　　咱們家沒有電視，媽媽情願為你選購大量的碟片也不肯開通有線電視，你理解這是為什麼嗎？這是因為主動選擇和被動接受大不一樣，經常看電視很可能會讓我們中毒上癮，像《美麗新世界》中的城市人一樣，淪為現代文明、娛樂至上的奴隸。美國是一個電視無處不在的國家，從新聞直播到主題辯論，從總統競選到宗教佈道，從兒童動畫到成人隱私……美國的電視無所不包。「我們美國人似乎知道過去24小時裏發生的任何事情，而對過去60個世紀或60年裏發生的事情卻知之甚少。」資深美國電視人比爾‧莫耶斯感慨，「零星破碎的資訊無法彙集成一個連貫而充滿智慧的整體。我們不是拒絕記憶，我們也沒有認為歷史不值得記憶，問題的癥結在於我們已經被改造得不會記憶了。」

　　《芝麻街》誕生於1969年，是美國家喻戶曉的一個兒童節目。在《芝麻街》裏，可愛的木偶、耀眼的明星、朗朗上口的曲調和快速的節奏，吸引著四五歲孩子在電視機前入迷地坐上很長時間。很

多父母以為，有《芝麻街》這樣寓教於樂的好節目，自然沒有理由再讓孩子離開電視。可對傳播有著深刻洞察力的波茲曼卻一針見血地指出：每一個電視節目都有教育性，看電視也能培養人們對於學習的某種傾向，但這種學習從本質上說，同書本學習或學校學習水火不容。學校裏的適當娛樂只是促進學習的一種手段，而在電視上，娛樂本身就是一種目的。波茲曼認定，《芝麻街》不可能鼓勵孩子熱愛學校或學習，它鼓勵孩子熱愛的只是電視。

專家們的深入研究也表明：在觀看了兩個30秒長的商業電視節目和廣告之後，只有3.5%的觀眾可以正確回答和節目有關的12個判斷對錯的問題；51%的觀眾在看完一個電視新聞節目幾分鐘之後，無法回憶起其中的任何一則新聞；普通電視觀眾只能記住電視劇中20%的資訊，21%的電視觀眾無法回憶起一個小時內播放的任何新聞……通過這一系列研究，專家們得出結論：我們沒有發現觀看電視可以有效地提高學習效果，電視在培養深層次的、具有推論性的思維方面明顯不如文字。

上面這些話引經據典也許有些深奧，你此時此刻恐怕未必明白，那咱們再換個簡單的比喻如何？誰都知道吸食大麻、搖頭丸這些毒品能產生極其強烈的幻覺，讓人欲死欲仙、快樂無比。但如果不加控制，放任自己陶醉、依賴這樣的快樂，最終只能變成一個人不人、鬼不鬼的可怕傢伙。《木偶奇遇記》裏的匹諾曹討厭學習，不喜歡動腦筋，覺得整天吃喝玩樂最快樂不過。在同伴的誘惑下，他們來到了一個「快樂島」，從早到晚瘋狂遊戲。結果，結果呢？

結果他差點變成一頭蠢驢！呵呵，別以為非得一身灰毛、四腳朝地的才是蠢驢噢，我們身邊腦袋空空、貪圖享受，像蠢驢一樣過了今天不管明天的人不也比比皆是嗎？

中國有句古話叫做：「過猶不及。」意思是不管好事壞事，超過了一定的尺度和分寸，都可能適得其反。孩子，我們都是有著七情六欲的凡夫俗子，別人犯的錯誤我們很可能也會犯，千萬不要盲目地以為自己有超強免疫力，可以百毒不入。所以，最好的辦法就是謹記前輩先哲的教誨，管好自己的一言一行，切忌懶惰、懈怠、貪婪、欺騙等惡習，踏踏實實做自己該做的事情。也就是說，現在你是孩子、是學生，就努力做個好孩子、好學生，將來你是職員、是妻子、是母親，就努力做個好職員、好妻子、好母親。別羨慕動物，按照佛學「三世因果」、「六道輪回」的觀點，它們都是因為沒有盡自己的本分，克服不了貪嗔癡慢，種下諸多惡果，方墮落畜牲道的。動物的自由和尊嚴比之我們人類更加有限、更加沒有保障，你能想像朝不保夕、膽戰心驚是一種什麼狀態嗎？

好了，收拾好書包上床睡覺吧。明天媽媽會早早起床，給你炸兩個荷包蛋、沖一杯熱果珍，送你開開心心地去上學。孩子，媽媽祝福你永遠健康快樂，但媽媽也要提醒你，僅僅快樂是不夠的。大自然沒有壞天氣，我們的人生豐富多彩，快樂不過是眾多感覺之一。如果沒有痛苦和悲傷，如果沒有渴望和希冀，快樂也許根本無從談起，更何況快樂之塔層次分明，吃一包瓜子是快樂，喝一杯奶茶是快樂，修身齊家治國平天下也是快樂。淺薄、短暫、微小的感

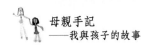
官快樂彷彿眼前的彩虹，美則美矣，卻夠不著、留不住，而若想追求深沉、持久、宏闊的心靈快樂，那非得「更上一層樓」不可。不要害怕、逃避困難，因為困難往往正是快樂的起始和源頭呢！

呵呵，讓我們先快快樂樂地睡個好覺、做個好夢吧。

媽媽有你很快樂！

媽媽

第十七封信：說千道萬不如做一

親愛的孩子：

　　你們在學《弟子規》嗎？好！很好！太好了！這可真得感謝你們老師。英明！實在是英明啊！

　　《弟子規》媽媽聞名已久，可惜一直無緣研習。你驚訝媽媽連《弟子規》都沒看過？呵，這太正常不過了！媽媽小時候跟你們現在哪裡好比嘞。媽媽上學那年，所謂的「四人幫」剛被粉碎不久，十年「文化大革命」才結束沒多長時間。一切百廢待興，人們除了還在講中國話、還在吃中國菜，已經不知道什麼叫做中國、什麼叫做祖先。懵懵懂懂地被灌輸了一些教條和知識，沒幾年又被逼上了高考的獨木橋，我們這代人的青春差不多都消耗在各式各樣的考場上了，從來沒有人告訴我們：「做人比考試更重要，生命比分數更重要，生活比書本更重要。」要不是大學四年在古文獻專業掃了掃盲，媽媽恐怕現在也未必明白《弟子規》是中國人的立身之本呢。

　　既生為中國人，就該有個中國人的樣子。對傳統典籍有基本瞭解，對中國文化有基本認識，媽媽以為這都是最起碼的。所以你剛學說話，媽媽便不厭其煩地教你誦讀《三字經》。媽媽那時的計畫很宏偉，以為先《三字經》，後《千字文》，接著四書、五經、

老莊、離騷……至多三年五載，滿可以讓你和國學混個臉熟了。沒想到現實永遠不肯聽從計畫的指揮棒，呵呵，也不知道你是否還記得，你兩三歲時還肯依葫蘆畫瓢，四五歲後一見《三字經》就立馬跑得遠遠的。媽媽不強人所難，如果你視鑽石瑪瑙如糞土，媽媽哪有呼天搶地逼你收藏珍寶的道理？於是，你的國學啟蒙止步於「三才者，天地人；三光者，日月星。」你現在會覺得遺憾嗎？你將來會考慮補課嗎？呵呵，也許吧。不管那麼多了，現在請你當老師，來來來，咱們一起誦讀《弟子規》吧！

「父母呼，應勿緩；父母命，行勿懶。父母教，須敬聽；父母責，須順承……」

嗯，你背得很溜，字字清晰，不錯！那麼，這幾句話是什麼意思呢？怎麼，你不知道？老師沒給你們解釋？不會吧！你們只是「小和尚念經——有口無心」嗎？這未免太離譜了吧！這幾句話其實很簡單啊，光看字面也可以明白的。假如老師真的沒解釋，那她肯定是以為你們都能懂的。「父母呼，應勿緩。」就是說父母喊你們，你們應該馬上答應，不要裝作聽不見，半天沒有聲響。「父母命，行勿懶。」就是說父母叫你們幹什麼事，你們應該馬上去做，不要耍賴偷懶。「父母教，須敬聽」呢，是說對父母的教導要恭敬地傾聽，不能父母說一句你們頂十句。「父母責，須順承」是說對父母的責備、批評，必須毫無怨言地順應、承受，不能心生不滿讓父母對你們手足無措。

噢！這些話可真是說到了家長的心坎上！你們現在的孩子啊，全都被寵壞了不是嗎？你說說看，你是不是經常對媽媽的呼喚充耳

不聞？叫你去遊樂場，叫你去買芭比，你跑得比誰都快，可一叫你趕緊靜下心來讀書寫字，你就故意老長時間沒有聲音。還有，你現在越來越會頂嘴狡辯了。媽媽一句話沒說完，你已經三句四句回了過來，把媽媽氣得恨不得揍你幾巴掌。別以為對媽媽可以肆無忌憚，媽媽也會對你敬而遠之的，假如你總是把媽媽的好心當作驢肝肺的話……

嘛！你又皺起了眉頭，你又不耐煩地嚷嚷：「別說了！別說了！《弟子規》也就是老師檢查時背給她聽聽就算了的，不是叫人照著做的，沒人會照著做！」

哇！我眼睛瞪得太大了吧？我簡直覺得眼珠子都快要掉出來了！我結結巴巴地蹦出幾句支離破碎的話：「你──你──你說什麼??不照著去做，我們學它幹嗎??難道你學習不是為了幫助自己，只是為了應付老師嗎???」

你噘著嘴巴氣鼓鼓地回答：「當然！就是為了應付老師！」

我的天，我無語了！

噢，我的孩子，別看你平時聰明伶俐，上天入地好像什麼都懂那麼一點點。可如果你連最起碼的道理都拎不清，那這些所謂的「聰明」還有什麼意義？倒不如在家幫媽媽打掃衛生來得實在有用！

跟你這麼說吧，《弟子規》絕非僅僅要求你們小孩子，我們大人也要跟著學、跟著做的。要知道中國人與傳統隔絕已經至少有兩三代了，我們大人跟你們小孩一樣，不從頭學起，不填補空白，也是一樣的茫然無知。《弟子規》是什麼？是一個人做人的基本準

則。它的《總敘》說得十分清晰到位：「首孝悌，次謹信；凡愛眾，而親仁；有餘力，則學文。」也就是說孝敬父母，友愛兄弟，為人嚴謹、誠信、親和、有愛心，是我們身而為人的道德底線，如果連這些都做不到，就甭談什麼文化或知識了。

當然，不學《弟子規》也未必不能知書達理、溫文爾雅，區別的關鍵是看你如何做的。喪失人性，突破底線，即便你《弟子規》背得滾瓜爛熟，即便你是碩士、博士、博士後，也不可能有人尊重你。相反，你明小節、識大體，為人自然、純樸，讓人如沐春風，那你哪怕只是一個目不識丁的鄉野村婦，人們也會爭相傳頌你的美德。這樣的例子，正面的，反面的，古往今來多了去了！是的，要做，一定要做！說一千道一萬，不如認認真真做一點點。

孩子，媽媽最近之所以特別重視《弟子規》，是因為剛看了一套令人震撼的碟片。唔，就是這碟片——《和諧拯救危機》。碟片是潤苗阿姨送的，由中、英、日等國多家主流電視機構聯合制作，通過主持人與淨空法師的對話，引領人們重新認識這個危機重重、複雜混亂的世界，進而重新思考人生、調整自我，努力做到內外和諧、完整統一。淨空法師是享譽世界的得道高僧，今年已經80多歲了，但依舊滿面紅光、才思敏捷。《和諧拯救危機》內容博大精深，真要細說起來，那就話長了。別的放下不表，我且告訴你一個非常神奇的故事。淨空法師非常推崇《弟子規》，面對世風日下、道德淪喪的現實，他總是說：不是改變不了啊，能做到的！給我一塊地方，只要三年時間，一定能夠做到「人人皆為堯舜」！呵呵，你猜怎麼著？他做到了！真做到了！

　　這個社會實驗本來是打算在美國做的，因為當時淨空法師正居住在美國。後來移居澳大利亞，淨空法師又有意在澳州的一個小鎮嘗試。然而最終機緣巧合，淨空法師家鄉的一個小鎮——安徽省盧江縣湯池鎮——成了當代「桃花源」的演繹地。湯池鎮依山傍水，風景優美，經濟不甚發達。這裏的村民和其他許多村民一樣，大大小小的是非隔三差五總要出那麼幾椿：鄰里糾紛，婆媳爭吵，夫妻鬥架，幹群不和……2006年，淨空法師來到湯池，開始他獨特的教化工程。

　　他首先通過公開招聘，從300人中挑選出30名品行端正的有志青年男女作為教師，雙方事先約定：教師3年不得離開湯池、不得談戀愛等等。經過系統培訓，這30名教師可以教授湯池百姓了。他們教百姓什麼呢？《弟子規》！你們學《弟子規》，是把字句抄黑板上，一周抄四句背四句是嗎？這些教師可不是這樣。不管是對老人還是對孩子，他們開口前必90度鞠躬，他們對人謙遜有禮、真誠可親，他們站有站樣、坐有坐樣，舉手投足無不遵循《弟子規》的教導。村民們多年來一直隨手亂扔垃圾，勸說他們改掉這個壞習慣根本沒有人聽。怎麼辦？教師們就身著宣傳衛生的紅馬甲，每天在鎮上面帶微笑地撿垃圾。連續撿了個把星期，搞得村民們自己不好意思了，很快再也沒人亂扔垃圾。請村民學《弟子規》，教村民懂禮貌守規矩，村民覺得很莫名其妙啊，心想：你們憑什麼要我們學呢？你們為什麼要這麼做呢？背後有沒有不可告人的目的呢？後來他們終於發現，學《弟子規》對家庭和睦、對身心健康都有好處，教師們自己都是說到做到，一點不含糊，完全值得大家信賴和尊敬，村民們便紛紛仿效起來。

「一個月，僅僅一個月時間，變化就非常明顯！」淨空法師欣慰地說，「這也出乎我們的意料，本來估計至少需要三個月才可能出效果的，沒想到這麼快！所以說，不會沒用的！只要你去做，真心誠意去做，一定有用！不要以為你就一個人，力量是不是太單薄了？沒關係，你做了，你就可以影響你身邊的人，一傳十、十傳百，很快你就會感受到變化！就怕說一套做一套，那不是自欺欺人嗎？」學了《弟子規》後，湯池人謙恭有禮多了。曾經有兩個人鬧矛盾鬧到村委會，調解人對他們說：「你們都學過《弟子規》的，還好意思為一點小事吵來吵去嗎？」那兩個人當即互相和解了事。

淨空法師說，湯池鎮只是一個樣板，通過它大家應該相信：一個小鎮可以改變，一個城市、一個國家也可以改變，前提仍然是身體力行！「上行下效啊，如果國家領導人、各級領導人以及成年人都能真心實意帶頭踐行《弟子規》，那老百姓、小孩子沒有不從善如流的道理啊！」孩子，說到這裏你明白了吧？這《弟子規》可不是讓咱們當作順口溜背著玩的，要點點滴滴地去做啊。其實，媽媽一邊讀《弟子規》一邊也在反省自己呢：對外公、外婆是不是經常語氣不好、臉色不對呢？是不是老以「太忙」、「太累」為藉口很少與老人家聯繫？是不是老覺得長輩應該體諒自己而自己卻很少體諒長輩？……啊呀呀，一想到自己這麼多小毛小病，不由得臉紅心跳，真是慚愧死人了！

說到身體力行，還有一個人不能不提。「人有兩個寶，雙手與大腦。雙手會做工，大腦會思考。用手又用腦，才能有創造！」這首兒歌是你們語文課文的第一篇吧，它的作者是誰？是偉大的教

育家陶行知先生。陶行知與我們南京有割不斷的情緣，他在南京求學深造，又在南京實現了平民教育理想。南京有所曉莊學院你知道吧？外公是曉莊畢業的，現在歡歡姐也正在曉莊讀大學。曉莊學院的前身是曉莊師範，它的創辦者正是這位陶行知先生。陶行知早年留學美國，獲伊利諾斯大學和哥倫比亞大學科學和文學碩士學位，系著名教育思想家、實用主義哲學家約翰・杜威的學生。他的導師杜威倡導「教育即生活」，對20世紀思想文化影響深遠。陶行知繼承和發展了杜威的教育思想，強調實踐出真知、手腦並用、生活即教育。

關於陶行知先生對行動的重視，我們不妨先從他的名字瞭解起。陶行知原名陶文濬，在定名「陶行知」之前，他曾有近30年自稱「陶知行」。時而「陶知行」時而「陶行知」，難道他顛來倒去只是為了玩文字遊戲嗎？非也！要知道，「知」與「行」是中國古代思想家經常探討的一對哲學概念，「知」代表認識、代表觀念，「行」代表實踐、代表行動。宋代大儒朱熹側重於知先行後、知難行易，明代大儒王陽明偏向於知行合一、知行皆為心生。1910年，19歲的他考上金陵大學文學系，因信奉王陽明的「知行合一」說，遂改名「陶知行」。當他人生閱歷漸漸豐富，他發現很多人「知」與「行」是分裂的，一個人很可能說起來天花亂墜，做起來卻一事無成。1934年，43的他感悟到「行是知之始，知是行之成」，最終定名「陶行知」。

陶行知名言很多，比如：「人生辦一件大事來，做一件大事去。」「千教萬教，教人求真；千學萬學，學做真人。」「教學做

是一件事，不是三件事。我們要在做上教，在做上學。不在做上用功夫，教固不成為教，學也不成為學。」「我們要活的書，不要死的書；要真的書，不要假的書；要動的書，不要靜的書；要用的書，不要讀的書。總起來說，我們要以生活為中心的教學做指導，不要以文字為中心的教科書。」這些話萬變不離其宗，都是告訴我們要做、做、做！

孩子，我們所學的一切都是為了用：學《弟子規》，可以讓我們更好地做人；學語文、數學、英語，可以讓我們更好地生活；學歷史、政治、哲學，可以讓我們更加地睿智；學物理、化學、生物，可以讓我們更加地專業……噓！千萬別再說學習是為了「應付老師」這類傻話了！一切都是為了你自己，好壞都是你自己的，這一點請你務必早點清醒過來！「不力行，但學文，長浮華，成何人？但力行，不學文，任己見，昧理真。」這些話好像專門對你講的噢。

得了，別捂耳朵了，知道你每句話都聽見的。天不早了，我不磨嘴皮子了。

OK, It's time to go to bed.

Good-nigt!

媽媽

第十八封信：戰爭沒有勝利者

親愛的孩子：

　　今天是2009年12月13日，星期天，一個雖然陰冷但仍不失平和的休息日。上午10點整，「嗚——嗚——嗚——」，一陣淒厲的汽笛聲突然響遍全城，嚇得你直往我懷裏鑽：「怎麼了怎麼了，這是什麼聲音啊？！」我苦笑一聲：「想想看，今天是什麼日子？」這時候，四面八方的汽笛聲一陣緊似一陣，南京城頓時蕭瑟肅殺起來，彷彿剎那間回到了不堪回首的72年前。可以想像，此時此刻江東門紀念館正人頭攢動燭光點點，而街頭巷尾的老百姓想必也都斂容正色默默頷首。72年前的南京是活生生的人間地獄，這樣的歷史讓人不寒而慄！

　　你一下子恍然大悟：「噢，我想起來了，今天是侵華日軍南京大屠殺遇難同胞紀念日。我們上小托班時老師就說過，拉響汽笛是紀念遇難同胞的。」是啊，你知道的，每個南京孩子都知道的，每個南京市民都不可能淡忘的：1937年12月13日，侵華日軍攻陷南京，隨即燒殺淫掠，持續一個多月。在此期間，南京城發生近2萬起強姦案，至少有30萬手無寸鐵的百姓和放下武器的士兵命喪黃泉——這一慘痛的事件史稱「南京大屠殺」。和有「死亡工廠」之

稱、滅絕600萬人的奧斯維辛集中營一樣，南京大屠殺是第二次世界大戰不可忽略的黑色記憶，是現代人類文明的重大恥辱之一。

古城南京有2500多年歷史，風景名勝多多，歷史遺跡如雲。這些年媽媽帶你游棲霞、爬紫金、看城牆、遊湖泊，差不多把南京城玩了個遍。可是，有一個地方媽媽始終不敢帶你去，那就是南京人習慣叫做江東門紀念館的「侵華日軍南京大屠殺遇難同胞紀念館」。那裏有太多太多的白骨，太多太多的冤魂，太多太多的血腥！別說你一個年幼的孩子，就是媽媽這樣的大人，每每參觀完紀念館都壓抑、難過得幾天不得安生。記得許多年前紀念館剛剛落成，媽媽連「江東門」這三個字都特別忌諱。儘管心裏也曉得，像江東門這樣的大規模集中屠殺點全城有十幾處之多，漢中門、太平門、五臺山、燕子磯……南京的土地哪裡不是浸透了血和淚啊！

今年夏天，我們乘車前往江心洲摘葡萄。返途經過江東門，你忽然鼓足勇氣提議參觀大屠殺紀念館。當時我認真看了看你，發現你確實長大了很多，應該可以面對一些人間的醜惡了。於是我們中途下車，補上了身為南京市民不能錯過的一堂課。還好，那天展廳裏人潮湧動，我又緊緊拉著你的手，還時不時把你擁在懷裏，所以雖然科技、藝術手段將一個個戰爭和屠殺場景還原得十分逼真，你還是從頭至尾堅持看完了。

那天走出昏黑的展廳，你問了一個經典問題：「媽媽，日本人為什麼那麼壞呢？」之所以說這個問題經典，是因為媽媽也曾這麼問過。而且媽媽相信，所有接觸南京大屠殺歷史的人一定都曾產生過這樣的疑問。以前我覺得這個問題再簡單不過：還有什麼「為

什麼」嗎？日本人壞就是壞！他們天生嗜血殘暴，天生就是殺人不眨眼的惡魔，否則怎麼叫他們「日本鬼子」呢！呵呵，你瞧，媽媽年輕時竟這麼沒頭腦。然而時至今日，當真要回答你這個問題，媽媽心裏還是沒底。要知道這個問題好龐大、好複雜，現在還有歷史學、社會學、心理學、和平學等諸多領域的專家學者困擾不清呢！我記不清那天是如何回答你的了，但顯然你對我的回答印象全無，因為你今天又在汽笛聲中追問：「《聰明的一休》這些動畫片裏的日本人不是都挺好的嘛，怎麼到了中國就變得那麼可怕呢？他們連小孩子都殺嗎？」看來咱們還有必要重新探討一下這些問題，這恐怕是每個南京人、每個中國人都繞不過去的一個關卡。

關於日軍為什麼會南京大屠殺，經過歷史學家的多年研究，基本總結出四大原因：

1、極端的民族精神。尚武好戰的武士道精神原本就在日本有根深蒂固的民族基礎，近代軍國主義的崛起更讓日本人養成了盲目效忠、機械服從、漠視生命的思維習慣。極端的價值觀導致日本人的情感和行為方式極端異化，完全可以做到以殺人為樂、以殺人為榮。南京大屠殺中，向井敏夫與戰友比賽殺人的「百人斬」事件，算得上是這一精神的典型反映。

2、自戀的人種觀念。20世紀初，「物競天擇、適者生存」的生物進化論滲入社會學領域，並進而衍生出「社會達爾文主義」。在此影響下，德國元首希特勒狂妄地認為，優秀的日爾曼人消滅低賤的猶太人是天經地義的。日本人也自

戀地相信，他們大和民族天上地下唯我獨尊，完全具備奴役、剝削其他民族的人種優勢。在他們眼裏，殺「劣等」的中國人就如同殺豬，用不著承擔道德和心理壓力。

3、殘暴的戰爭策略。武力吞併中國是日本謀求稱霸亞洲的重要戰略，早一天制服中國，就有希望早一天實現「大東亞共榮圈」。南京是中國首都，政治、經濟、軍事、文化地位無與倫比。攻陷南京並製造血腥和恐慌，一方面可以耀武日本國內，助長日本軍威，對推動下一步侵略意義深遠；另一方面也可以恫嚇中國民眾，威逼西遷的中國政府儘快妥協投降。

4、瘋狂的報復心理。淞滬會戰3個多月令日軍元氣大傷，原以為攻下上海後南京唾手可得，萬沒想到中國會以15萬重兵誓死捍衛首都。從11月20日唐生智就任南京衛戍司令長官，到12月13日南京淪陷，日軍花費23天、損失1萬精銳部隊，才走完滬寧兩地300公里的路程。經過一系列血戰，日本兵早已殺紅了眼，而滯留南京來不及撤退的大批戰俘，更成為他們瘋狂復仇的導火索。

　　——以上這些分析都很有道理，四大原因也相當站得住腳，但如果我們不能對人性之惡有敏銳的洞察力和深刻的反省力，我們就難以從根本上認識戰爭、認識「人」這個東西。此話怎講？不是說「人之初，性本善」麼，這人性之惡從何談起？挑起戰爭的是日本侵略者，製造慘案的也是他們，要反省人性之惡也是他們的事，與我們何干？……No，No，No，此言差矣！茲事龐雜，且容我慢慢道來！

　　人性到底是善是惡？千古年來人們一直爭論不休。佛家說：「菩提本無樹，明鏡亦非台。本來無一物，何處惹塵埃。」儒家說：「人之初，性本善。性相近，習相遠。」二者不謀而合地肯定了人性的本真純善，認為「惡」是後天沾染的。但是《聖經》則說人因偷吃「智慧果」被上帝逐出伊甸園，從此世世代代擺脫不了「原罪」。這一說法與我國荀子「人性有善有惡」的判斷異曲同工，強調的是人的謙卑精神、懺悔能力。到底哪個對哪個錯呢？這還真不好說，因為對錯永遠是相對的，所謂「此一時也彼一時也」。不管什麼真理都有各自的語境、針對性和表達方式，斷章取義、似是而非、以偏概全只會讓我們越發找不著北。人自打出娘胎，時時刻刻都在生長變化，沒有哪個可以不受後天的影響。從這個角度來說，人性本善本惡又有什麼區別呢？我們哪個心頭不同時棲息著天使蟄伏著魔鬼？這撒旦彷彿五行山下的孫猴子，平時為我們的道德法律、天理良心震懾著，不敢輕舉妄動。可一旦規則有了缺口，環境有了變化，他會立刻張牙舞爪跳將出來主宰我們，主宰整個世界。

　　非常遺憾，對戰爭進行人性層面的研究，我們落後西方很遠很遠。我們總是過於簡單、過於輕率地進行道德和是非判斷，彷彿這世界上除了黑就是白，除了好人就是壞人。殊不知在純黑純白之外還有大量的中間色，在好人和壞人之外還有大量的平庸之輩。世界上有那麼多好人嗎？世界上有那麼多壞人嗎？沒有！大惡大善之人古往今來屈指可數，而給地球和人類造成重大災難的，恰恰是為數眾多、無足輕重、平凡庸常的小人物，比如你和我，比如他和她。

　　1961年，經過多年堅持不懈的追捕，以色列政府終於將納粹德國高級戰犯阿道夫・艾希曼抓捕歸案，並在耶路撒冷進行了公開審判。因為該案舉世矚目，《紐約客》雜誌特邀著名哲學家漢娜・阿倫特參與報導。阿倫特注意到，被控對屠殺數百萬猶太人負責的艾希曼從外表到心智都是個平庸無奇的官僚，他埋頭於數字、運輸這類常規的瑣事，卻碰巧捲入了對人類的大規模謀殺。艾希曼接受了一個心理學家小組的檢查，專家承認他各方面完全正常，甚至比正常人還要正常。對此，阿倫特驚世駭俗地指出：有一種普遍存在的惡叫做「平庸之惡」。

　　阿倫特說，艾希曼之流的罪行只是因為他平庸，只是簡單地「服從命令」。平庸的危險是隱性的，平庸削弱我們的智力、精神乃至倫理力量，把我們塑造成有氣無力的思考者，沒有能力或不願意咀嚼經驗中艱澀的事物，並使之成為我們的一部分。平庸之惡與惡之平庸之間的聯繫正是人類放棄判斷能力的危險。我們永遠需要判斷，永遠需要不斷努力，提升我們的判斷力，否則終有一天我們會發現，我們無法區分人和物。

　　齊格蒙・鮑曼是「後現代主義」概念的主要創造者，當代最著名的社會學家與哲學家。他在名著《現代性與大屠殺》中闡述了這樣的觀點：大屠殺是現代性本身的固有可能，科學的理性計算精神，技術的道德中立地位，社會管理的工程化趨勢，正是現代性的這些本質要素，使得像大屠殺這樣滅絕人性的慘劇成為設計者、執

行者和受害者密切合作的社會集體行動——鮑曼的思考拓展了我們理解南京大屠殺的視野。

此外，心理學研究也證實，個人一旦進入群體，他的個性便湮沒了，無異議、情緒化、低智商的群體思想將佔據統治地位。早在1895年，法國社會心理學家勒龐便在《烏合之眾——大眾心理研究》中尖銳地寫道：「一切精神結構都包含著各種性格的可能性，環境的突變就會使這種可能性表現出來。這解釋了法國國民公會中最野蠻的成員為何原來都是些謙和的公民。」「群體中的個體不但在行動上和他本人有著本質的差別，甚至在完全失去獨立性之前，他的思想和感情就已經發生了變化，這種變化是如此深刻，它可以讓一個守財奴變得揮霍無度，把懷疑論者改造成信徒，把老實人變成罪犯，把懦夫變成豪傑。」

被譽為「當代精神導師」的美國思想家史考特・派克在其《邪惡心理學》中亦有這樣的表述：「一旦個體在群體中扮演了專業分工的角色，個體便易於將道德責任推卸至群體中的其他分子。如此一來，不僅該個體將會泯滅良心，整個群體的良心也會變得支離破碎、稀微至不存在的地步。」「倘若每一個體無法為置身其中的整個群體或組織的行為直接負起責任，則群體勢將難免失去良心，致使邪惡與弊端叢生。」「面臨長期痛苦不安的人難免會退化，在心理自行逆成長，捨棄成熟的人格，旋即之間變得更幼稚、更未開化；痛苦不安即是一種壓力。」「生活在戰區的軍人，即是處於慢

性壓力之下。」「當我們看到一具血淋淋、面目全非的屍體時，會戰慄不已，但倘若每天看到屍體遍陳周遭，恐懼感則會因為已成習慣而減低。」

——南京大屠殺中的日本士兵難道不正是這樣嗎？在母親、妻子、兒女們的眼中，他們都是有血有肉、有情有義的好兒子、好丈夫、好父親。他們貼胸的衣袋裏也許還收藏著溫馨的全家福，他們平日也許還念佛吃素不殺生，他們也許還深愛著中國文化中國姑娘，但最終他們無一不成了殺人惡魔，只是因為他們穿上了軍裝，他們於1937年12月13日進入了南京。當然，身處那樣的動亂時代，面對那樣的國家機器，他們很難擺脫不裹入戰爭的命運。現實往往極其殘酷，你不把別人碾成炮灰，別人就可能把你碾成炮灰。這樣的戰爭，哪裡有勝利者！

「一個時代，一個社會，一個國家，很可能有負於一整代人。欠他一生一世，欠他整個回不來的青春，而且絕對無法償還。」臺灣作家龍應台今年新出了一本反思戰爭的力作《大江大海：1949》，一時間洛陽紙貴。她在接受記者採訪時表示，以前國家是重要的，集體是重要的，草菅人命是可以接受的，但是我們這一代不用這種態度來看生命。個人和集體的關係很複雜，有對抗，也有合作和支持。她提醒年輕人要意識到：在集體裏，個人有責任做判斷。只有集體裏的個人有反省和覺悟能力，才能避免集體變成一個失控的機器。

噢，親愛的孩子，我們幸運地生活在一個和平富足的年代。重溫1937年的汽笛聲並不能讓我們獲得1937年的感覺，因為我們根本無法體會那樣的恐懼，那樣的恥辱，那樣的寒冷，那樣的絕望。戰爭沒

有消亡，大屠殺可能再現，我們小人物也許在很多方面無能為力，
但看好各自的撒旦、承擔各自的責任卻是非做不可的事，你說呢？

　　和平之神啊，請別離開我們！

　　　　　　　　　　　　　　　　　　　　　　　　媽媽

第十九封信：
像喬納森那樣追逐夢想

親愛的孩子：

　　12月19日清晨，媽媽剛從睡夢中醒來，臉上立刻浮起一抹笑容。呵呵，寶貝，今天是你的生日，媽媽怎能不一睜開眼睛就笑呢？

　　這時候，身旁的你仍然酣睡著，小鼻子發出細密的鼾聲。你的小臉肉乎乎的，你的皮膚粉嘟嘟的，看上去既健康宜人又憨態可掬。凝神打量你，我常常會神思恍惚驚歎莫名：怎麼，這個精緻可愛的小傢伙是我的孩子嗎？如果不是上天的特別恩賜，這麼完美的小精靈怎麼會跑到我家來呢？有這樣的天使相伴左右，我還要到哪裡尋找天堂，此時此刻不就是天堂嗎？……

　　拍拍腦袋，我讓自己回到現實。噢！眼前這個孩子是我養育了7年的女兒！7年間，她從7.6斤長到了55斤，從0.52米長到1.26米，現在已經完完全全是個能說會道的小姑娘了！7年啊7年，欲說還休的7年噢！想到這裏，媽媽禁不住親吻你的額頭。唯恐驚醒你難得的美夢，媽媽的吻輕得如同蜻蜓的羽翼。然而，彷彿有什麼心靈感應似的，你竟迷迷糊糊睜開了雙眼。「寶貝，生日快樂！」這是今

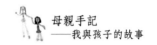
天對你說的第一句話。你燦然一笑！頓時，我們的世界生動了起來，豐富了起來！

　　孩子，記得你剛出生的時候，時間是以「日」來計算的。那時，每個月的19日，媽媽都會在心裏為你點上蠟燭送上祝福，為你的日新月異歡呼！周歲以後你一天天大了，生日慶典也就此一年一度固定下來。每到這個日子，在南京的親人們都會儘量聚到一起。大家送你蛋糕和禮物，為你唱「生日快樂」歌，陪你瘋皮玩樂一晚上。呵呵，那是你最開心的時刻了！為此，你曾無數次幻想：「要是每天都過生日多好啊！要是大家都留在家裏不走多好啊！」呵呵，那可不得了！你要是天天過生日，咱們什麼事也別幹了！天天請客，天天送禮，誰受得了啊！

　　7歲是你上學後的第一個生日，是你告別幼兒期的一個標誌，媽媽覺得具有比較特別的意義。正因為如此，媽媽早早就與你商量再三，並「痛下血本」為你拍攝了一套藝術寫真。是啊，影像是讓歲月定格的最好方式。這些年來，媽媽為你積攢的影像資料已經多達三四個G，但願它們能讓你將來回憶時婉爾一笑！以前媽媽有過每年給你寫一封信作為生日禮物的想法，可惜這個想法沒有落實，迄今存下的只有你1歲和4歲時的兩封信。這事要怪當然得怪媽媽沒有恒心，但媽媽也有媽媽的苦衷：生日年年過，媽媽對你的祝願卻始終只有一個，翻來覆去寫大同小異的信作生日禮物，有意思嗎？媽媽可沒有生花妙筆呢！不過，面對你的7歲生日媽媽又有點割捨不下，感覺不絮叨兩句就過不去似的。那麼，請允許我再寫一封信？算不算生日禮物隨你便了，反正我是為你7歲生日寫的。

從哪兒講起呢？想給你讀一段書，講一個海鷗的故事：

「早晨，初升的太陽照耀著恬靜的海面，蕩漾的微波閃著金光。離岸一英里的海上，一隻漁船隨波逐浪地前進。這是吃早飯的信號，近千隻海鷗飛來，相互追逐著爭食吃。又一個忙碌的日子開始了。但在遠離漁船和海岸的地方，海鷗喬納森・利文斯頓獨自在練習飛行。在百英尺的上空，他伸下兩隻帶蹼的腳，仰起嘴，使勁兒彎著翅膀。翅膀一彎，就可以放慢速度。而現在，他越飛越慢了，慢得幾乎聽不到耳邊的風聲，慢得連腳下的大海也彷彿靜止不動了。他眯起眼睛，集中精力，屏住呼吸，使勁兒想再……彎……那麼一英寸……然後，他渾身的羽毛直豎，失去平衡，摔了下來。」

親愛的，媽媽給你讀的這段文字出自經典小說《海歐喬納森・利文斯頓》。1970年該小說出版後，38周位居《紐約時報》暢銷書排行榜第一名，在美國狂銷700萬冊，首次打破《飄》以來的所有銷售記錄，成為世界文學皇冠上的明珠。它的作者查德・巴赫是一位參加過第二次世界大戰的美國飛行員，戰後成為作家、行吟詩人，被讀者親切地譽為「天上派來的使者」。

查德・巴赫筆下的海鷗喬納森・利文斯頓不是一隻平凡的鳥。對大多數海鷗來說，重要的不是飛行而是覓食，但喬納森喜愛飛行勝於一切。母親對他的行為十分不解，勸他：「你幹嗎不吃點兒？孩子，你都瘦得皮包骨頭了！」喬納森說：「我倒不在乎瘦得皮包骨頭，媽媽。我只是想知道我在空中能夠做什麼，不能夠做什麼。」父親溫和地開導他：「你要是一定要學習，那就學學怎麼覓

食吧。飛行當然好，可你總不能拿滑翔當飯吃啊。別忘了，你飛行的目的就是為了吃。」為了不讓父母失望，喬納森試著與鷗群一道搶點兒麵包片和爛魚。但這樣做他受不了，最終他被群鷗視為異類驅逐了。

　　儘管孤獨，喬納森仍舊堅持練習飛翔。後來，他終於飛到了夢想中的高度，並遇到一群和他一樣熱愛飛翔的海鷗。海鷗長老教導他：「天堂不是一個地點，也不是一段時間。當你接近完美速度的時候，你將開始接觸天堂。而且，那並不是時速1000英里，或是100萬英里，或是以光速飛。任何數字都是一種有限，而完美是無限的。」經過不懈努力，喬納森成了一隻不受限制的海鷗。他回到自己原來的鷗群，對渴望飛翔的年輕海鷗說：「你們整個身體從翅膀一端到另一端，其實就是你們的思維本身，就是你們可以看見的有形的思想。衝破你們的思維枷鎖。」「你可以成為你自己。你有塑造真正自我的自由。就在此時此地，什麼也不能阻攔你。這是偉大海鷗的法律，這是真正的法律。」「海鷗天生就應該飛翔，自由是生命的本質，任何妨礙自由的東西都該摒棄，不管什麼形式的限制，宗教或是迷信都應該拋開。」

　　孩子，許多年前，外公將一本薄薄的小冊子送給備戰高考的媽媽，那是媽媽第一次邂逅海鷗喬納森。媽媽無法向你描述閱讀的感受，實在是太驚訝、太震憾了！很難想像一篇只有兩萬字的小說卻有穿透靈魂的力量是吧？的確，這篇小說影響了太多太多的人，包括美國現任總統奧巴馬！是的，《海歐喬納森‧利文斯頓》是一個絕對完美的寓言，它告訴我們：每個生命都有無數種可能，每時每

刻都面臨無數種選擇。只有堅持信念、飛得高遠，才能看清每種選擇，才能發現心中真正的夢想、渴望與激情。我們的現在既是選擇的結果也是選擇的起點。通過選擇，我們可以設計生命，享受生命的喜悅，從而以最幸福的方式度過一生。

　　孩子，你知道什麼是理想嗎？呵呵，我們小時候，老師經常會佈置一個作文題目叫《我的理想》。當時同學們個個胸懷遠大，這個說長大了要當科學家、教育家，那個說長大了要當文學家、政治家、宇航員等等等等。是不是自己真實的心願呢？沒有人在乎，反正只要這個理想冠冕堂皇，作文分數大差不差就行了。聽說你們入學後每人有過一次自我介紹，你對大家說將來想到芭比公司工作是吧？呵呵，如果你當真有這個願望，那麼當芭比設計師或者讓每個女孩都擁有芭比，就算得上是你的美妙理想了。不過我可懷疑這個理想是你從我這兒「偷」來的，因為你太著迷芭比了，我便經常這麼逗你是不是？理想沒有高低貴賤之分，但它必須是真實善良的，是能夠幫助你實現自我的，是你願意為之切實努力的。海鷗喬納森熱愛飛翔勝過一切，於是追求飛翔就成了它的理想。孩子，你當真那麼愛芭比嗎？你願意將芭比作為你的人生寄託嗎？

　　別急著回答我的問題，孩子。我知道你現在還小，還無力回答這樣的問題。事實上媽媽當年也是一天一個念頭，好多年迷茫、彷徨，找不著北。有一段時間數學家陳景潤是風靡一時的偶像，媽媽遂萌發「長大要當陳景潤第二」的理想。又一段時間文學熱甚囂塵上，又立志將來非當名作家不可。直到三十而立，發現寫作已成為生命不可或缺的組成，才確信文學是我今生無怨無悔的夢。你的理

想是什麼？你犯不著弄一個答案應付媽媽或老師。慢慢去找吧，只要你堅持尋找，總有一天你能找到自己的理想！那一天你將是世界上最幸福的人！

　　親愛的，媽媽知道你是一個有夢的孩子。四五歲時，有一陣你忽然迷上《隱形的翅膀》這首歌。你把這首歌練了又練，自己唱得一字不差了，又耐心地教我學唱。當我聽你用稚嫩的童音唱著：「每一次都在徘徊孤單中堅強／每一次就算很受傷／也不閃淚光……」我總是非常非常感動。你是一個充滿浪漫情懷的孩子，你愛扮公主，喜歡仙子，最大的願望就是自己也能長出一雙翅膀，可以像蝴蝶一樣飛舞在花叢間。媽媽幫你從夫子廟買回一對彩色的紗翅，你背著它們跑過來跑過去，彷彿自己真的飛起來了。噢，那是你前兩年最樂此不疲的事了！最近很少聽你抱怨沒有翅膀，我以為你已經淡忘了這個幼稚的願望，沒想到不久前你認真對我說：「媽媽，我已經有了一對翅膀，自己的翅膀！沒有想像力的人看不見，但我真的想飛到哪兒就飛到哪兒！就像海綿寶寶可以變出彩虹一樣，喏，彩虹就在這裏，你看見了嗎？」嗯，親愛的孩子，我看見了！我真為你高興！

　　對了，媽媽最近新買到一本《海鷗喬納森·利文斯頓》，封面就是一隻展翅高飛的海鷗。媽媽倒是很想把這本書送給你，前提是你真的喜歡這只海鷗，喜歡翻閱這本精美的小冊子。媽媽覺得，我們擁有什麼翅膀並不重要，能飛多高也不重要，重要的是盡自己最大的努力去飛！蝴蝶也好，海鷗也好，蒼鷹也好，做真實完善的自己就好！孩子，《海鷗喬納森·利文斯頓》可以讓我們讀一輩子。

無論何時，只要想起這只海鷗，媽媽就會聽到自己內心的聲音：你還有夢嗎？你還在堅持嗎？你還是你自己嗎？……一想到這些，媽媽就彷彿在暴風驟雨中飛翔一樣。媽媽也成了喬納森嗎？

寶貝，再次祝你生日快樂！12月19日是我們倆共同的新生，你就如同一雙隱形的翅膀，讓媽媽就此飛到了天堂。再向你透露一個秘密，儘管媽媽平時對你表達過各種各樣的期望，但其實媽媽對你的祝願始終如一，那就是希望你健康成長！身心健康，萬事俱足，你只管輕鬆成為你自己就好了！

擁抱！親吻！

媽媽

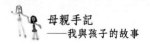

第二十封信：又是一年新來到

親愛的孩子：

　　你的生日蛋糕還沒來得及吃完，耶誕節已接踵而至。緊接著，新年的鐘聲敲響了，2009年一步步離我們遠去，2010年來了！

　　歲末年初，是大部分地球人辭舊迎新的日子。移民溫哥華的藍漪媽在QQ聊天時告訴我，加拿大人年底一般會有兩三周假期，他們全家第一次在國外正兒八經地過聖誕迎新年，還有些不習慣呢。是啊，咱們中國人是不過耶誕節的，要過也無非是找一個理由吃吃大餐、送送禮物罷了。元旦對我們來說，也跟平常的雙休日差不多，心理和情感上很難產生波瀾。中國人只有過完春節才算新年伊始，從臘月裏忙著購置年貨、安排歸程，到正月十五吃元宵、賞花燈，我們的年前前後後能延續上個把月。等我們上班的上班、上學的上學，一切回到正軌，西方人早已在新一年裏忙碌良久了。2010年就是這樣，這年的2月14日西方已經又過情人節了，我們虎年才剛剛「大年初一」！

　　為什麼會有這樣的時差？這是因為中國自古以來就有自己的曆法，我們幾千年來一直是按自己的方式繁衍生息的。19世紀以來，西方文明橫掃天下，西方曆法也隨之取代中國曆法為國人奉行。為

了區別，民間漸漸稱呼中國曆法為「陰曆」或「農曆」，稱呼西方曆法為「陽曆」或「西曆」。「陰曆」和「陽曆」，也含有是根據月亮還是根據太陽制定曆法的意思。不過，不管陰曆陽曆，一年總是365個日日夜夜；不管東方西方，四季總是春夏秋冬交替運行——時間算得上是最公平的東西了。

2009年是你十分重要的一年。從幼稚園進入小學，你邁出了人生極其重要的一步。開學初期，你和同學三天兩頭抹眼淚。還記得嗎？有一次我到學校看你，你竟哭鬧著糾纏我一個多小時。那階段媽簡直要崩潰了，以為送你上寄宿學校是個徹底的錯誤，當時心裏不停地盤算：無論如何，咬牙堅持一年再說！要是一年後沒有起色，恐怕不轉學不行呢！現在第一學期還沒結束，媽媽已經完全打消了顧慮，因為這幾個月你進步太大了不是嗎？呵呵，雖然你還是戀家，還是經常嘀咕想媽媽，但你最近講起學校是多麼熱情高漲啊！你與老師同學關係融洽，你拼音十分精准，你加減法已經摸清了門道，你英語更是發音地道、表達流利……每週你從學校回來，媽媽都會有新的驚喜，總覺得你一天比一天長大了！

不用說，2010年你會更加適應學校生活，你會帶給媽媽更多的驚喜！媽媽希望你新年裏能懂得照顧自己，進門脫衣，出門穿衣，別穿著單薄迎風奔跑，以免溫差太大動輒感冒；記得課間主動上衛生間，沒事多喝水，經常擦潤唇膏，別再發生尿褲子的糗事，也不要老是嘴唇乾裂開口；最好學會自己梳頭啦，至少得把長髮梳得順溜一點吧，否則怎麼像小公主呢，像逃荒撿破爛的了；丟三落四的毛病不能再繼續了，自己的東西自己保管好，鉛筆橡皮不要轉

臉就沒影子了；理財方面也得有點長進才好，別以為錢是天上掉下來的，別一見新奇玩具就走不動路嘍……不要跟我狡辯說這些都是小節，無所謂的啦。把小毛小病改改好，你自己會省心很多。再說啦，順手就可以做好的事，何樂而不為呢？

我知道的，你盼新年已經盼了很久了。你曾認真問我：「2009年過完就沒了嗎？再也沒了、再也回不來了嗎？」得到確切回答後你動容道：「可憐的2009年，我要為它樹一個小十字架！」我正欲竊笑，你又問：「那麼2010年我幾歲？還上小學一年級嗎？」當你明白明年可以升級，立刻歡呼雀躍起來：「噢耶！明年我就二年級了，再也不用學可惡的拼音了！」我暈！真讓人哭笑不得啊，用南京話說就是「不能跟你急了」！

孩子喜歡新年的理由有時我們大人搞不懂，但毫無疑問，沒有哪個孩子不喜歡新年的，因為新年又長大一歲，新年又增高幾釐米，新年又有了新本事，新年又多了壓歲錢……還有，新年不用學拼音，不用學十以內加減法了！呵呵，新年對你們孩子來說，總有太多的未知值得期待。所以一說到過年，你們總是興奮得不行。可是我們大人呢，肯定是越大越高興不起來。為什麼？因為又老了一歲嘛！臉上的皺紋更深了，頭上的白髮更多了，時光如水一樣嘩嘩流走，有什麼好高興的！正如朱自清先生在散文《匆匆》裏寫的那樣：「洗手的時候，日子從水盆裏過去；吃飯的時候，日子從飯碗裏過去；默默時，便從凝然的雙眼前過去。我覺察他去的匆匆了，伸出手遮挽時，他又從遮挽著的手邊過去。天黑時，我躺在床上，他便伶伶俐俐地從我身上跨過，從我腳邊飛去了。等我睜開眼和太

陽再見，這算又溜走了一日。我掩著面歎息。但是新來的日子的影兒又開始在歎息裏閃過了。」媽媽現在還清晰記得兒時的許多舊事，可攬鏡自照，居然已是人到中年。唉，這樣的感慨想必用不了多久你也體會得到吧？要知道這時間的確是跑得太快了！

「在逃去如飛的日子裏，在千門萬戶的世界裏的我能做些什麼呢？只有徘徊罷了，只有匆匆罷了；在八千多日的匆匆裏，除徘徊外，又剩些什麼呢？」面對歲月的無情流逝，聰明如朱自清先生也曾有過迷茫、困惑和無助。每個人都會有這一天的，當屬於我們的沙漏空空如也，當我們必須與這個世界說再見，我們會不會後悔這輩子過得太快，快得幾乎沒剩下多少值得回味的記憶？噢，別以為你還是個孩子，用不著考慮這些不著邊際的事。問過自己嗎，假如你只剩10年、5年甚至1年的時間，你會如何安排接下來的生活呢？

不久前，有一部電影風靡世界，創下了驚人的票房紀錄。這部電影名叫《2012》，說的是根據瑪雅人預言，地球在2012年將遭遇前所未有的自然災害，到那個時候人類該何去何從呢？電影用高科技手段為我們預演了世界末日的情景：持續的強烈地震，瘋狂的火山爆發，快速的洪水漫延，熟悉的家園頃刻間成了人間煉獄。紐約的自由女神倒下了，巴黎的艾菲爾鐵塔倒下了，裏約的耶穌基督倒下了，拉薩的布達拉宮也倒下了。從北極到南極，從夏威夷到莫斯科，從撒哈拉沙漠到喜馬拉雅山，災難降臨到世界的每一個角落，60億地球人扶老攜幼爭相逃命。母親想保護可憐的孩子，丈夫想挽救心愛的妻子，熱戀中的人們祈禱愛情能發揮魔力，可一切的一切全都徒勞無益，屬於我們的諾亞方舟啊，你在哪裡?!

　　說實話，《2012》放映期間，我們辦公室經常會談論「世界末日」的話題。據說飽受「末日情結」影響的可不僅僅是咱身邊這幾個人，據說世界各地的人們都在憂心忡忡，以至美國有關部門不得不正式闢謠，重申地球的壽命還早，即將到來的2012年完全用不著杞人憂天。《2012》當然是部虛構的電影，但我們可以把它僅僅當作笑話嗎？媽媽覺得不能，因為地球狀況正在持續惡化當中，貪欲致使我們早已把子孫的資源消耗殆盡，誰敢保證危機不會突然有一天提前發生呢？剛剛閉幕的哥本哈根大會是2009年末備受關注的一次世界聚會，儘管與會各國你爭我吵，都想將應付的責任推諉給別人，但大家還是無奈地達成了這樣的共識：到了必須共同應對環境危機的時候了！是的，我們的天空已經塵埃密佈，我們的河流已經變黑變臭，我們的能源已經一天比一天減少，如果繼續像過去那樣貪婪、盲目、自私地消耗，那就算2012年平安無事，咱這一輩子也不敢確保沒有天災人禍啊！萬一身處這樣的絕境，我們該怎麼辦呢？

　　人有一個很大的毛病，事到臨頭、無處可逃了，才會鬼急慌忙地尋找對策。只要稍微遠一點，就可以滿不在乎。因為距離2012年只有兩年，因為電影演繹得太真實了，人才會擔心起自己的生死存亡問題。其實，從每個人降生起，他的沙漏就在一點點流失，這是命中註定、不可更改的。然而，儘管我們每個人都在一天天走向死亡，卻很少有人會為明天怎麼過操心。有人年輕時一度也曾如朱自清先生那般惶惑，可當他發現把握命運需要超凡的智慧、勇氣和毅力，他就會寬慰自己道：「唉！人生苦短充滿無常，還是及時行樂過一天

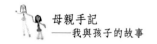

算一天好啦！」及時行樂的人無所謂時間，因為對於他來說，今天和明天、明天和後天都是差不多的，無非是吃喝玩樂罷了。

你也許會反問我：「不管是2012年還是3012年，既然最後總是一個末日，總是一個死亡，那及時行樂有什麼不好呢？假如還有兩年的生命，你會怎麼過呢？難道你的想法就一定正確嗎？」是啊，這個問題真的好難回答。關於人生，自古以來就眾說紛紜。即便是佛陀、基督在世，說服別人棄惡從善都是一件特別困難的事，更何況人微言輕的我們呢？媽媽不會要求你必須這樣那樣，放心吧，媽媽不會。但媽媽畢竟你比多活了30多年，媽媽已經體會到生命有限、時間珍貴，與其任意揮霍蹉跎，不如努力做更多自己喜歡的事情才好。至於到底做什麼？怎麼做？人各有志吧。

如果媽媽僅剩兩年的時光，媽媽一定不允許自己哭哭啼啼。媽媽首先會讓自己安靜下來，花點時間思考這個嚴肅的問題；然後，媽媽會在一張白紙上列下最後的願望清單，並把這張清單掛在牆上；然後，媽媽會照著清單一一實施，直到最後毫無遺憾地躺倒在床上。媽媽的願望一定包括很多過去只敢想不敢做的事情，比如辭職享受自由，比如再寫一部作品，比如向一些人道歉，比如到山間隱居，比如拍一部電影……媽媽希望最後微笑著閉上眼睛，如果這個願望實現了，請你代媽媽在清單上劃最後一個勾。說到這裏，不禁想起有一次我們不知怎麼談起了生死問題。你說：「要是媽媽死了，我肯定也會好好活下去的，因為我還小，還有好多事情沒有體驗，你說是不是呢？」親愛的孩子，我很高興你能這麼想。你的生命屬於你自己，是獨一無二的，是重於泰山的，你要讓它發出自己

的光彩。媽媽不可能陪你一輩子，甚至媽媽可能遭遇意外，如果有那一天，請你一定要記住媽媽的話：好好活著，是紀念和報答媽媽最好的方式，你快樂媽媽也快樂！

好了，親愛的孩子，給你的書信暫時就寫到這裏吧，我想休息了。我知道咱們一說起話總是沒完沒了，關於這樣那樣的話題還有很多東西可寫，且等以後有機會再繼續吧。對了，自從你學寫字以來，媽媽已經陸續收到你一些回信。你寫這些信很費心思，又是畫畫，又是裝飾，總是讓媽媽分外感動。媽媽盼望以後能收到內容更豐富的信。有一天，當你寫什麼漢字都不假思索了，當你對媽媽的信有不同的想法了，當你覺得要給OUT的媽媽洗洗腦子了，請你務必務必抽出點空閒也給媽媽寫寫信。知道嗎孩子，說比說什麼和怎麼說都更重要。說，首先要說。要敢於說，願意說，懂得說。只要我們還願意說話，我們之間就總有一座彩虹般美麗的橋樑。這座橋樑會聯結我們的心，是我們互相理解的通道。媽媽希望，哪怕媽媽90歲、100歲，你也不會以為媽媽是個頑固自私的老古董，你會願意和媽媽絮絮叨叨地說些什麼。

親愛的，給媽媽永遠保留一條心靈的「綠色通道」好嗎？媽媽期待著。

2010年快樂！

媽媽

【成長點滴】

願你成為完整的人
——給4歲女兒的生日禮物

親愛的孩子：

　　時間過得真快！十月懷胎似乎還是昨天的事，轉眼間，一個能說會道的小傢伙已經像尾巴一樣跟在我前後左右。昨天忍不住又給你量了身高體重，107釐米，超20公斤。很好！你一直長得很好！出生到現在，你只去過一兩次醫院，還都是因為偶爾的感冒。每次體檢你都是「中上」，看著你結實的小身體、白皙的小臉蛋，體檢醫生每次都會忍不住誇上一句：「長得不錯！」如果你再伶牙利齒地和醫生說上兩句，醫生就更喜歡了：「這孩子挺聰明！」——噢，感謝上天！這4年咱們雖然過得有風有雨，但總算沒有驚濤駭浪。你健康我快樂，來，在你4歲生日的燭光裏，讓我們一起為你曾經和即將擁有的平安感恩、祈禱吧！

　　呵呵，孩子，4年來聽多了各種各樣的誇獎，你現在對「漂亮」、「聰明」、「可愛」這樣的詞語已經沒感覺了吧？你4個月聽故事，一歲半背《三字經》，兩歲背唐詩……時至今日，你已認識上百個漢字，背誦二三十首唐詩，會唱五六首英文歌，懂得九大

行星和太陽的關係，能夠在地球儀上找出若干個你感興趣的國家，更可以興之所致地講一段故事、編一首兒歌。你可真是非常能講！除了睡覺，你的小嘴巴就從來不停。你講話有條有理，思路清晰，出眾的表達能力、獨立的思維方式無數次讓大人們驚訝不已，連老師也經常誇你：「講話像小大人似的！」是的，孩子，你資質不錯，這是上天的特別恩賜。但這也沒什麼大不了，21世紀的孩子天生條件優越，生活在資訊時代的你並不比其他小朋友更出色，雖然你遠比媽媽六七歲時還要聰明伶俐很多。

　　知道嗎孩子，有你這樣的孩子，媽媽一方面感到很自豪，一方面也感到壓力重重。因為隨著你的年齡增長，把你培養成什麼樣的人？如何把你培養成這樣的人？已越來越成為媽媽操心的問題。說實話，為了做一個稱職的母親，我不僅買回大量書籍事先學習，還經常找有經驗的朋友、同事諮詢請教，就是想找出一條適合我們的方式，讓你既快樂又茁壯地成長。知道嗎孩子，媽媽深深懂得扭曲個性、壓抑思想會造成什麼樣的惡果，所以媽媽一心希望你這輩子不再走媽媽走過的彎路。

　　孩子，這4年媽媽從來沒有強迫你學習什麼不是嗎？儘管我經常會有意無意引導你瞭解世界、掌握單詞、背誦詩詞，但只要你說「我們玩別的吧」，我從來都是充分尊重你的意見。看到你平時喜歡蹦蹦跳跳，我特意帶你到琴星藝術學校想讓你學跳舞，但只要你說「我不想學」，我立刻就帶你回家了。媽媽最近拒絕的幼教廣告可真不少啊，每每在街頭被那些勸說我們上幼兒英語的大男孩大女孩纏住，媽媽總要花費好一番口舌才能擺脫他們。其實，媽媽何嘗

不希望你也能學一樣本事呢？鋼琴也好，圍棋也罷，唱歌、跳舞、講故事……哪怕就是偏向遊戲的輪滑、踏板呢，只要你願意學，媽媽都會無條件支援你。為了能及時發現你的興趣愛好，媽媽現在真快成了百科全書了。媽媽小心觀察著你的一言一行，唯恐一不小心錯過你求知欲、好奇心萌芽的那一瞬間。知道嗎，孩子，媽媽其實並不在乎你現在就成為什麼「神童」。多學一點英語、多認幾個漢字並不很重要，重要的是，媽媽希望你能成為一個完整的人。是的，完整的人！

什麼是完整的人？媽媽先來講一個故事吧。你認識的王阿姨不久前告訴我，去年暑假，為祝賀女兒中考成績不錯，王阿姨提議女兒到雲南旅遊。王阿姨以為雲南的風土人情肯定會讓女兒十分嚮往，沒想到女兒聽了卻回答：「大熱天的跑來跑去多辛苦！還不如呆在空調房間裏舒服。再說現在什麼風光片看不到，與其花那麼多錢出去受罪，乾脆租幾張碟片自己看得了，想看什麼看什麼。」王阿姨聽了這話什麼也說不出來。類似的故事還有一個，也是一個十幾歲的女孩子，假期父母花錢讓她前往北京參加「大學夏令營」。在父母心目中，北大、清華是聖殿，置身一流校園，孩子肯定會萌發強烈的上進心。然而結果卻讓父母大跌眼鏡，孩子剛出發就不停地發短信抱怨，一會說乘火車太辛苦，一會說旅遊食品太簡陋，到了北京更是牢騷滿腹：4個人一房間，連單獨的衛生都沒有；夜裏面互相影響，根本睡不好覺；一大早就被吵起來了，頭疼得要命……一周旅行回來，孩子對父母說：「以後我才不到北京上大學呢，苦死了！」

　　孩子，如果你以後成了這個樣子，媽媽會多麼傷心啊！因為這樣的孩子已經不是一個完整的人，他們對生活缺乏感受能力，對未知世界一點都不好奇，對已擁有的一切一點不知道感恩……這真可悲真可怕！其實，這並不是這些孩子的錯，媽媽很清楚他們是怎樣變成今天這樣子的，因為媽媽以前也曾像他們一樣接受不合適的教育，媽媽由此也長成了一個不完整的人。什麼是完整的人？媽媽說不清，但媽媽相信，一個完整的人，他首先應該有正常的心情，他懂得愛，他會流淚，他會像嬰兒一樣微笑，他珍惜生命的可貴並享受生命的美好；一個完整的人，他還應該有正常的心性，他心平氣和地面對這個世界，謙卑地接受屬於自己的那一份，不要求太多也不要求太少，他端端正正地走路，端端正正地吃飯，端端正正地做自己該做的事情；一個完整的人，正常的心智也必不可少，因為這可以幫助他掌握起碼的謀生技能，這樣的技能也許會讓他成功名就，但也許只能讓他滿足於溫飽，這並沒有太大的區別，只要他盡心盡力做到了自己的最好。

　　孩子，媽媽為什麼希望你成為完整的人？因為媽媽希望你幸福啊，除了努力成為完整的人，媽媽到現在還沒發現更好的幸福之途。媽媽以前也跟大多數人一樣，以為功成名就就是幸福，但後來終於懂得扭曲自我成為孤獨的英雄，其實是最最悲慘的一件事！一個人如果感受不到幸福，就算給他天大的才能、天大的財富，又有什麼意義呢？我們的天才瘋子還少嗎？秦始皇、徐文長、尼采、凡高、希特勒、波爾布特……夠了夠了！我們要完整的人，不要扭曲的天才，更不要變態狂和瘋子！在坦蕩踏實的凡人和心理陰暗的名人之間，媽媽情願你成為前者。

孩子，前兩天你躺在床上，我拿著奶瓶餵你喝奶。我說：「你看你現在多麼幸福！還沒起床姑姑就泡好了奶、做好了飯，然後媽媽給你餵奶、穿衣服，然後再幫你洗臉、吃飯，最後親你一口才送你上幼稚園！」你當時眨著眼睛問我：「這就是幸福嗎？」我認真點點頭，告訴你：「這就是幸福。」孩子，你現在才四歲，你不懂幸福我並不奇怪，但我願意從現在就開始經常提醒你，直到你真正惜福為止。所以，你現在不願意學什麼技能我並不著急，因為我覺得這和成為完整的人相比，根本不算事，等你想學了自然會學。不是嗎？放眼數十年漫長人生路，4歲會算術和10歲會算術到底有多大區別？對於大部分健康人來說，真想學點技能並非難事，至多也無非是他學5天你學10天而已。

但你現在已經出現和兩個大姐姐類似的毛病：你率性而為，每天晚上不瘋到10點以後絕不休息，於是第二天早上賴床、遲到就成了家常便飯；你不愛惜玩具，每每吵著鬧著買回家的玩具，兩三天後就不知扔哪兒去了，家裏玩具成堆，卻不知道哪件是你的最愛；你忍耐力極差，稍有不舒服即大呼小叫，幾乎沒有一次出門能堅持不要人抱的；你悲憫心不足，不喜歡照顧小動物、小植物，為你養的小魚、小龜死了，你竟然從來是無動於衷，只是每次見到行乞者都要給他們一點零錢還讓我欣慰；除了一段時間專注於一部動畫片，還沒發現你關注過什麼事情，我覺得你幹什麼都是蜻蜓點水、浮光掠影的……這些才真讓媽媽心裏急啊！

忘不了一個名叫蒂皮的法國小姑娘，由於父母是動物攝影師，她從小生長在非洲大草原，和猩猩、河馬、鴕鳥這些野生動物成了

好朋友。幾年前看到蒂皮的圖書時，媽媽心裏好激動，媽媽好喜歡赤身露體、野味十足的小蒂皮，因為她是那麼勇敢、那麼健康、那麼與自然渾然一體地美麗！媽媽甚至暗自希望你的長髮也能像蒂皮一樣飄飄灑灑。然而，現在的你卻和蒂皮大相徑庭，雖然你的頭髮已經比蒂皮還長了。當然，媽媽也明白，蒂皮那樣的孩子只能誕生在非洲大草原裏，你的可愛也是獨一無二的，你不是蒂皮。

好在你的人生才剛剛開始，我們後面還有的是機會。孩子，以你的資質，媽媽不愁你將來沒有美好的未來，但媽媽還是祝願你成為一個完整的人。讓我們從現在開始互相完整，用我們凝視的眼神，用頭頂皎潔的月光，用溫柔的搖籃曲，用一碗你愛吃的餛飩，用一個親吻、一個擁抱……用所有這些細節完整我們的心靈！

祝你生日快樂！

媽媽

【後記】

雙生子

　　這裏彙編的原來是兩本書。上輯《你是我的天堂》2006年曾由大陸的作家出版社發行過簡體字版，當時書名為《單身母親手記》。下輯《耳邊風》剛剛完成，是一部寫給孩子的書信集，今年亦將由大陸出版社發行簡體字版。兩本書都是寫孩子並為孩子而寫，二者之間不僅有邏輯上的關聯，更有時間和情感上的延續。它們由我撫育孩子的經歷產生，卻不僅僅屬於我的孩子。

　　我的文學創作領域不算狹窄，從一般性的散文隨筆，到短篇小說、長篇小說、人物傳記，但凡自己感興趣的形式和內容，都會努力嘗試。自從成為母親，我忽然意識到孩子將成為我寫作的重要主題。我打算一直寫下去，不僅僅只為我的孩子。我願意用文字見證孩子的成長，我渴望用文字傳遞生命的資訊，我期盼用文字構築心靈的橋樑。養育一個孩子，奉獻兩部作品，但願孩子和以孩子為主題的文字能成為我今生幸福的雙生子。

　　感謝蔡登山先生提供機會讓兩本書合二為一。在重新整合時，作者對原作進行了必要的編輯，因此本書並非大陸兩本單冊的合

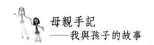

集。這已經是與秀威的「第二次握手」了，去年第一次出版《祭壇上的聖女：林昭傳》的情景還歷歷在目，個中滋味一言難盡。感謝秀威為我打開了一扇新的視窗，身處21世紀，視窗和平臺的意義對於我們每個人都不言而喻。還有，感謝蔡曉雯女士的辛勤工作。

好，就此打住，不再囉嗦。

還想聽我囉嗦的，歡迎關注我其他作品，或者發伊妹兒給我。謝謝！

趙銳

2010年6月於南京

語言文學類　PG0416

母親手記
——我與孩子的故事

作　　者/趙　銳
主　　編/蔡登山
責任編輯/蔡曉雯
圖文排版/陳湘陵
封面設計/蕭玉蘋

發 行 人/宋政坤
法律顧問/毛國樑　律師
印製出版/秀威資訊科技股份有限公司
　　　　114台北市內湖區瑞光路76巷65號1樓
　　　　電話：+886-2-2796-3638　傳真：+886-2-2796-1377
　　　　http://www.showwe.com.tw
劃撥帳號/19563868　戶名：秀威資訊科技股份有限公司
　　　　讀者服務信箱：service@showwe.com.tw
展售門市/國家書店（松江門市）
　　　　104台北市中山區松江路209號1樓
　　　　電話：+886-2-2518-0207　傳真：+886-2-2518-0778
網路訂購/秀威網路書店：http://www.bodbooks.tw
　　　　國家網路書店：http://www.govbooks.com.tw
圖書經銷/紅螞蟻圖書有限公司
　　　　114台北市內湖區舊宗路二段121巷28、32號4樓
　　　　電話：+886-2-2795-3656　傳真：+886-2-2795-4100

2010年09月BOD一版
定價：430元

國家圖書館出版品預行編目

母親手記：我與孩子的故事 / 趙銳著.
　-- 一版. -- 臺北市：秀威資訊科技, 2010.09
　　面；　公分. -- (語言文學類 ; PG0416)

BOD版
ISBN 978-986-221-547-0(平裝)

855　　　　　　　　　　　　99014102

讀者回函卡

感謝您購買本書，為提升服務品質，請填妥以下資料，將讀者回函卡直接寄
回或傳真本公司，收到您的寶貴意見後，我們會收藏記錄及檢討，謝謝！
如您需要了解本公司最新出版書目、購書優惠或企劃活動，歡迎您上網查詢
或下載相關資料：http:// www.showwe.com.tw

您購買的書名：＿＿＿＿＿＿＿＿＿＿＿＿＿＿＿＿＿＿＿＿＿＿

出生日期：＿＿＿＿＿年＿＿＿＿＿月＿＿＿＿＿日

學歷：□高中 (含) 以下　　□大專　　□研究所 (含) 以上

職業：□製造業　□金融業　□資訊業　□軍警　□傳播業　□自由業
　　　□服務業　□公務員　□教職　　□學生　□家管　　□其它＿＿＿＿

購書地點：□網路書店　□實體書店　□書展　□郵購　□贈閱　□其他

您從何得知本書的消息？

　　□網路書店　□實體書店　□網路搜尋　□電子報　□書訊　□雜誌

　　□傳播媒體　□親友推薦　□網站推薦　□部落格　□其他＿＿＿＿＿＿

您對本書的評價：(請填代號　1.非常滿意　2.滿意　3.尚可　4.再改進)

　　封面設計＿＿＿　版面編排＿＿＿　內容＿＿＿　文／譯筆＿＿＿　價格＿＿＿

讀完書後您覺得：

　　□很有收穫　□有收穫　□收穫不多　□沒收穫

對我們的建議：＿＿＿＿＿＿＿＿＿＿＿＿＿＿＿＿＿＿＿＿＿＿＿

11466
台北市內湖區瑞光路 76 巷 65 號 1 樓

秀威資訊科技股份有限公司 收
BOD 數位出版事業部

....

（請沿線對折寄回，謝謝！）

姓　　名：_____ 年齡：_____ 性別：□女　□男

郵遞區號：□□□□□

地　　址：_____

聯絡電話：(日)_____(夜)_____

E-mail：_____